A amante

Obras da autora publicadas pela Record

Acidente
Agora e sempre
A águia solitária
Álbum de família
A amante
Amar de novo
Um amor conquistado
Amor sem igual
O anel de noivado
O anjo da guarda
Ânsia de viver
O apelo do amor
Asas
O baile
Bangalô 2, Hotel Beverly Hills
O beijo
O brilho da estrela
O brilho de sua luz
Caleidoscópio
A casa
Casa forte
A casa na rua Esperança
O casamento
O chalé
Cinco dias em Paris
Desaparecido
Um desconhecido
Desencontros
Um dia de cada vez
Doces momentos
A duquesa
Ecos
Entrega especial
O fantasma
Final de verão
Forças irresistíveis
Galope de amor
Graça infinita
Um homem irresistível

Honra silenciosa
Imagem no espelho
Impossível
As irmãs
Jogo do namoro
Joias
A jornada
Klone e eu
Um longo caminho para casa
Maldade
Meio amargo
Mensagem de Saigon
Mergulho no escuro
Milagre
Momentos de paixão
Uma mulher livre
Um mundo que mudou
Passageiros da ilusão
Pôr do sol em Saint-Tropez
Porto seguro
Preces atendidas
O preço do amor
O presente
O rancho
Recomeços
Reencontro em Paris
Relembrança
Resgate
O segredo de uma promessa
Segredos de amor
Segredos do passado
Segunda chance
Solteirões convictos
Sua Alteza Real
Tudo pela vida
Uma só vez na vida
Vale a pena viver
A ventura de amar
Zoya

DANIELLE STEEL

A amante

Tradução de
Andréia Barboza

1ª edição

EDITORA RECORD
RIO DE JANEIRO • SÃO PAULO
2019

CIP-BRASIL. CATALOGAÇÃO NA PUBLICAÇÃO
SINDICATO NACIONAL DOS EDITORES DE LIVROS, RJ

S826a
Steel, Danielle, 1947-
A amante / Danielle Steel; tradução de Andréia Barboza. – 1ª ed. – Rio de Janeiro: Record, 2019.
23 cm.

Tradução de: The Mistress
ISBN: 978-85-01-11381-8

1. Romance americano. I. Barboza, Andréia. II. Título.

19-54929
CDD: 813
CDU: 82-31(73)

Título em inglês:
The Mistress

Copyright © 2017 by Danielle Steel

Texto revisado segundo o novo Acordo Ortográfico da Língua Portuguesa.

Todos os direitos reservados. Proibida a reprodução, no todo ou em parte, através de quaisquer meios. Os direitos morais da autora foram assegurados.

Direitos exclusivos de publicação em língua portuguesa somente para o Brasil adquiridos pela
EDITORA RECORD LTDA.
Rua Argentina, 171 – Rio de Janeiro, RJ – 20921-380 – Tel.: (21) 2585-2000, que se reserva a propriedade literária desta tradução.

Impresso no Brasil

ISBN 978-85-01-11381-8

Seja um leitor preferencial Record.
Cadastre-se no site www.record.com.br
e receba informações sobre nossos
lançamentos e nossas promoções.

EDITORA AFILIADA

Atendimento e venda direta ao leitor:
sac@record.com.br

Para Beatie, Trevor, Todd, Nick, Sam, Victoria,
Vanessa, Maxx e Zara,
meus filhos amados e maravilhosos,
que suas escolhas sejam boas, e, caso não sejam,
que vocês tenham sabedoria e coragem para mudá-las.
Que vocês sejam felizes e estejam sempre em
segurança, cercados por pessoas que os amem
e os tratem bem,
que seus caminhos sejam fáceis e suas bênçãos,
abundantes.
E, por favor, sempre, sempre se lembrem do quanto
eu amo vocês.

Mamãe / D.S.

Capítulo 1

Era o crepúsculo de um dia quente de junho quando o enorme *Princess Marina* ancorava na costa de Antibes, no Mediterrâneo, não muito longe do famoso Hôtel du Cap. O iate de 500 pés estava à vista de todos enquanto os marinheiros da tripulação de 75 pessoas esfregavam os deques e tiravam a água salgada, como faziam todas as noites. Pelo menos uma dúzia deles usava mangueiras. Alguns eventuais observadores podiam perceber quão grande era a embarcação, uma vez que, de longe, os ajudantes do convés pareciam minúsculos. Era possível ver as luzes brilhando intensamente lá dentro, e todos que conheciam aquela parte da costa sabiam de que embarcação se tratava e a quem pertencia, embora houvesse várias outras, quase tão grandes quanto aquela, ancoradas nas proximidades. Os superiates eram grandes demais para atracar em portos, exceto nos que contavam com espaço suficiente para receber navios de cruzeiro. Não era fácil atracar um iate daquele porte, não importava quanto a equipe fosse grande ou a experiência em manobrá-lo.

O dono da embarcação, Vladimir Stanislas, possuía mais três iates, de tamanhos similares, ao redor do mundo e um veleiro de cerca de 300 pés que havia comprado de um americano, mas que raramente utilizava. Porém, o *Princess Marina*, cujo nome havia sido dado em homenagem à sua mãe, que morreu quando ele tinha 14 anos, era sua embarcação preferida. Era uma requintada ilha flutuante de ostentação e luxo que custara uma fortuna para ser construída. Vladimir também era dono de uma das mais famosas mansões da costa, em St. Jean Cap-Ferrat. Ele a havia comprado de um famoso astro do cinema, mas nunca se sentiu muito seguro em terra, pois roubos e ataques a grandes mansões eram bastante comuns no sul da França. No mar, com a tripulação para protegê-lo, a maioria de seus funcionários com treinamento avançado em segurança e em medidas antiterroristas, mais um arsenal de armas a bordo e um sistema de mísseis especialmente projetado para ele, sentia-se seguro e ainda conseguia se locomover rapidamente de um lugar para outro a qualquer momento.

Vladimir Stanislas era conhecido por ser um dos homens mais ricos da Rússia e do mundo, detentor do monopólio da indústria siderúrgica russa, concedido a ele pelo governo havia quase vinte anos, graças às excelentes relações que cultivava desde a juventude. Alguns grandes negócios haviam sido feitos em momentos cruciais, e, com isso, ele conseguiu ganhar mais dinheiro do que qualquer pessoa poderia imaginar. Também havia feito pesados investimentos em indústrias de petróleo ao redor do mundo. Era difícil imaginar quanto dinheiro Vladimir já havia ganhado. Aos 49 anos, estimava-se que sua fortuna girava em torno de 40 ou 50 bilhões de dólares, levando em consideração os negócios e os investimentos dos quais se tinha conhecimento. Ele era amigo íntimo de vários funcionários do alto escalão do governo, até do presidente da Rússia, e também era conhecido de outros chefes de Estado. O iate fabuloso que cintilava como uma joia no crepúsculo era apenas um pequeno símbolo de suas boas relações e brilhantes habilidades nos negócios, que muito o haviam beneficiado.

Vladimir era tanto admirado como temido. O que realizara em 19 anos como principal figura do cenário industrial russo fez com que conquistasse a admiração e a inveja de executivos no mundo todo. E aqueles que o conheciam bem e faziam negócios com ele sabiam que havia muito mais nessa história. O russo tinha a reputação de ser implacável e de nunca perdoar seus inimigos. Mas também tinha um lado gentil: sua paixão pela arte, seu amor por todas as coisas belas e seu conhecimento de literatura, algo que havia adquirido recentemente. Ele preferia estar acompanhado de seus semelhantes. Seus amigos eram russos, todos donos de importantes indústrias como ele. E as mulheres da sua vida também sempre foram russas. Embora tivesse uma bela casa em Londres, uma mansão no sul da França e um apartamento espetacular em Moscou, Vladimir só se relacionava com seus compatriotas. Era um homem acostumado a conseguir o que queria, pois controlava a maior parte da nova riqueza da Rússia.

Apesar de sua importância e influência, era fácil para Vladimir passar despercebido em uma multidão. Preferia não ser notado, era modesto. Ele se vestia de forma simples, ia e vinha discretamente, como bem queria. Só quando se olhava em seus olhos, era possível perceber quem e o que ele era: um homem de poder infinito, um observador ávido de tudo ao seu redor. Sua mandíbula protuberante e a postura rígida demonstravam que ele era um homem que não tolerava ouvir "não". No entanto, quando sorria, podia se suspeitar de uma animosidade velada e certas vezes indulgente. Ele tinha as maçãs do rosto salientes e os traços mongolinos de seus ancestrais, características que davam um ar exótico à sua aparência. Desde menino, exercia um poder de atração nas mulheres, mas nunca foi uma pessoa vulnerável. A ninguém. Não tinha nenhum apego vital e era dono do seu mundo havia bastante tempo. Não seria capaz de se contentar com nada menos do que isso.

Era alto, austero, loiro, tinha olhos azuis e feições esculpidas. Mas Vladimir não era tão bonito, no sentido clássico, quanto interessante, e, por outro lado, em raros momentos, quando estava relaxado e tranquilo, podia parecer caloroso e tinha aquele ar sentimental, típico de alguns russos. Nada em sua vida fora acidental ou não planejado. Tudo havia sido cuidadosamente pensado como parte de algo maior. Ele tivera inúmeras amantes desde sua ascensão ao poder, mas, ao contrário de alguns colegas e conhecidos, não queria filhos, e deixava isso claro para suas companheiras desde o início. Não tolerava nenhuma corrente que o prendesse nem nada que pudesse torná-lo vulnerável. Não tinha família e era apegado a poucas coisas na vida.

A maioria de seus conhecidos tinha, pelo menos, um filho com cada mulher com quem havia se envolvido, geralmente por insistência da parceira para garantir sua condição financeira pelos anos seguintes. Vladimir se recusava a ser vítima desse tipo de pedido. Crianças não faziam parte de seus planos. Essa decisão já estava tomada havia um bom tempo, e ele não se arrependia disso. Era generoso o suficiente com suas mulheres enquanto estava com elas, mas não fazia promessas para o futuro. Por outro lado, elas sabiam que não adiantava insistir nisso nem tentar manipulá-lo. Vladimir era como uma serpente pronta para dar o bote, sempre vigilante. E era impiedoso quando desafiado. Podia ser gentil, mas também era capaz de mostrar seu lado cruel, de ser perigoso, se fosse enganado ou provocado. Poucas pessoas se atreviam a irritá-lo, e nenhuma mulher até agora o havia desafiado. Natasha, sua atual companheira, sabia que não ter filhos com ele era a condição para que Vladimir estivesse com ela ou com qualquer outra mulher. Ele havia deixado claro que não queria se casar e que o relacionamento deles não ficaria mais sério do que era. E, uma vez estabelecido esse acordo, nunca mais tocaram no assunto. Aquelas que tentaram convencê-lo do contrário foram dispensadas sumariamente com uma ótima quantia em dinheiro, mas nada comparado ao que teriam se tivessem levado o relacionamento adiante. Vladimir não era tolo, e nunca se comprometia, exceto quando lhe era conveniente nos negócios. Ele ouvia a razão em vez do coração em todas as circunstâncias. Não havia chegado aonde estava sendo ingênuo ou vulnerável às mulheres. Não confiava em ninguém. E aprendeu, desde muito jovem, a confiar apenas em si mesmo. As lições que aprendera na infância tinham lhe servido bem.

Desde que chegara ao topo, Vladimir ganhara força e acumulara riqueza numa escala meteórica, tinha poder quase ilimitado e uma fortuna que as pessoas podiam apenas imaginar. E ele sabia aproveitar os frutos de suas realizações. Gostava de ter os vários tipos de divertimento que o dinheiro lhe permitia comprar, as casas, os barcos, os carros esportivos fabulosos, um avião, dois helicópteros — que usava com bastante frequência — e a coleção de arte, que era sua paixão. Estar cercado de beleza era algo importante para ele. Amava possuir tudo o que havia de melhor.

Vladimir tinha pouco tempo livre, mas não hesitava em se divertir quando podia. Os negócios vinham sempre em primeiro lugar, assim como o próximo acordo que ia fechar, mas, de vez em quando, reservava um tempo para diversão. Tinha poucos amigos, apenas homens importantes com os quais fazia negócios ou os políticos que controlava. Nunca tinha medo de se arriscar e não suportava ficar entediado. Sua mente funcionava na velocidade da luz. Estava com sua companheira atual havia sete anos. Salvo raras exceções — o que era incomum para homens como ele —, era fiel a ela. Não tinha tempo, nem interesse, para casos amorosos. Estava satisfeito com sua mulher e o relacionamento deles era exatamente o que ele queria.

Natasha Leonova era, sem dúvida, a mulher mais linda que Vladimir já havia conhecido. Ele a viu pela primeira vez em uma rua de Moscou, congelando no inverno russo, jovem e orgulhosa, e gostou dela assim que a conheceu, quando tentou ajudá-la. Porém, na época, ela não lhe deu muita chance. Depois de um ano de implacáveis investidas, ela, aos 19 anos, se rendeu e aceitou ser sua amante. Agora Natasha estava com 26.

Ela fazia o papel de anfitriã, quando necessário, na exata medida que ele queria, nunca se colocando muito à frente. Natasha era um acessório espetacular e uma mulher devotada ao companheiro. Vladimir não exigia nada mais do que isso dela, embora ela fosse uma mulher brilhante. Só o que queria de Natasha era sua companhia, beleza e que estivesse disponível para ele sempre, para tudo o que precisasse. Natasha conhecia a dinâmica, sabia que não adiantava pedir informações que ele não oferecesse voluntariamente. Esperava por ele onde quer que Vladimir quisesse, fosse em uma cidade, em uma casa ou em um barco, e ele a recompensava de maneira bem generosa por sua companhia e fidelidade. Ela nunca o havia traído. Se tivesse sido infiel, já não estaria na vida dele há muito tempo. Aquele acordo servia aos dois. Tanto que ela estava ao seu lado havia sete anos, muito mais tempo do que ambos poderiam esperar. A bela jovem havia se tornado parte da máquina perfeitamente sincronizada que fazia a vida dele funcionar, e era uma pessoa importante para ele por esse exato motivo. Os dois sabiam o papel que desempenhavam na vida um do outro, e não pediam nada além disso. O equilíbrio entre eles funcionou perfeitamente durante anos.

Natasha parecia uma dançarina ao se mover pela incrível cabine do iate que se transformava na casa deles por vários meses do ano. Ela gostava de ficar no barco com Vladimir. Sentia-se livre ali. Eles podiam se locomover a qualquer momento e ir aonde quisessem, fazer o que desejassem. E, quando ele estava ocupado ou viajava para outras cidades para participar de reuniões, ela se via livre para fazer o que bem entendesse. Às vezes, saía do barco para passear ou fazer compras, ou ficava a bordo. Natasha compreendia perfeitamente a dinâmica do relacionamento dos dois. Entendeu o que ele esperava dela e cumpria bem seu papel. Em troca, ele exaltava sua beleza perfeita e a exibia para o mundo. Era como se ela fosse um troféu, a Ferrari dele, ou uma joia rara. Ao contrário de outras mulheres em sua posição, Natasha nunca se mostrava difícil nem exigente, muito menos petulante; sabia, instintivamente, quando ficar em silêncio e quando falar, quando manter distância e quando estar por perto. Sabia ler perfeitamente o humor de Vladimir, e era uma pessoa flexível e fácil de se lidar. Não exigia nada do companheiro e, por isso, ele era extremamente generoso com ela. E embora Natasha apreciasse o que ele lhe dava e desfrutasse de tudo, também ficaria satisfeita com menos, algo inédito para uma mulher em sua situação.

Natasha não fazia planos sozinha e sabia que não deveria perguntar sobre os homens que visitavam Vladimir e sobre os negócios nos quais estavam envolvidos. Ele valorizava sua discrição, seus modos gentis, sua companhia e sua aparência deslumbrante. Ela era sua amante, e ele nunca lhe prometera nada além disso. Às vezes, Vladimir a tratava como uma obra de arte que queria exibir em um museu. Quando Natasha saía com ele, confirmava o *status* dele perante a outros homens, era um símbolo de seu bom gosto. Ela conhecia Vladimir pelo que ele era com ela: um homem gentil e generoso quando queria, mas também perigoso. Ela já o tinha visto mudar drasticamente de humor em um instante; contudo, preferia acreditar que ele era uma pessoa boa por trás da fachada dura pela qual era conhecido, mas nunca colocara isso à prova. Natasha gostava da posição que ocupava na vida do russo, da pessoa que ele era e o admirava por tudo o que havia conquistado na vida.

Vladimir a resgatara da extrema pobreza das ruas de Moscou quando Natasha tinha 19 anos, e ela nunca se esquecia das dificuldades que passou na vida antes de conhecê-lo. Ela nunca deixou que nada interferisse no desempenho dos seus deveres com ele, nem ignorava o que lhe devia, pois pretendia nunca mais voltar para a vida de miséria da qual saíra, e não colocaria a vida que tinha agora — graças a ele — em risco. Estava segura e a salvo sob a proteção de Vladimir e não deixaria que nada pudesse comprometer isso. Estava ciente de quem e do que era para ele em todos os momentos. Não pedia nada mais, nem precisava. Ele era excepcional para ela na vida que compartilhavam, e Natasha era agradecida a Vladimir por tudo o que ele havia lhe proporcionado.

Devido à vida que levavam juntos, ela vivia isolada, não tinha amigos nem contato com outras mulheres. Só havia espaço para Vladimir em seu mundo, e era exatamente isso o que ele esperava dela. Natasha seguia todas as regras impostas por ele, sem arrependimento ou reclamações, diferentemente de outras mulheres em sua situação, que mantinham o relacionamento por interesse. Natasha não. Ela era inteligente, e sabia qual era seu lugar e seus limites. Estava completamente satisfeita com a vida que tinham juntos e a aproveitava bastante. Nunca desejou ser mais do que já era para Vladimir. Como sua amante, tinha tudo com que já sonhara, até mais. Nunca sentiu falta de ter filhos, amigos, nem ansiava por ser sua esposa. Não precisava de nada além do que eles já tinham.

Natasha estava se vestindo quando ouviu o helicóptero se aproximando. Havia acabado de tomar banho e colocara um macacão de cetim branco, que moldava perfeitamente seu corpo escultural. Quando era menina, sonhava em ser bailarina, o que não havia sido nem remotamente possível. Natasha penteou rapidamente os cabelos loiros, longos e ondulados, aplicou o mínimo de maquiagem, colocou os brincos de diamante que Vladimir havia lhe dado e calçou um par de sandálias prateadas de salto alto. Tinha uma beleza natural, sem artifícios, e não precisava fazer nada para ressaltá-la. Vladimir adorava isso. A bela mulher fazia com que ele se lembrasse de alguns de seus quadros favoritos de artistas italianos. Vladimir era capaz de ficar admirando seu corpo longilíneo e gracioso, suas feições perfeitas, seu cabelo loiro-claro e sedoso e seus olhos azuis enormes como quem admira um céu de verão por horas. Ele sentia prazer tanto em admirá-la como em conversar com ela. Apreciava o fato de sua companheira ser inteligente. Detestava mulheres vulgares, gananciosas e estúpidas, e Natasha não era nada disso. Tinha uma graça natural nela, e uma dignidade serena.

Ela subiu as escadas que davam para um dos dois heliportos do convés superior e parou ao lado de vários tripulantes e seguranças, que esperavam pele patrão, assim que o helicóptero aterrissou. O vento balançou seus cabelos, e ela sorriu, tentando vê-lo através das janelas. Um instante depois, o piloto desligou o motor, a porta se abriu e Vladimir saltou do helicóptero acenando com a cabeça para o capitão enquanto um dos guarda-costas pegava sua pasta. Ele olhou para Natasha e sorriu. Era exatamente para ela que queria voltar depois das reuniões em Londres. Havia partido fazia dois dias e estava feliz por voltar ao iate, onde poderia relaxar, embora mantivesse um escritório ali no qual costumava trabalhar também, e alguns telões para que pudesse se comunicar com seus escritórios em Londres e Moscou. Às vezes, os dois passavam meses na embarcação, e ele viajava para as reuniões quando precisava. A última da qual havia acabado de participar fora boa e o deixara satisfeito.

O magnata russo colocou o braço ao redor dos ombros de Natasha enquanto os dois desciam um lance de escadas até um grande e elegante bar no andar abaixo do convés. Uma funcionária havia trazido duas taças de champanhe em uma bandeja de prata, uma para cada um, enquanto Vladimir contemplava o mar por um momento. Quando ele se virou para Natasha, ela não perguntou absolutamente nada sobre as reuniões. Tudo o que sabia sobre o trabalho de seu companheiro era o que havia escutado, visto ou suposto, e guardava tudo para si. Sua discrição — bem como sua beleza — era importante para ele. E Vladimir estava encantado em vê-la depois de dois dias fora. Enquanto se sentavam, nenhum dos dois notou os guarda-costas a uma pequena distância. Os homens faziam parte da paisagem para eles.

— Então, o que você fez hoje? — perguntou ele em tom gentil, admirando a forma como o macacão branco caía no corpo dela como se fosse uma segunda pele. A atitude dela nunca era provocadora, exceto na cama, mas havia uma inegável natureza sensual nela que fazia com que os homens parassem para admirá-la e invejassem Vladimir, algo que o agradava. Assim como o barco era um símbolo de sua grande riqueza, a beleza deslumbrante de Natasha era um símbolo de sua virilidade. Ele gostava de ambas as coisas.

— Nadei, fiz as unhas e fui às compras em Cannes — respondeu ela, em um tom de voz baixo.

O que havia descrito era um dia típico para ela quando ele não estava por perto. Com Vladimir a bordo, Natasha permanecia no barco, à sua disposição. Ele não gostava de não a ver por perto, caso tivesse tempo livre. E gostava de nadar, de comer e de conversar com ela sempre que tinha vontade.

Natasha havia estudado bastante sobre arte por conta própria, lendo livros e artigos na internet e se mantendo atualizada sobre as novidades. Teria gostado de ter algumas aulas no Tate, em Londres, quando estavam lá, ou até em Paris, onde também às vezes ficavam, mas ela nunca permanecia por tempo suficiente em lugar nenhum para se matricular em cursos, e Vladimir sempre a queria à sua disposição. Porém, apesar da falta de educação formal em uma sala de aula, conseguiu aprender muito sobre arte nos últimos anos, e ele gostava de discutir suas novas aquisições com ela, bem como as pinturas que planejava comprar. Natasha estudava muito sobre os artistas que o russo mencionava e adorava pesquisar curiosidades sobre eles, o que também fascinava e intrigava Vladimir. Ela adorava conversar com especialistas em arte nos jantares que os dois davam, o que deixava o russo bastante orgulhoso.

E como ela não tinha amigos com quem passar o tempo, havia se acostumado a fazer compras sozinha. Ele permitia que Natasha comprasse o que quisesse e adorava dar presentes a ela, principalmente joias, que gostava de escolher, e uma grande quantidade de bolsas Hermès de couro de jacaré de todas as cores imagináveis — em sua maioria Birkins com fechos de diamante, que custavam uma fortuna. Ele não se ressentia de nada, e adorava escolher para ela roupas em desfiles da alta-costura, como o macacão Dior que ela estava usando. Gostava de mimá-la de uma maneira que não fazia nem consigo mesmo. A bela mulher era como uma propaganda para ele. Por outro lado, Vladimir estava sempre vestido de modo simples e conservador, e havia retornado de Londres usando jeans, um blazer bem-cortado, uma camisa azul e sapatos de camurça marrom da Hermès. Eles formavam um belo casal, apesar da diferença de idade. Às vezes, ele brincava que era velho o suficiente para ser seu pai. Embora não parecesse, a diferença de idade entre eles era de 23 anos.

Apesar de não ter vida própria, Natasha não era solitária. Vladimir a recompensava muito bem por monopolizá-la, e ela nunca reclamava. Era grata a ele, que nunca se cansava de admirá-la. Em sete anos, Vladimir nunca conhecera outra mulher a quem havia desejado mais, ou que se adequasse melhor a ele. Só a traiu uma vez, depois de uma reunião importante, quando homens com quem fazia negócios contrataram prostitutas, e ele não quis parecer relutante ou antipático. Os homens costumavam beber muito, e ele sempre ia embora cedo.

Quando o champanhe acabou já era noite, e Vladimir disse que queria ir para a cabine tomar banho e vestir algo mais casual para o jantar, embora preferisse ver Natasha exatamente no tipo de roupa que ela estava usando. Ainda ficava excitado ao ver como aquela mulher era bela. Ela o acompanhou até a cabine e se deitou na cama enquanto o companheiro tirava a roupa e entrava em seu closet, junto ao banheiro de mármore preto. Natasha também tinha o próprio closet junto ao seu banheiro de mármore cor-de-rosa, projetado especialmente para ela.

Quando entraram na cabine, Vladimir apertou o interruptor que acendia uma luz no corredor, indicando que não queriam ser perturbados. Natasha colocou música no sistema de som do quarto enquanto esperava por ele, e então se virou de repente e o viu nu, parado atrás dela, recém-saído do banho, sorrindo e com os cabelos molhados.

— Senti sua falta em Londres, Tasha. Não gosto de viajar sem você — disse ele.

Ela sabia que era verdade, mas, como Vladimir não lhe pediu que o acompanhasse, Natasha concluiu que estaria ocupado em reuniões até tarde da noite. Ela não fazia ideia de quem ele fora encontrar ou por que teve de viajar, e não perguntou.

— Também senti sua falta.

Com os pés descalços, Natasha se deitou, ainda de macacão de cetim branco, com os cabelos esparramados sobre o travesseiro. Ele se sentou na cama ao lado dela, deslizou as tiras do macacão pelos seus ombros e, em seguida, o tirou do seu corpo, deixando-a só com uma calcinha branca de cetim que havia sido feita para ser usada com a peça.

Ele murmurou coisas para ela enquanto acariciava seu pescoço. O corpo de Vladimir era forte e, ao se deitar suavemente sobre Natasha, ele tirou a calcinha dela e a jogou longe. Havia esperado ansiosamente por aquele dia e, naquele momento, sentia-se confortável no familiar entrosamento de seus corpos. Ele sempre a fazia se lembrar de um leão quando estavam na cama, e soltava um rugido de vitória e libertação quando gozava. Depois, ela descansava feliz em seus braços e suspirava, sorrindo para ele. Os dois jamais se decepcionavam com o sexo e encontravam segurança e paz nos braços um do outro naquele mundo turbulento.

Eles tomaram banho juntos, e ela vestiu uma túnica branca de seda antes de ir para o salão de jantar ao ar livre, uma hora depois.

Os dois pareciam relaxados sentados à mesa. Passava das dez, mas eles gostavam de comer tarde, quando o russo não recebia mais ligações e e-mails de seus assistentes em Londres e Moscou. A noite era deles, exceto quando recebiam visitas — o que quase sempre tinha relação com trabalho — de homens com quem Vladimir estava fechando algum negócio ou com quem compartilhava certo interesse.

— Por que não jantamos em St. Paul de Vence amanhã à noite? — sugeriu ele enquanto acendia um charuto cubano. Natasha inalou o cheiro pungente que também amava.

— No La Colombe d'Or? — perguntou ela. Eles já tinham ido ao restaurante inúmeras vezes para desfrutar de suas deliciosas refeições. O lugar era famoso por ter várias obras de arte de artistas como Picasso, Léger, Calder e de vários outros que jantaram lá no início de suas carreiras e haviam pagado a conta com suas telas. Era um colírio para os olhos comer cercada pelo notável trabalho dos artistas que haviam se reunido lá muito antes de se tornarem famosos.

— Quero conhecer aquele lugar de que tanto ouvimos falar — respondeu ele, relaxando com o charuto enquanto ambos olhavam para o mar e apreciavam juntos o céu estrelado. — Da Lorenzo.

— Também era o lugar favorito dos amantes de arte, repleto de trabalhos de Lorenzo Luca. O restaurante havia sido aberto pela viúva do artista e era praticamente um santuário em sua homenagem, na casa onde moravam, com os quartos na parte de cima do restaurante disponíveis para os famosos colecionadores de arte, comerciantes e curadores de museus. Aparentemente, era uma experiência de imersão total na obra do famoso artista, e Vladimir queria conhecer o restaurante fazia um bom tempo, mas era tão difícil conseguir uma reserva que eles sempre terminavam no La Colombe d'Or, que também era bom. — Um comerciante de arte em Londres me disse que deveríamos ligar diretamente para Madame Luca e dar o nome dele como referência. Minha assistente tentou e deu certo.

Temos uma reserva para amanhã. Estou ansioso para, finalmente, conhecer o lugar. — Ele parecia satisfeito. Os proprietários notoriamente escolhiam quais clientes aceitavam receber.

— Eu também. Adoro o trabalho dele. — Era um tanto parecido com o de Picasso, embora tivesse seu próprio estilo.

— Há muito pouco dele no mercado. Quando ele morreu, deixou a maior parte de seu trabalho para a mulher, mas ela não quer vender nada. De vez em quando, vende uma obra em um leilão, mas me disseram que é muito teimosa em relação a isso. E ele não produzia tanto quanto Picasso, então há pouca coisa. Só fez sucesso muito tarde na vida, por isso os preços de suas telas estão nas alturas agora. A recusa dela em vender os quadros elevou ainda mais os valores, fazendo com que eles ficassem quase tão caros quanto as obras de Picasso. O último, que foi vendido na Christie's, há alguns anos, foi arrematado por um valor inacreditável.

— Então não vamos comprar obras de arte no jantar — provocou ela, e ele riu. Ou talvez comprassem. Vladimir era imprevisível sobre onde e quando comprava objetos de arte, e implacável na busca por tudo o que queria.

— Aparentemente, é como visitar um museu. A viúva mantém o melhor trabalho no estúdio dele. Eu não me importaria em dar um passeio por lá um dia desses. Quem sabe conseguimos encantá-la amanhã — disse Vladimir, sorrindo para Natasha. Os dois estavam ansiosos para a aventura no dia seguinte.

Depois do jantar, eles ficaram conversando por um tempo enquanto os guarda-costas se mantinham à distância e os comissários de bordo os serviam. Natasha tomou sua última taça de champanhe enquanto os dois olhavam para as estrelas e apreciavam o conforto do barco. O mar estava calmo, e a noite, pacífica; já passava muito da meia-noite quando, finalmente, desceram as escadas, então Vladimir a deixou sozinha um pouco para responder alguns e-mails em seu escritório. Ele era diligente em se manter a par dos negócios. Não havia nenhuma hora do dia que ignorasse o trabalho. Era sua prioridade sempre.

Ele era alimentado por um terror silencioso, algo que Natasha entendia bem. Esse era, inclusive, um dos laços mais fortes que compartilhavam, mas eles nunca falavam sobre o assunto. As origens deles não eram tão diferentes. Os dois haviam saído da pobreza mais abjeta, que levou Vladimir a um sucesso surpreendente e Natasha, na adolescência, das ruas de Moscou, aos seus braços.

Nascido em um mundo de extrema privação, Vladimir viu o pai morrer por causa do alcoolismo quando tinha 3 anos, e a mãe, Marina, de tuberculose e desnutrição quando ele estava com 14. Sua irmã morreu de pneumonia aos 7. A família não tinha dinheiro para se tratar. Quando a mãe se foi, ele acabou nas ruas e sobreviveu graças à sua esperteza, prometendo a si mesmo que não seria pobre quando crescesse, custasse o que fosse. Ele se tornou aviãozinho, entregador e uma espécie de mascote para algumas das figuras mais sombrias de Moscou quando tinha 15 anos. Aos 18, era um subordinado confiável que realizava tarefas muitas vezes questionáveis para eles, mas as executava de maneira corajosa e eficiente. Não tinha medo e era inteligente. Um de seus empregadores viu seu potencial e se tornou seu mentor. Vladimir assimilou tudo o que ele lhe ensinou e juntou sua inteligência e conhecimento a tudo o que aprendera com ele. Quando estava com 21 anos, ganhou mais dinheiro do que esperava e teve um ímpeto forte de ir além e ganhar mais. Aos 25, já era um homem rico e aproveitava todas as oportunidades que o dinheiro lhe oferecia. Aos 30, havia conseguido ganhar vários milhões e feito pleno uso de suas relações. Dezenove anos depois, nada era capaz de detê-lo, e ele faria tudo o que precisasse, passaria por cima de quem quer que fosse, para nunca mais ser pobre de novo. Muitos o consideravam um homem cruel, mas Vladimir apenas sabia o que era necessário para sobreviver em um mundo complicado.

*

Natasha tinha o mesmo pânico de voltar à pobreza. Filha de pai desconhecido com uma prostituta que a abandonou em um orfanato estadual aos 2 anos, nunca foi adotada e permaneceu lá até os 16. Depois disso, passou três anos trabalhando em fábricas e vivendo em abrigos sem aquecimento, sem perspectivas. Recusou as investidas de homens que queriam pagar para fazer sexo com ela. Não queria acabar como a mãe, cujos registros mostravam que havia morrido por conta do alcoolismo pouco depois de abandonar a filha.

Vladimir a tinha visto andando penosamente na neve, com um casaco fino, quando Natasha tinha 18 anos, e ficara encantado por sua beleza. Ele lhe ofereceu carona, para que a jovem se protegesse do frio e da neve, e não conseguiu acreditar quando ela recusou. Ele ficou atrás dela por meses no abrigo municipal, enviou roupas quentes e comida como presentes, que foram recusados. Até que, finalmente, quase um ano depois de ter visto Natasha pela primeira vez, doente e com febre, ela concordou em ir para casa com ele, onde Vladimir cuidou dela. Natasha estava com pneumonia e quase morreu. Algo nela o fazia se lembrar de sua mãe. Ele a salvou, a resgatou da fábrica e da vida terrível que levava, embora a jovem tivesse hesitado no início.

Os dois nunca falavam sobre o passado, mas o pior medo dela era voltar a ser pobre, a não ter nada nem ninguém, até morrer, só por ser pobre. Ela nunca ignorou o fato de que Vladimir fora seu salvador e, em sua opinião, continuava sendo, diariamente. Natasha ainda tinha pesadelos com o orfanato, com a fábrica, com os abrigos. Sonhava com as mulheres que viu morrer em sua antiga vida. Nunca havia dito isso a ninguém, mas preferia morrer a voltar àquela situação.

Em muitos aspectos, eles faziam uma boa combinação. Tinham origens semelhantes, chegaram ao sucesso por meios diferentes, mas tinham um profundo respeito um pelo outro e, embora nunca fossem admitir, uma necessidade profunda um do outro também.

O passado nunca esteve longe de nenhum dos dois. A pobreza em que haviam crescido era o medo que perseguiu Vladimir por toda a sua vida. Agora, finalmente, ele havia conseguido superá-lo. Mas o magnata russo nunca deixou de olhar para trás para se certificar de que aquele fantasma não estava mais lá. Não importava quantos bilhões ganhasse, nunca era suficiente, e estava disposto a fazer qualquer coisa para garantir que o demônio da pobreza jamais o pegasse de novo. A fuga de Natasha havia sido mais fácil, fortuita e mais pacífica, mas, em sete anos, ela nunca se esqueceu de onde veio, de como aquele mundo era ruim e quem a salvara. E não importava quão longe tivessem chegado ou quanto se sentissem seguros, os dois sabiam que seus velhos temores sempre seriam parte deles. Os fantasmas que os assombravam ainda estavam vivos.

Natasha adormeceu esperando por Vladimir naquela noite, como costumava fazer. Ele a acordou quando se deitou e fez amor com ela mais uma vez. Ele era o salvador que a havia resgatado de seu inferno particular e, perigoso como poderia ser para os outros, ela sabia que estava segura em seus braços.

Capítulo 2

Aos 63 anos, Maylis Luca ainda era uma mulher atraente. Seu cabelo, que havia ficado grisalho prematuramente aos 25, era uma juba branca feito a neve que lhe caía pelas costas durante o dia ou estava presa numa trança ou num coque à noite, quando trabalhava no restaurante. Tinha olhos azuis e um corpo ligeiramente curvilíneo, o que fez com que ela se tornasse modelo de artistas quando saiu da Bretanha para passar um verão em St. Paul de Vence — onde permaneceu desde então —, aos 20 anos. Maylis conheceu um grupo de artistas que a deixou encantada e que gentilmente a acolheu, para o horror de sua família conservadora. Ela abandonou a universidade e ficou por lá durante o inverno também. Assim que viu Lorenzo Luca pela primeira vez, apaixonou-se perdidamente por ele.

Um ano mais tarde, aos 21, depois de posar para vários artistas no inverno anterior, Maylis tornou-se amante de Lorenzo. Ele tinha 60 anos na época e a chamava de sua pequena flor de primavera. A partir daí, passou a posar só para ele, e muitas das melhores obras do artista eram pinturas dela. Mas ele não tinha dinheiro na época, o que fez a família de Maylis ficar devastada com o caminho que ela havia escolhido. Lamentavam pela vida e pelas oportunidades que a jovem tinha abandonado. Para eles, ela havia tomado o caminho da perdição. Praticamente passava fome, feliz ao lado de Lorenzo, vivendo à base de pão, queijo, maçãs e vinho, em um pequeno cômodo em cima do estúdio dele. Maylis gostava de passar um tempo com os amigos do artista, de posar para ele e de ficar observando-o por horas enquanto ele trabalhava. Nunca se arrependeu de ter escolhido aquela vida e também nunca se iludiu pensando que os dois se casariam. Estavam juntos havia menos de um ano, e ele foi honesto com ela desde o início. Contou-lhe que havia se casado com uma garota na Itália aos 20 e poucos anos. Os dois não haviam tido filhos e não se viam fazia quase quarenta anos, mas ele achava muito complicado e dispendioso se divorciar.

Antes de conhecer Maylis e se apaixonar por ela, ele havia tido quatro amantes de longa data no decorrer da vida, e sete filhos com elas. Lorenzo gostava das crianças, mas era sincero e não tinha vergonha de dizer que vivia para o trabalho. Era um artista bastante dedicado. Reconhecia que era pai das crianças, mas nunca as assumiu legalmente nem as ajudou financeiramente, e não via motivos para tal. Nunca teve dinheiro na vida, muito menos quando era mais novo, e suas amantes nunca haviam lhe feito exigências, pois sabiam que ele não tinha nada para oferecer. Todos os seus filhos já eram crescidos quando ele conheceu Maylis. Eles o visitavam de vez em quando e o consideravam mais como um amigo do que pai. Nenhum deles se tornou pintor nem herdara sua veia artística; Lorenzo tinha pouco em comum com os filhos. Maylis era sempre gentil com eles quando apareciam. Todos eram mais velhos do que ela; alguns, inclusive, eram casados e tinham até filhos.

Maylis não sentia necessidade de ter filhos com Lorenzo. Tudo o que ela queria era estar ao lado do homem que amava, e ele não queria casamento nem filhos. O artista tratava a jovem feito uma criança na maior parte do tempo, e ela ficava feliz quando ele lhe ensinava sobre arte. Porém, o único trabalho de que ela realmente gostava era o dele. O artista era fascinado pelo rosto e pelo corpo de sua amante, e a esboçara em mil poses nos primeiros anos de relacionamento, desenvolvendo algumas pinturas muito bonitas a partir de alguns rascunhos.

Lorenzo era temperamental — algumas vezes era maravilhoso, outras, uma pessoa difícil de se lidar. Tinha a personalidade do artista e do gênio que Maylis acreditava que ele era. Ela estava feliz com ele e com a vida que levava em St. Paul de Vence, embora sua família ainda estivesse chocada por tudo o que a jovem havia deixado para trás para ficar com o pintor — alguém que consideravam inadequado devido ao seu estilo de vida e à sua profissão e por ser muito mais velho do que Maylis. Lorenzo era visto como um artista de enorme talento por parte de seus contemporâneos, mesmo ainda sendo completamente desconhecido. Ele não se importava por não ser famoso. Sempre conseguia arrumar dinheiro suficiente para sobreviverem. Quando não, pedia uma quantia emprestada a um amigo. Maylis trabalhava como garçonete em um restaurante da região algumas noites por semana quando eles ficavam sem nenhum dinheiro. A verdade era que dinheiro nunca havia sido algo importante para nenhum dos dois. Eles só se importavam com a arte de Lorenzo e com a vida que compartilhavam. Porém, como o artista não tinha uma personalidade fácil — era enérgico, difícil, volátil e temperamental —, no começo do relacionamento, ele e Maylis tiveram várias discussões, que eram resolvidas no quarto, no andar acima do estúdio. Ela nunca duvidou de que ele a amasse tanto quanto ela o amava. Lorenzo era o amor de sua vida, e ele dizia que a jovem era a luz de seus dias.

À medida que envelhecia, o artista foi ficando mais mal-humorado e frequentemente discutia com os amigos, especialmente se achasse que estavam se vendendo para o mundo comercial e sacrificando seu talento por dinheiro. Ele ficava feliz tanto dando seu trabalho para outros como o vendendo.

Lorenzo se mostrou hostil e desconfiado quando um jovem marchand veio de Paris para conhecê-lo. O rapaz havia estado em St. Paul de Vence algumas vezes antes de ele concordar em recebê-lo. Gabriel Ferrand tinha visto alguns dos trabalhos do artista e sabia quando estava diante de um gênio. Ele implorou a Lorenzo que o deixasse representá-lo na galeria em Paris, mas o pintor não concordou. Alguns dos seus amigos tentaram convencê-lo a aceitar, uma vez que Ferrand contava com uma excelente reputação, mas Lorenzo dizia que não tinha interesse em ser representado por "um bandido de um marchand ganancioso em Paris". Gabriel demorou três anos para convencer Lorenzo a deixá-lo expor uma de suas pinturas em Paris. Quando conseguiu, o rapaz a vendeu rapidamente por uma quantia considerável, embora Lorenzo insistisse que isso não significava nada para ele.

Foi Maylis quem finalmente o convenceu a permitir que Gabriel o representasse, o que se mostrou cada vez mais lucrativo, mesmo que Lorenzo ainda chamasse Gabriel de ladrão — algo que Gabriel achava extremamente engraçado. Ele adorava o gênio excessivamente difícil que havia descoberto. A maior parte da comunicação entre os dois passava por Maylis, e eles logo se tornaram amigos e começaram a conspirar para o benefício de Lorenzo. Quando o casal completou dez anos juntos, e Lorenzo havia completado 70, ele já tinha uma quantia significativa no banco, da qual dizia não querer saber. Insistia que não desejava "prostituir" sua arte, ou ser corrompido pelas "intenções venais" de Gabriel e então deixava que ele e Maylis administrassem seu dinheiro. Ele não tinha ficado rico, mas também não era mais paupérrimo. Nada mudou na vida deles — para não aborrecer Lorenzo —, e Maylis continuou trabalhando como garçonete algumas vezes por semana e posando para ele. O pintor demorou a exibir seu trabalho na galeria de Gabriel, em Paris, então o rapaz vendia os trabalhos individualmente, logo que os compradores o viam. Às vezes, Lorenzo não lhe mandava nada. Tudo dependia de seu humor, mas o pintor acabou gostando do seu relacionamento de amor e ódio com o jovem marchand de Paris, cujo único interesse era ajudá-lo a alcançar o reconhecimento que merecia devido ao seu enorme talento. Maylis fazia o possível para suavizar a relação atribulada dos dois. Na maioria das vezes, o artista entregava suas pinturas a ela, que até então guardava uma enorme coleção do seu trabalho, mas se recusava a vender qualquer uma das obras que ganhava, por motivos sentimentais. Gabriel teve dificuldade em vender grande parte do trabalho de Lorenzo, mas permanecia fiel à causa, convencido de que, um dia, ele seria um artista de renome. Ia com frequência a St. Paul de Vence para ver o casal, principalmente pelo prazer de admirar o mais novo trabalho de Lorenzo e de conversar com Maylis, a quem adorava. Ele a achava a mulher mais extraordinária que já conhecera.

Gabriel havia tido uma esposa e uma filha em Paris, mas perdera a mulher para o câncer cinco anos depois de ter conhecido Lorenzo. Depois disso, ele passou a levar a filha, Marie-Claude, para St. Paul de Vence de vez em quando, e Maylis brincava com ela enquanto os dois homens conversavam. Maylis sentia pena da menina por ela não ter mãe. Marie-Claude revelava-se uma criança doce e alegre, e era evidente que Gabriel a amava profundamente, pois parecia ser um bom pai. Ele a levava junto para todos os lugares: para visitar artistas em seus estúdios e quando viajava. A pequena era uma menininha brilhante.

Lorenzo já não se interessava mais por crianças, nem mesmo pelos próprios filhos e também não tinha a menor intenção de ter herdeiros com Maylis, apesar de sua amante ainda ser jovem e bela. Ele a queria só para si, queria monopolizar toda a sua atenção, e ela era bem generosa em ceder todo o seu tempo ao companheiro. Por isso, foi um choque para ambos quando a jovem descobriu que estava grávida, depois de mais de uma década vivendo juntos. Uma criança nunca havia estado em seus planos. Na época, Maylis estava com 33 anos, e ele, com 72, e mais dedicado ao trabalho do que nunca. Lorenzo ficou zangado com ela por semanas quando descobriram. Finalmente, ainda a contragosto, acabou aceitando, mas continuava não gostando da ideia de ter uma criança na vida deles. Maylis também estava preocupada, mas foi se animando com a ideia aos poucos. À medida que o bebê crescia dentro dela, percebeu o que significava ter um filho de Lorenzo. Não havia dúvidas de que os dois não iriam se casar, já que ele era legalmente casado com outra mulher, que ainda estava viva. Ele soubera disso pelos primos que moravam na cidade onde nascera.

E, conforme a barriga de Maylis crescia, Lorenzo a pintava, de repente mais apaixonado do que nunca por seu corpo em constante mudança, carregando seu filho. Gabriel concordava com ele. Ambos achavam que suas pinturas de Maylis dessa época eram alguns dos melhores trabalhos de Lorenzo. O jovem nunca a tinha visto mais bonita. Maylis estava feliz grávida, e seu filho nasceu numa noite em que Lorenzo estava jantando com alguns amigos no estúdio. Maylis havia preparado a comida e os homens já tinham bebido bastante. Ela não falou nada, pois suspeitava que já estava em trabalho de parto desde antes do jantar, até que, finalmente, foi para o andar de cima e ligou para o médico, enquanto os homens bebiam lá embaixo. Lorenzo e seu grupo mal perceberam quando o médico chegou e subiu direto para o quarto a fim de fazer o parto do bebê, que veio rápido e facilmente. Duas horas após dar à luz, ela apareceu no alto da escada com um sorriso de vitória no rosto e segurando seu filho nos braços, envolto em um cobertor. Lorenzo subiu a escada com passos trôpegos para beijá-la e, assim que colocou os olhos no filho, apaixonou-se por ele.

Eles deram ao bebê o nome de Théophile, em homenagem ao avô de Maylis, Theo, como o chamavam, e ele se tornou a alegria da vida do pai.

Um dos trabalhos mais lindos de Lorenzo havia sido um quadro de Maylis segurando Theo ainda bebê no colo enquanto o amamentava. Conforme o filho crescia, o artista fez pinturas espetaculares dele. E, de todos os seus filhos, Theo foi o único a herdar seu talento. Começou rabiscando ao lado do pai assim que teve idade suficiente para segurar um lápis nas mãos rechonchudas. Isso trouxe um novo entusiasmo ao trabalho de Lorenzo, que então buscou ensinar ao filho tudo o que sabia. O artista tinha 83 anos quando Theo completou 10, e já estava claro na época que o menino um dia seria tão talentoso quanto o pai, embora seu estilo fosse bem diferente. Os dois desenhavam e pintavam por horas juntos, e Maylis os observava com alegria. Theo era o amor da vida deles.

Nessa época, Gabriel convenceu Lorenzo a comprar uma casa decente em St. Paul de Vence, embora ainda pintasse no estúdio e Theo se juntasse a ele todos os dias depois da escola. Maylis tinha quase de arrastá-los para casa à noite. Ela se preocupava com Lorenzo, que gozava de boa saúde e ainda trabalhava muito, como sempre, mas que estava ficando mais frágil a cada dia. O artista apresentou uma tosse que durou o inverno inteiro e se esquecia de comer o que a companheira deixava no estúdio se ela não estivesse lá para lhe dar as refeições, mas continuava tão apaixonado como sempre fora pelo trabalho, e determinado a ensinar o que sabia para Theo em todas as oportunidades.

Para a surpresa de Maylis, no inverno, Lorenzo contou que ficara sabendo que sua esposa havia morrido e insistiu em se casar com a amante na igreja da colina, com Gabriel como testemunha. Disse que queria fazer isso por Theo. Então eles se casaram. Na época, o filho ainda estava com 10 anos.

Foi Gabriel quem pediu a Lorenzo que avançasse outro degrau importante em sua carreira logo depois. Ele continuou insistindo em não expor na galeria em Paris, mas Gabriel queria vender uma das pinturas do artista em um importante leilão para estabelecer um preço por seu trabalho no mercado. Mais uma vez, Lorenzo lutou com unhas e dentes, e o único modo de convencê-lo foi dizer a ele que precisava fazer isso por Theo e que, um dia, o dinheiro poderia ser importante para a segurança do menino. Então, como sempre, quando Gabriel pressionava Lorenzo, o pintor concordava, mesmo relutante. E foi essa decisão que acabou mudando a vida de todos eles. O quadro foi vendido na Christie's, em maio, em um leilão, por uma fortuna indecente — mais do que Lorenzo ganhou a vida inteira ou que sonhava em ganhar. Ele achava que aquela pintura nem era seu melhor trabalho, e foi por isso que concordou em vendê-la.

Até Gabriel ficou atordoado com a quantia que o quadro rendeu. Ele esperava elevar os preços da obra de Lorenzo aos poucos. Não tinha a intenção de chegar lá de uma só vez. E o que aconteceu depois disso saiu do controle de todos. Nos oito anos seguintes, as pinturas de Lorenzo, quando ele concordava em vendê-las, atingiram preços astronômicos e eram altamente demandadas por colecionadores e museus. Se tivesse sido ganancioso, ele poderia ter acumulado uma grande fortuna. Mas, no fim das contas, mesmo sem querer, acabou acumulando. Sua relutância em vendê-los e a recusa de Maylis em abrir mão de qualquer uma das obras que ele havia lhe dado elevou ainda mais os preços. Quando Lorenzo morreu, aos 91 anos, era um homem muito rico. Theo estava com 18 e cursava o segundo ano de Belas Artes em Paris, a pedido do pai.

A morte de Lorenzo foi um choque e deixou todos devastados, sobretudo Maylis e Theo. Gabriel, que havia venerado o artista por mais de vinte anos, lidou com todos os trâmites burocráticos dos negócios dele, pois o considerava um amigo íntimo, apesar dos insultos que Lorenzo lhe desferia. Aquilo se tornou uma espécie de brincadeira carinhosa com a qual os dois se divertiam. Gabriel havia fundamentado sua carreira na de Lorenzo e cuidou de tudo para Maylis e o filho quando o artista morreu. Lorenzo gozou de boa saúde até o final de vida e trabalhara mais do que nunca no último ano. Parecia que sabia que estava com os dias contados. Deixou para Maylis e Theo uma fortuna considerável, tanto em obras de arte como em investimentos que Gabriel havia feito para ele. Maylis não acreditou quando o marchand lhe contou o valor do patrimônio. Nunca lhe ocorrera quanto ele valia. A única coisa que importava para ela era o homem que amava apaixonadamente fazia trinta anos.

Apesar das súplicas de Gabriel, que Lorenzo ignorou, ele morreu sem deixar testamento e, pela lei francesa, dois terços da herança foram para Theo, como seu único filho legítimo, e o restante para Maylis, que era sua esposa. Do dia para a noite, ela se tornou uma mulher muito rica, principalmente por conta de todas as pinturas que ele havia lhe dado. O resto do seu trabalho havia sido deixado para Theo, além de dois terços de tudo o que Lorenzo tinha no banco e do que Gabriel havia investido em seu nome. Os outros sete filhos do artista, com as amantes, ficaram sem um centavo da herança. Então, depois de uma conversa decisiva com Gabriel, Maylis o fez dividir sua parte dos investimentos ao meio, além de metade das pinturas, para dar aos filhos de seu marido, que ficaram gratos e, inclusive, surpresos. Até mesmo Gabriel ficou desconcertado com o generoso gesto de Maylis, que insistiu que tinha dinheiro suficiente e sabia que vários dos filhos de Lorenzo precisavam mais do que ela. Tanto Theo como Maylis estavam com a vida garantida.

Theo continuou seus estudos em Belas Artes por mais dois anos depois que o pai morreu. Então, voltou para a casa, em St. Paul de Vence, para trabalhar. Comprou uma pequena casa para ele, na qual havia um estúdio ensolarado. Maylis voltou para o antigo estúdio de Lorenzo e morava no quarto que havia no andar superior, onde o filho nascera. A casa que Gabriel convencera Lorenzo a comprar acabou ficando vazia. Maylis dizia que não suportaria viver lá sem o marido, na casa em que ele morreu, e que, de certo modo, se sentia mais perto dele no estúdio. Gabriel achava que aquilo não era saudável, mas não conseguia convencê-la a pensar de outra forma.

Havia dois anos que Lorenzo falecera, e Maylis ainda estava inconsolável e sem vontade de seguir em frente. Gabriel ia visitá-la quase toda semana. Ela estava com 54 anos e tudo o que queria fazer era ficar parada contemplando os trabalhos do marido e refletindo sobre eles, lembrando-se de quando ele havia pintado cada um daqueles quadros, especialmente os que havia feito quando ela era jovem, e os de quando estava grávida de Theo. O filho ficava profundamente deprimido quando visitava a mãe e a via naquele estado. Chegara a conversar sobre o assunto inúmeras vezes com Gabriel quando o recebia em sua casa para jantar. Amigo de longa data da família, Gabriel era como um pai para Theo.

Cinco anos depois, Maylis ainda estava de luto, até que, finalmente, a parte mais profunda da ferida começou a se curar, e ela voltou a ter vontade de viver. Teve uma ideia inicialmente meio louca, mas que depois acabou se mostrando não tão louca assim. Quando jovem, costumava gostar de trabalhar em restaurantes. O La Colombe d'Or havia se tornado um grande sucesso, e foi daí que surgiu a ideia de transformar a casa que Lorenzo havia comprado para eles em um restaurante onde ela pudesse exibir o trabalho do falecido marido. Desde a morte do artista, Maylis havia vendido apenas uma das pinturas dele, pois recusou todas as demais ofertas de compras. Não queria nem deixar Gabriel colocá-las em leilão. Não precisava do dinheiro e não queria se desfazer de nenhuma. E, naquela época, Theo também não tinha motivo para vender as obras do pai que havia herdado, então a oferta de pinturas de Lorenzo Luca estava congelada, porém seu valor aumentava a cada ano. A recusa em vender fazia seu preço aumentar exponencialmente, embora esse não fosse o objetivo da viúva. No entanto, Maylis gostava da ideia de exibi-las em seu próprio restaurante, no lugar que havia sido sua casa, quase como se fosse um museu onde Lorenzo trabalhava. E ainda havia seis quartos que ela poderia alugar, se quisesse, para pessoas especiais do mundo da arte que precisassem ficar hospedadas na cidade.

Theo achou a ideia um pouco estranha quando a mãe lhe contou, mas Gabriel o convenceu de que seria bom para Maylis e que o projeto poderia inclusive ajudá-la a voltar a ter uma vida ativa. Ela já estava com 57 anos e não podia ficar de luto por Lorenzo para sempre.

O restaurante fez por ela exatamente o que Gabriel esperava. O empreendimento deu a Maylis uma razão para viver. Levou um ano para que eles fizessem todas as mudanças necessárias na casa. Construíram uma cozinha industrial e criaram um lindo jardim onde as pessoas podiam fazer as refeições durante o verão. Maylis contratou um dos melhores chefs de Paris. Ela e o falecido marido odiavam ir a Paris, e, por esse motivo, todos os candidatos que entrevistou foram encontrá-la em St. Paul de Vence. Fazia quase trinta anos que Maylis não colocava os pés em Paris. Ela sem sequer conhecia a galeria de Gabriel. Estava feliz em St. Paul de Vence e hospedava o amigo em um dos quartos da casa em suas frequentes viagens para visitá-la e lhe dar conselhos sobre o restaurante, ao qual ela batizou de Da Lorenzo, em homenagem ao único homem que havia amado na vida.

O restaurante fez um sucesso incrível no primeiro ano. As reservas eram agendadas com até três meses de antecedência. Amantes de arte vinham de todos os lugares para ver o trabalho de Lorenzo e comer uma refeição três estrelas, que rivalizava apenas com o La Colombe d'Or — cujos donos ficaram tão surpresos quanto todas as outras pessoas pelo que Maylis havia feito. Ela contratou um excelente *maître* para supervisionar o salão de jantar e o jardim, e um *sommelier* de primeira linha. Com a ajuda deles, encheu a adega com vinhos extraordinários e fez com que o Da Lorenzo se tornasse um dos melhores restaurantes do sul da França, frequentado tanto por amantes da arte como da gastronomia. E Maylis gerenciava tudo, falando sobre Lorenzo e dando atenção aos clientes, como fez por muito tempo com os amigos do artista. Ela mantinha a chama acesa e era uma anfitriã encantadora de um dos melhores restaurantes da região. Havia revelado um talento que ninguém suspeitava que tivesse, e Gabriel não cansava de repetir que sentia um orgulho enorme dela. Os dois sempre foram bons amigos e acabaram ficando ainda mais próximos com o tempo, desde a morte de Lorenzo.

Passados dois anos da inauguração do restaurante, Gabriel tomou coragem e revelou a Maylis o que realmente sentia por ela. Ele estava passando cada vez mais tempo em St. Paul de Vence, ficava hospedado em um dos quartos do restaurante durante semanas, supostamente para aconselhá-la. Porém, a verdade é que só queria ficar mais perto dela.

Como sua filha Marie-Claude já estava crescida, e trabalhando na galeria, ele podia se ausentar de Paris com tranquilidade. Já sinalizava a possibilidade de deixar os negócios na mão dela. A jovem vinha fazendo um excelente trabalho, embora se queixasse com o pai por ele se ausentar demais, jogando toda a responsabilidade em cima dela. Por outro lado, aproveitava a oportunidade para aprender. Havia descoberto alguns artistas contemporâneos que vinham vendendo bem. Assim como o pai, ela gostava de descobrir novos talentos e expor seus trabalhos. E tinha um faro para o que venderia no mercado de arte atual. Gabriel estava, com toda razão, muito orgulhoso da filha.

Em uma noite tranquila, depois que o restaurante havia fechado, Gabriel se sentou a uma mesa no jardim com Maylis e abriu seu coração para ela. Confessou que havia se apaixonado por ela praticamente no instante em que a conheceu, mas que seu profundo respeito pelo velho amigo e o apreço pelo amor que o casal compartilhava o impediram de revelar aquilo antes. Mas, com Maylis começando uma nova vida, ele finalmente achou que era o momento certo para falar, embora estivesse apavorado com a possibilidade de destruir a amizade que tinham havia quase trinta anos.

A confissão de Gabriel foi um choque para Maylis, que discutiu sobre o assunto com o filho no dia seguinte. Theo sabia que o pai e a mãe se amavam muito. Reconhecia que Lorenzo era um artista brilhante, mas também tinha consciência de que ele não era o santo que a mãe havia pintado desde sua morte. Lorenzo muitas vezes fora duro com ela em seus últimos anos de vida. Maylis dedicara todo o seu tempo ao marido e, por causa disso, passava por cima de todos os seus defeitos. Theo tinha uma visão muito mais realista do pai: irascível, mal-humorado, difícil, egoísta, até tirânico às vezes, e possessivo em relação à esposa, e seu temperamento que não melhorou com o passar do tempo. Gabriel era um homem muito mais gentil, generoso, e havia demonstrado uma profunda preocupação com Maylis. Ele sempre a colocava em primeiro lugar, diferentemente de Lorenzo. Theo suspeitava que Gabriel estivesse apaixonado por sua mãe desde a morte do pai e esperava que fosse verdade. Sempre considerou Gabriel uma pessoa maravilhosa e boa para a mãe, e a encorajou a dar uma chance ao amigo. Theo não podia imaginar um companheiro melhor para ela. Não queria que a mãe terminasse seus anos sozinha.

— Mas o que o seu pai pensaria do meu relacionamento com Gabriel? Não seria uma traição? Eles eram grandes amigos, afinal. Ainda que seu pai fosse duro com ele às vezes.

— Duro com ele? — questionou Theo, rindo do comentário. — Ele passou anos chamou Gabriel de bandido, eu me lembro bem disso. "O bandido do meu marchand em Paris." Não conheço outro ser humano que o teria suportado, exceto você. E Gabriel sempre foi fiel à nossa família. E ele ainda está aqui por você, *Maman*. Se Gabriel sempre foi apaixonado por você, devemos dar crédito a ele por nunca ter deixado isso transparecer enquanto *Papa* estava vivo. Ele sempre foi amigo de vocês dois. E, se você resolver ficar com ele agora, não será traição, e sim uma bênção. Você é jovem demais para ficar sozinha, e Gabriel é um homem bom. Fico feliz por você. Você merece ser feliz, e ele também. — Theo sabia que seria muito mais fácil lidar com Gabriel do que fora com o pai dele. O homem era um cavalheiro, seria muito mais gentil com sua mãe do que o pai jamais fora. Theo ficou contente pelo amigo ter, finalmente, se declarado. Esperava que sua mãe pensasse na proposta com carinho.

A resposta de Maylis a Gabriel veio alguns dias depois. Ela disse a Gabriel que seria incapaz de amar qualquer homem como havia amado Lorenzo, mas que tinha uma afeição profunda por ele e admitia que o amava como amiga e que, com o tempo, o sentimento poderia evoluir para algo mais sério. Porém Maylis o alertou de que, mesmo que se eles se envolvessem de maneira romântica, algo que ela reconhecia como uma possibilidade, Lorenzo sempre continuaria sendo seu primeiro amor e o homem de sua vida. Gabriel teria de aceitar a ideia de ser seu segundo amor, e ter um papel menor em sua vida, e ela não achava isso justo com ele.

Mas amando-a como a amava, Gabriel se mostrou disposto a aceitar, e esperava secretamente que um dia Maylis abrisse completamente seu coração ao amor deles. Estava certo de que isso era uma possibilidade e queria arriscar. Depois disso, decidiu ir com calma. Passou a cortejá-la com demonstrações sutis de romantismo. Um dia, finalmente a convidou para passar um fim de semana em Veneza, onde as coisas tomaram seu curso natural, e eles então se tornaram amantes. No começo, evitavam tocar no assunto e nunca fizeram grande alarde sobre isso. Ele ainda tinha o quarto no restaurante e deixava suas coisas lá, mas, ao longo dos últimos anos, dormia no estúdio com ela. Os dois viajavam juntos e aproveitavam a companhia um do outro. Um dia, ela finalmente disse que o amava, e foi sincera, mas ainda falava muito de Lorenzo, exaltando seu gênio e suas virtudes, principalmente as que ela havia idealizado em suas lembranças. Gabriel permitia que Maylis mantivesse suas ilusões sem reclamar.

Havia quatro anos que eles eram amantes, e Gabriel estava satisfeito com o relacionamento, mesmo com todas as suas restrições, por amor a ela. Nunca sugeriu casamento, nem pedia mais do que Maylis estava disposta a dar. Mas, de vez em quando, Theo repreendia a mãe dizendo que ela não deveria falar tanto sobre Lorenzo na presença de Gabriel — isso sempre afligira Theo.

— Por que não? — perguntou ela, parecendo surpresa quando o filho tocou no assunto. — Gabriel também amava o seu pai. Ele sabe que Lorenzo foi um grande homem e quanto ele significava para mim. Ele não espera que eu o esqueça, nem que deixe de falar com os clientes sobre meu falecido marido quando vierem ao restaurante para ver seu trabalho. É por isso que eles vêm até aqui, inclusive.

— Mas o Gabriel vem aqui porque ama você — disse Theo com suavidade.

Ele sempre achou incrível o fato de Gabriel se mostrar tolerante em ser o segundo na vida da mulher que amava, à sombra de um homem morto havia 12 anos, que não tinha sido nem um pouco santo. Ainda que amasse e admirasse o pai, ele achava que Gabriel era um homem melhor e muito mais gentil com sua mãe do que o pai jamais fora em seus últimos anos de vida. Lorenzo havia sido um grande artista, mas fora um homem muito difícil. Nunca foi fácil conviver com ele, mesmo na juventude, segundo relatos de pessoas que o conheceram naquela época. E seu talento, que ardia dentro dele feito uma chama, às vezes queimava os que eram mais próximos e quem o amava mais.

Gabriel acabou desenvolvendo interesse pela obra de Theo. Nunca se ofereceu para representá-lo, pois achava que o jovem deveria ter a própria galeria, e não viver à sombra do pai. Theo era um artista muito talentoso, tinha uma percepção completamente diferente da de Lorenzo, mas talento quase igual.

Aos 30 anos, o rapaz estava bem encaminhado e era extremamente focado em seu trabalho. A única coisa que ele permitia que o distraísse eram os pedidos ocasionais da mãe para ajudá-la no restaurante — quando algo dava errado ou quando estavam lotados ou com poucos funcionários, o que só acontecia de tempos em tempos. E, apesar de a mãe adorar o restaurante, Theo o detestava. Ele odiava ter de receber os convidados e ficar ouvindo a mãe exaltar as virtudes do pai. Depois de todos aqueles anos, já havia escutado mais do que o suficiente. Ele só pensava em gritar quando ouvia os comentários da mãe. Não gostava da agitação do público que frequentava o restaurante. Theo era uma pessoa bem mais tranquila e reservada do que Maylis.

Gabriel havia sugerido a Theo nomes de galerias que achava que ele deveria contatar, mas o jovem dizia, humildemente, que ainda não estava preparado para isso e que queria trabalhar mais um ou dois anos antes de fazer uma exposição em Paris. Ele já havia exibido seu trabalho em várias feiras de arte, mas não se instalara em uma galeria. Gabriel — que se tornara uma pessoa importante na vida de Theo — insistia que o jovem deveria expor na capital. Theo era agradecido por Gabriel também estar na vida de sua mãe, mesmo o relacionamento deles não sendo dos mais tradicionais. E, assim como o marchand, Theo esperava que os dois um dia se casassem, se Maylis se sentisse pronta para seguir em frente, o que claramente ainda não havia acontecido.

Casamento também não estava na lista de prioridades de Theo. Ele havia tido vários relacionamentos que duraram alguns meses ou um ano, muitos até menos. Era dedicado demais ao trabalho para desperdiçar tanta energia com as mulheres com quem saía; elas sempre reclamavam disso e, por fim, o deixavam. E Theo sabia identificar as mulheres interesseiras que só o queriam porque sabiam de quem ele era filho, então tentava evitá-las. Estava com Chloe, sua atual namorada, fazia seis meses. Ela também era artista, mas fazia um trabalho mais comercial, que vendia para turistas em frente a uma galeria em St. Tropez, algo bem diferente do que Theo — com sua graduação em Belas Artes, seu patrimônio genético e talento herdado, e com grandes ambições a longo prazo — fazia. Tudo o que ela queria era ganhar dinheiro suficiente para pagar o aluguel, e de um tempo para cá vinha reclamando muito por Theo não passar tanto tempo com ela e vivia dizendo que os dois nunca iam a lugar nenhum. Era exatamente aquele tipo de reclamação que colocava um fim à maioria de seus relacionamentos, e aquele parecia estar seguindo o mesmo caminho. Chloe chegou à velha e conhecida fase de reclamar o tempo todo. Theo estava em um momento criativo especialmente intenso, desenvolvendo algumas técnicas novas que estava ansioso para aperfeiçoar. Não estava apaixonado por Chloe, mas a namorada tinha um corpo incrível e os dois se entendiam na cama. Ela estava com 30 anos e, de repente, começou a falar em casamento, algo que geralmente era uma sentença de morte para Theo. Ele não estava pronto para se prender a ninguém ou ter filhos, e Chloe estava cada vez mais crítica com relação ao seu trabalho. Com Theo, em uma briga entre as mulheres e suas obras, inevitavelmente seu trabalho ganhava.

*

Maylis estava checando as mesas do jardim, como fazia todas as noites, certificando-se de que havia flores e velas em cada uma. Só ficava satisfeita quando as toalhas estavam impecáveis e a prataria, brilhando. Era perfeccionista em tudo e bastante exigente. Aprendera muito sobre gerenciar o restaurante nos últimos seis anos. E não havia nada de casual no Da Lorenzo. O restaurante do jardim era lindo, e a comida e os vinhos, fabulosos. Um dos garçons veio chamá-la enquanto ela fazia a checagem. Estavam com a casa cheia naquele dia, como de costume, e abririam para o jantar em duas horas.

— Madame Luca, Jean-Pierre está ao telefone.

Jean-Pierre era seu brilhante e eficiente *maître*, e o fato de ele estar ligando não era um bom sinal. O garçom lhe entregou o telefone.

— Está tudo bem? — perguntou ela, ainda de jeans e camisa branca. Ela pretendia se trocar em uma hora. Geralmente usava um vestido de seda preto, salto alto e um colar de pérolas, com seus longos cabelos brancos perfeitamente presos em um coque. Maylis ainda era uma mulher bonita aos 63 anos.

— Receio que não — respondeu Jean-Pierre, com a voz arrastada. — Almocei em Antibes hoje e estou passando muito mal. Acho que foram os mexilhões.

— Droga — disse ela, olhando para o relógio. Ainda dava tempo de chamar Theo, embora soubesse que o filho odiava ajudar a resolver os problemas do restaurante. Mas era um patrimônio da família e, quando ela ou o *maître* não podiam trabalhar, Maylis sempre chamava o filho, que nunca lhe negava ajuda.

— Estou muito mal para trabalhar. — Ele soava péssimo ao telefone, e nunca ligava para dizer que estava doente, a menos que realmente estivesse.

— Não se preocupe. Vou ligar para o Theo. Tenho certeza de que ele não tem nada para fazer hoje. — O filho trabalhava no estúdio. Tinha uma vida social bem tranquila e pintava na maioria das noites.

Jean-Pierre se desculpou novamente e desligou o telefone, então Maylis ligou para o filho no minuto seguinte. Depois de um bom tempo chamando, Theo enfim atendeu, soando distraído. Pretendia deixar o telefone tocar, mas, quando olhou para o aparelho e viu que era a mãe, resolveu atender.

— Oi, *Maman*. Como vai? — Ele estava focado na tela, com os olhos semicerrados, enquanto falava com Maylis, sem saber se gostava do que tinha acabado de fazer. Theo era muito crítico em relação ao próprio trabalho, exatamente como o pai também era com o dele.

— Jean-Pierre está doente. — Ela foi direto ao ponto. — Você pode me salvar?

Theo gemeu.

— Estou trabalhando numa coisa e detesto ter que parar. Também prometi a Chloe que sairia com ela hoje à noite.

— Ela pode jantar aqui, se estiver disposta a comer tarde — ofereceu a mãe.

Theo sabia que isso significaria jantar entre onze horas e meia-noite, depois que a maioria dos clientes tivesse ido embora. E ele não teria tempo de dar atenção a ela até esse horário. Teria de supervisionar os garçons e receber os convidados mais importantes para se certificar de que estavam satisfeitos com seus pratos. Sua mãe ficaria de olho nos clientes mais ilustres e cuidaria para que eles fossem bem-servidos. A única coisa que Theo nunca admitia era revelar que era o filho de Lorenzo Luca. Preferia agir de forma anônima quando trabalhava para a mãe. Ela respeitava o posicionamento do filho, embora achasse que Theo deveria, na verdade, sentir-se orgulhoso de sua origem. Mas, a pedido do próprio filho, ela nunca contou a nenhum dos clientes quem ele era. E era grata a Theo pela ajuda. Ele ficava à disposição dela, era paciente e estava sempre pronto para ajudar. Achava que aquilo era seu dever como filho único e gostava muito da mãe, apesar de suas esquisitices. Eles sempre haviam se dado bem, e ela se mostrava preocupada pelo fato de o filho não ter se casado. Por outro lado, raramente gostava das mulheres com quem Theo saía.

— A que horas você precisa que eu chegue?

Ele não parecia feliz, mas reconhecia o sucesso que a mãe conquistara com o restaurante e a admirava por isso. O único problema era que odiava ter de ir para lá. Detestava usar terno e gravata no calor e ser obrigado a se mostrar encantador com estranhos que nunca veria novamente. A mãe era muito mais extrovertida e amava receber os clientes. O restaurante era sua vida social e a colocava em contato com várias pessoas interessantes.

— Pode vir às sete e meia. Nossa primeira reserva é às oito — respondeu Maylis.

Às vezes, eles recebiam alguns americanos, que costumavam chegar mais cedo, mas não seria o caso daquela noite. Todos os clientes da lista de reservas eram europeus. Mas o grande acontecimento da noite era Vladimir Stanislas. Era a primeira vez do russo no restaurante. Ela queria que tudo corresse de forma perfeita naquela noite, especialmente por estarem recebendo o notório cliente. Maylis sabia que Vladimir possuía uma grande coleção de arte e esperava que ele parasse para admirar o trabalho de Lorenzo, o que, obviamente, era o motivo pelo qual havia feito a reserva. Pedira uma mesa para dois por intermédio de um cliente regular do restaurante.

— A Chloe vai me matar — reclamou ele, pensando no que iria dizer à namorada. Tudo o que podia fazer era falar a verdade: que sua mãe precisava de ajuda no restaurante. Mas ele sabia que Chloe pensaria que era uma desculpa para não sair com ela.

— Você pode compensá-la amanhã à noite — sugeriu Maylis, animada.

— Acho que não. Quero trabalhar. — Ele estava em um ponto difícil da pintura na qual estava trabalhando e odiava sair duas noites seguidas sem ter solucionado o que o atrapalhava. Seu pai também era assim. Quando estava criando, não existia nada em seu universo, exceto a tela na qual estava trabalhando. — Tudo bem, não se preocupe. Vou resolver isso. Mais tarde estarei aí — disse Theo. Ele nunca a decepcionava.

— Obrigada, querido. Se você chegar às sete, pode jantar com os garçons. O menu desta noite é *bouillabaisse* com *rouille*. — Ela sabia que era um de seus pratos favoritos, embora pudesse pedir o que quisesse, mas ele nunca se aproveitava do fato de ser filho da dona. Theo preferia comer o mesmo que os funcionários e não era uma pessoa exigente, ao contrário do pai.

Ele ligou para Chloe assim que a mãe desligou e lhe deu a má notícia. Ela não ficou nada feliz.

— Sinto muito mesmo. — Ele havia prometido levá-la para comer *socca*, uma espécie de pizza feita de grão-de-bico, assada em um forno especial, que os dois adoravam. Era um prato típico da culinária daquela região, e naquela noite estava sendo vendido na praça. Chloe adorava jogar *boules* com os idosos depois, e era uma emoção para eles ter uma mulher jovem e bonita no jogo. Theo também se divertia com o programa, quando não estava trabalhando. Mas agora todos os seus planos com ela tinham ido por água abaixo, exceto a ceia da meia-noite, se ela ainda topasse. — Prometi ajudar minha mãe. Ela acabou de me ligar. O *maître* está doente. Ela disse que você está convidada para jantar no restaurante, se não se importar em comer mais tarde. Provavelmente poderemos pegar uma mesa às onze, quando os clientes começarem a ir embora.

Mas os dois sabiam que no Da Lorenzo as pessoas, muitas vezes, ficavam até bem mais tarde. O ambiente era muito romântico e a atmosfera era acolhedora demais para que qualquer um quisesse ir embora cedo. Isso era parte do que fazia o restaurante ser um sucesso, além da comida fabulosa e das grandes obras de arte expostas.

— Esperava já estar na cama a essa hora — respondeu Chloe. — E não sozinha. Não vejo você há uma semana. — Ela parecia estar com raiva. Estava sempre com raiva nos últimos tempos.

— Eu estava trabalhando — argumentou ele, pensando que aquilo parecia uma desculpa esfarrapada. A justificativa era sempre a mesma.

— Não sei por que você não pode parar num horário decente. Saio do meu estúdio às seis todos os dias.

Mas Chloe fazia um trabalho mais comercial, de segunda categoria, embora Theo nunca tivesse dito isso a ela. O trabalho dele estava em um patamar muito diferente do da namorada, mas não seria grosseiro e falaria isso em voz alta.

— Trabalho em horários diferentes de você. Mas, de qualquer maneira, estou preso essa noite. Quer ir ao restaurante mais tarde? — Era o máximo que poderia lhe oferecer, além de uma refeição fabulosa, se ela aceitasse.

— Não, não quero. Não quero me enfeitar toda. Estava pretendendo usar short e camiseta. Acho o restaurante um pouco extravagante demais. *Socca*, *boules* e cama seriam a combinação perfeita para mim.

— Para mim também. E certamente muito mais divertido do que usar terno e gravata, mas preciso dar uma ajuda à minha mãe. — Isso também era algo que irritava Chloe. Ela esteve com a mãe de Theo algumas vezes e a achou muito séria quando o assunto era arte, e possessiva em relação ao único filho. E Chloe não estava a fim de ouvir uma palestra sobre o grande Lorenzo Luca. Não desejava morrer de tédio. Ela só queria passar um tempo com o namorado. No início do relacionamento, achava Theo ótimo. Ele era bonito, sexy e maravilhoso na cama. Agora, o considerava obcecado com o trabalho. — Ligo para você quando terminar — disse ele. — Talvez eu consiga passar aí.

Inicialmente, Chloe não respondeu; então, alguns minutos depois, parecendo carrancuda, desligou.

Theo entrou no banho e, uma hora mais tarde, estava usando um terno escuro, uma camisa branca e uma gravata vermelha, a caminho do restaurante, em seu antigo *deux chevaux*. Chloe também não gostava daquele carro e não conseguia entender por que o namorado não comprava um melhor. Ele não era um morto de fome, embora gostasse de se parecer um. Ficava bonito e parecia mais alto no terno escuro, com o cabelo penteado. Tinha os olhos castanhos bem escuros, como os do pai, e a beleza natural dos italianos. A mãe dele tinha uma aparência mais francesa. Theo tinha um estilo que atraía as mulheres.

Maylis estava na cozinha, conversando com o chef, quando o filho chegou ao restaurante. Ela acompanhava o menu cuidadosamente todos os dias e estava provando alguns dos aperitivos, dizendo ao chef que estavam excepcionalmente bons naquela noite. Ela sorriu quando o viu. Ele se aproximou da cozinha, parecendo supreendentemente atraente, e ela lhe agradeceu por ter ido ajudar. Em seguida, correu para verificar algo no jardim de novo e deixou Theo conversando com os garçons. Todos o achavam um cara legal. Minutos depois, a equipe inteira estava a postos. Theo e a mãe estavam prontos esperando os primeiros clientes, que chegaram às oito horas. Outra noite de refeições inesquecíveis no Da Lorenzo havia começado.

Vladimir e Natasha saíram da cabine, desceram as escadas para o convés inferior, passando por todas as lanchas a bordo, a caminho de onde o encarregado esperava para levá-los à praia. O barco de alta velocidade que o russo havia construído custara 3 milhões de dólares, e ele particularmente o adorava. Tinha sido projetado para superar qualquer embarcação na água, então eles chegaram ao cais do Hôtel du Cap em poucos minutos, onde um dos integrantes da tripulação estava aguardando com a Ferrari de Vladimir em frente ao hotel. Às vezes, um guarda-costas os acompanhava de perto em outro carro, porém, naquele dia, tudo estava tranquilo e ele achou que não seria necessário. Sentou-se ao volante e deu a partida. Seria uma curta viagem até St. Paul de Vence naquele carro veloz.

Natasha afivelou o cinto de segurança enquanto Vladimir ligava o rádio e colocava um CD, que ele sabia que ela adorava, para tocar. O magnata estava animado, ansioso para jantar e ver os quadros expostos no restaurante. Natasha estava excepcionalmente bonita e, como de costume, elegante. Tinha escolhido um vestido cor-de-rosa num tom claro que nunca havia usado. Era um Chanel com uma gola de renda tipo colegial recatada e com as costas de fora, que Vladimir havia selecionado para ela. Calçara um par de sandálias da mesma cor.

— Gosto desse vestido. — Ele sorriu, admirando-a, enquanto pegavam a estrada. Natasha assentiu, satisfeita por Vladimir ter notado a roupa nova, embora ele mesmo a tivesse escolhido. Estava com o cabelo solto e parecia mais jovem do que era. O empresário usava um terno de linho branco, que destacava o bronzeado adquirido no barco. Com exceção de algumas horas em seu escritório naquela manhã, haviam passado o dia tomando sol. Os dois, inclusive, estavam bem bronzeados. — Adorei. Você parece uma menininha, até se virar de costas. — O vestido mostrava suas costas perfeitamente bronzeadas sem marca de sutiã. Ela fazia topless no barco. E o decote da parte de trás do vestido ia até a cintura. Era sexy e inocente ao mesmo tempo. — Estou ansioso para ver as pinturas essa noite — comentou ele, enquanto seguiam até o restaurante. A reserva era para as oito e meia, e ele queria dar uma olhada nas obras de arte antes de se sentarem para jantar.

— Eu também — confessou Natasha, enquanto seguiam com a capota abaixada.

A noite estava quente, e ela havia prendido o cabelo durante a breve viagem até St. Paul de Vence. De Ferrari, demorou metade do tempo que eles normalmente levariam para chegar à cidade. Um manobrista pegou o carro quando o casal chegou ao restaurante, que da rua parecia uma simples casa. Eles passaram por uma arcada e entraram em um pátio. Uma mulher de vestido preto e cabelos brancos presos em um coque caminhava na direção deles com um sorriso. Maylis reconheceu Vladimir imediatamente. Ao se aproximar dos dois e se apresentar como Madame Luca, ela olhou para Natasha com interesse.

— A mesa de vocês estará pronta em cinco minutos. Gostariam de entrar e ver o trabalho de Lorenzo primeiro? — perguntou ela, como se eles fossem amigos. Vladimir apenas assentiu, contente por ter tempo para dar uma rápida olhada no lugar antes do jantar.

Natasha soltou o cabelo ao acompanhar o russo pela casa. As paredes eram brancas para que as telas ganhassem atenção total dos clientes. Eles foram andando e, de repente, viram-se cercados pelas obras do famoso pintor. Os quadros estavam pendurados muito próximos uns dos outros porque havia uma quantidade enorme deles. As sutilezas da paleta de cores de Lorenzo e a qualidade magistral de suas pinceladas deixaram Natasha e Vladimir imediatamente arrebatados. Quando o russo parou para admirar a pintura de uma bela jovem, ambos a reconheceram: era a mulher que os recebera. Então, abaixo da tela, havia uma pequena placa de bronze que dizia "Não está à venda". Vladimir ficou hipnotizado com a pintura e quase não conseguiu passar para o quadro seguinte. Natasha ficou impressionada com todas as obras e notou a mesma placa de bronze abaixo de cada uma.

— Bem, claramente isso não é uma galeria — comentou ele, parecendo ligeiramente irritado ao notar todas as placas de "Não está à venda". Eles percorreram a sala, depois caminharam por um corredor repleto de quadros e foram para outro cômodo. Nenhuma das pinturas estava à venda. — Ela trata isso como um museu — comentou Vladimir.

— Eu li sobre isso na internet hoje. Essa coleção inteira é dela, e parece que tem vários outros quadros guardados em depósitos e no estúdio dele — explicou Natasha. Ela gostava de estar bem informada sobre os lugares aos quais iam e de compartilhar com Vladimir depois.

— É ridículo o fato de ela não querer vender nenhuma tela — comentou ele, enquanto caminhavam de volta para o primeiro cômodo, e Natasha viu um jovem de terno azul-escuro observando-os.

O homem tinha os cabelos escuros e penetrantes olhos castanhos, mas não falou com o casal. Natasha sentiu que ele estava observando-a atentamente e então saiu do cômodo. Ela ficou impressionada com aqueles olhos castanhos. Ao caminharem para o jardim, onde Maylis estava esperando o casal para acompanhá-los até a mesa, Natasha notou que o estranho ainda olhava para ela. A anfitriã sorriu para eles quando os dois se sentaram e não conseguiu deixar de pensar em quanto aquela jovem era bela e perfeita, então voltou a atenção para Vladimir.

— Gostou do passeio pela casa? — perguntou Maylis, tentando ser simpática.

— Notei que nenhum quadro está à venda. — Vladimir estava sério quando respondeu. E não parecia nada feliz com isso.

Maylis assentiu em resposta.

— É verdade. Não vendemos o trabalho dele. Tudo o que está exposto aqui faz parte da coleção da família. Meu marido costumava ser representado por uma galeria em Paris, a Bovigny Ferrand — explicou ela. Gabriel tinha um sócio no início e comprou a parte dele havia alguns anos, mas decidiu manter o nome, uma vez que era bem conhecido na época, e pagava a Georges Bovigny uma porcentagem.

— Eles também não têm nenhuma obra de Lorenzo para vender — comentou Vladimir. — O trabalho dele nunca mais foi visto no mercado.

— Não, desde sua morte, há 12 anos — disse Maylis educadamente.

— Você é muito afortunada por ter tantos quadros dele — falou Vladimir à dona do restaurante e das obras de arte.

— Sim, sou. Bom, espero que gostem do jantar — disse ela, sorrindo calorosamente para o casal e, enfim, retirou-se para o lugar onde ficava quando os clientes chegavam. Lá, encontrou Theo de pé, olhando a mesa de Vladimir. — Temos um cliente importante essa noite — disse ela em voz baixa, e o filho pareceu não a ouvir. Estava observando todos os movimentos de Natasha enquanto ela e Vladimir avaliavam o menu.

— Nunca entendi por que as mulheres se submetem a isso. Aquele homem tem idade para ser pai dela — disparou Theo, parecendo desgostoso, embora seu pai fosse quarenta anos mais velho que sua mãe.

— No caso deles, é por dinheiro — disse Maylis.

No mesmo instante, ele pareceu irritado com o comentário.

— Não pode ser só por isso. Ela não é uma prostituta. Parece uma obra de arte. Uma mulher como aquela não está com um homem desses por dinheiro. — Theo não conseguia tirar os olhos de Natasha, que conversava baixinho com Vladimir como uma verdadeira dama. Ele notou inclusive como suas mãos eram graciosas enquanto a jovem segurava o cardápio e viu uma fina pulseira de diamantes brilhando em seu punho à luz das velas.

— Isso tem a ver com poder, estilo de vida, e tudo o que ele pode fazer por ela. Não desperdice seu tempo fantasiando com essa moça. Mulheres feito ela são um espécime especial. E, quando não estiver mais com ele, ela encontrará outro parecido, mesmo sendo difícil encontrar alguém como Stanislas. Ele é um homem muito poderoso.

Theo não respondeu. Continuou observando Natasha e, então, como se estivesse saindo de seu devaneio, foi verificar várias mesas e passou por trás da mesa do casal ao voltar. Por uma fração de segundo, os olhos dele encontraram os de Natasha.

— Está tudo certo? — perguntou ele de maneira educada, e Vladimir respondeu por ela.

— Gostaríamos de fazer os pedidos — disse ele em um tom de comando, e Theo assentiu, mas não parecia impressionado. Não havia nada que indicasse que ele era um dos proprietários do restaurante. Parecia apenas um *maître* fazendo a ronda.

— Vou chamar um garçom imediatamente — informou Theo, que fez exatamente o que prometeu e continuou observando Natasha de longe.

Era difícil pensar em uma mulher como Chloe novamente depois de ter visto alguém feito Natasha. Tudo nela era delicado e gracioso. Ela se movia como se dançasse uma espécie de balé particular, como se só ela pudesse ouvir a música, e estava totalmente atenta ao seu homem.

Theo soube pelo *sommelier* que Vladimir havia pedido a garrafa de vinho mais cara da casa. No meio do jantar, ele viu o russo tirar o celular do bolso e atendê-lo — o aparelho provavelmente estava vibrando. Ele falou algo com Natasha e rapidamente se levantou da mesa e caminhou para fora do salão, passando pela arcada até chegar à rua para continuar a conversa. Theo o ouviu falar em russo enquanto passava.

Natasha terminou o jantar e parecia desconfortável sozinha à mesa, então, alguns minutos depois, ela se levantou e entrou na casa para ver novamente a exposição. Parou na frente da mesma pintura que Vladimir havia gostado e ficou olhando para o quadro por um bom tempo. Theo não conseguiu resistir, foi atrás dela. Quando entrou na casa, sorriu para a bela mulher do outro lado da sala.

— Linda, não é? — comentou Theo.

— É a esposa dele? — perguntou Natasha.

Ele achou o sotaque russo dela sexy. Natasha tinha uma voz suave e sensual que o fez ficar arrepiado.

— Sim, embora ela não fosse esposa dele na época. Eles se casaram muito tempo depois. Ficaram juntos por mais de vinte anos e tiveram um filho antes do casamento. — Ele contou a história sem revelar que estava falando da própria família.

— O garotinho nas pinturas é o filho deles?

Theo apenas assentiu, pois ainda não tinha a intenção de revelar que o garoto era ele. Preferia permanecer anônimo, o que fazia com que se sentisse quase invisível. Ele não tinha necessidade de ser "visto", só queria ter o prazer de vê-la. A mulher à sua frente era tão bonita quanto as pinturas que o pai havia feito da mãe.

— Ela tem razão em não querer vendê-las — disse Natasha. — Seria muito difícil se desfazer de qualquer uma. — Ela quase ronronava enquanto falava e parecia inocente e tímida, como se não interagisse com estranhos com muita frequência. Theo já amava o som daquela voz.

— É por isso que ela se recusa a vender os quadros, embora tenha vários. E Lorenzo deu muitas pinturas, em sua juventude, para amigos e colecionadores do seu trabalho. Ele não queria dinheiro, só estava interessado na qualidade do que fazia. Nenhuma das pinturas aqui está à venda — reforçou, em voz baixa. — A viúva não as vende.

— Tudo tem um preço. — Os dois deram um pulo ao som da voz que ouviram atrás deles e se viraram rapidamente, dando de cara com Vladimir parado na entrada, parecendo incomodado. Ele não gostava de não conseguir comprar o que queria. — Vamos voltar para a mesa? — perguntou ele a Natasha, porém parecia mais uma ordem do que uma pergunta.

Ela deu um sorriso simpático para Theo e voltou para o salão. Havia uma tábua de queijo na mesa do casal, mas eles pediram sobremesa. Vladimir então acendeu um charuto, sorrindo para a bela mulher à sua frente. Ele havia acabado de dizer a Natasha que ela era mais bonita que as obras de arte ali expostas.

Maylis franziu a testa quando viu Theo olhando para Natasha. Ela caminhou silenciosamente até onde o filho estava. A maioria dos clientes já tinha ido embora, e apenas algumas mesas ainda estavam ocupadas.

— Não faça isso com você — disse Maylis ao rapaz, preocupada. — Ela é como uma pintura em um museu. Você não pode tê-la. — Ao ouvir aquilo, Theo se lembrou do que Vladimir havia dito sobre tudo ter um preço. — Além disso, não pode pagar por ela.

— Não, não posso — concordou ele, enquanto sorria para a mãe. — Mas é encantador ficar olhando para ela.

— À distância. Mulheres feito ela são perigosas. Podem partir seu coração. Ela não é como as outras com as quais está acostumado. Para ela, isso é um trabalho.

— Você acha que ela é uma prostituta? — Theo pareceu surpreso, e Maylis balançou a cabeça.

— Longe disso. Ela é a amante dele. Está na cara. O vestido dela custou mais do que um quadro seu. A pulseira e os brincos valem uma pintura do seu pai. Pertencer a um homem tão rico e poderoso como ele é uma profissão.

— Imagino que seja mesmo. Vi o barco dele. É difícil imaginar alguém que tenha essa quantidade de dinheiro... e uma mulher como ela. — Havia desejo na voz de Theo, e não era pelo barco.

— Você precisa ser tão rico quanto ele para ter uma mulher como aquela, embora eu deva admitir que ela parece melhor do que a maioria das amantes que já vi. Mas deve ter uma vida solitária. É como se ele fosse dono dela. É assim que funciona.

Aquele pensamento o fez se sentir mal. Sua mãe falava de Natasha como se ela fosse uma escrava ou um objeto que Vladimir havia comprado. Tudo tinha um preço, segundo o russo. Até mesmo a mulher que estava com ele.

O casal foi embora logo depois. Vladimir pagou em dinheiro e deu ao garçom uma generosa gorjeta, equivalente à metade da conta, pois dinheiro não era problema para ele. Maylis agradeceu-lhes com um sorriso caloroso. Theo estava na cozinha conversando com o chef, tentando não pensar na linda mulher que tinha visto indo embora com Vladimir. Pensou no que a mãe havia lhe dito, questionando-se se o russo achava mesmo que era dono dela. Aquilo era algo assustador de se dizer sobre outro ser humano. Naquele momento, enquanto pensava em Natasha, soube que teria de pintá-la. Era a única maneira de se aproximar dela ou de ver sua alma: pintando-a e tornando-a sua.

Theo ainda estava pensando nela quando saiu do restaurante, jogou o paletó no banco traseiro de seu carro, tirou a gravata e ligou para Chloe. Sentiu um desejo súbito de vê-la, mas ela não parecia feliz quando atendeu a ligação. Era quase uma da manhã, e a chamada a havia acordado.

— Ainda quer companhia? — perguntou ele, com a voz cheia de desejo, mas Chloe pareceu instantaneamente enfurecida.

— Para uma rapidinha? Não, não quero. Você sai do trabalho e quer transar antes de ir para casa. É isso?

— Não seja grosseira, Chloe. Você disse que queria me ver. Acabei de sair do restaurante.

— Me ligue amanhã e conversamos sobre isso.

Ela desligou o telefone, então só restava a Theo ir para casa. Sua mãe estava certa: ele era louco de ficar fascinado com a garota que conhecera no restaurante aquela noite. Ela era a amante de outra pessoa. E ele não saberia o que fazer com uma mulher daquelas, apesar de ter tido uma breve mas amigável conversa com ela.

Quando entrou em casa, jogou as chaves do carro em cima da mesa da cozinha, lamentando que Chloe não o tenha convidado para ir à sua casa. Ele não tinha ideia do porquê, mas, naquele momento, percebeu que nunca havia se sentido tão sozinho na vida. Entrou no estúdio, pegou uma das telas em branco que estava encostada numa parede e só o que conseguia ver ao olhar para ela era o rosto de Natasha, implorando para ser pintado.

Natasha e Vladimir chegaram ao cais, em Antibes, onde um encarregado estava esperando para levá-los de volta ao barco.

— Vou receber um convidado hoje à noite — disse ele em voz baixa enquanto seu funcionário avançava na água em alta velocidade. O mar estava calmo, e a lua, alta, lançando luz sobre a água. Natasha não perguntou quem seria o visitante, mas sabia que era alguém importante, já que chegaria tarde da noite. — Preciso ler alguns documentos antes da reunião e não quero deixar você me esperando acordada. Vou ficar no meu escritório até ele chegar.

Ela sabia, por aquela conversa, que o convidado era alguém que não queria ser visto. Geralmente Vladimir recebia homens muito importantes, com quem fazia negócios. Natasha já estava acostumada com aquilo. Ela os ouvia chegar de helicóptero e depois irem embora antes do amanhecer.

Vladimir a acompanhou até o quarto deles, deu um abraço nela e a beijou, dando-lhe um breve sorriso.

— Obrigada pela noite encantadora —. Natasha havia gostado do restaurante, das obras de arte que vira e da noite que passaram juntos.

— Achei o restaurante muito simples. E nenhuma das pinturas estava à venda...

Ela percebeu que isso o incomodara, mas ambos tinham se divertido. Vladimir a beijou novamente e a deixou na cabine, pois tinha trabalho a fazer. Quando Natasha estava quase caindo no sono, ouviu o helicóptero se aproximando e soube que o visitante havia chegado. Ela já estava profundamente adormecida quando o presidente da Rússia saltou do helicóptero, caminhou até onde o magnata estava esperando por ele e apertou sua mão. Havia guarda-costas no convés para fazer a segurança. Vladimir e o visitante desceram um lance de escadas e foram para o escritório blindado e isolado acusticamente. Eles tinham muito trabalho naquela noite e um acordo para assinar de manhã.

Capítulo 3

Na manhã seguinte, quando Natasha acordou, percebeu que estava sozinha na cama, então abriu os olhos e viu Vladimir de pé, sorrindo para ela, usando roupas elegantes e carregando uma pasta. Ele parecia cansado, mas satisfeito. Ela sabia que ele havia tido uma longa noite com o visitante que chegara de helicóptero. O russo tinha aquele olhar feroz de quando fazia um bom negócio, como um animal que devorou sua presa. Parecia saciado e vitorioso.

— Vai sair? — perguntou ela, esticando o corpo longo e elegante. Ele se sentou na cama, ao seu lado.

— Vou para Moscou. Fico lá por alguns dias. — Foi tudo o que ele disse. Vladimir havia assinado alguns documentos preliminares na noite anterior para um grande negócio de extração de petróleo que lhe renderia bilhões. Agora precisavam assinar o contrato para fechar o negócio. Valia a pena ir a Moscou. Dois outros figurões do cenário russo também estavam na disputa, mas os esquemas de Vladimir e sua rede de relacionamentos haviam lhe garantido a vitória. Quase sempre garantiam. Ele sabia exatamente até que ponto ir e quem deveria pressionar. Conhecia todos os pontos fracos de seus inimigos e concorrentes, e nunca hesitava em se valer dessas informações. — Ligo para você mais tarde — disse Vladimir e se inclinou para beijar Natasha, desejando que tivesse mais tempo para fazer amor com ela. Mas ele precisava terminar aquela negociação, e seu avião já estava pronto para decolar no aeroporto de Nice. — Vá fazer compras enquanto eu estiver fora. Vá à Hermès, em Cannes.

Natasha gostou da ideia e se lembrou da loja da Dior onde costumava fazer compras. Ela havia estado na Chanel alguns dias antes, mas a Croisette tinha muitas lojas para mantê-la ocupada. Era em momentos assim que, às vezes, desejava ter uma amiga para lhe fazer companhia. Porém, mulheres em sua situação não tinham tempo para ter amigas. Natasha estava sempre disponível para Vladimir, e seus planos podiam mudar em uma fração de segundo. Sua agenda era tão imprevisível quanto ele. Estar sempre à disposição dele era parte de seu acordo tácito.

— Não se preocupe. Vou encontrar algo para fazer. — Ela colocou os braços ao redor do pescoço dele, e Vladimir sentiu os seios dela roçando em seu peito. Ele se afastou um pouco dela e os segurou com ambas as mãos.

— Eu deveria levar você comigo, mas vou estar ocupado, então acho que ficaria entediada em Moscou. Fique no barco. Não vá para casa sem mim. — Ela conhecia os riscos de ataques e assaltos, e nunca ia para a casa em St. Jean Cap-Ferrat sem ele. — Faremos algo divertido quando eu voltar. Talvez St. Tropez ou Sardenha.

Natasha ficou feliz com a ideia e o acompanhou até a porta do quarto para lhe dar um último beijo. Ele enfiou as mãos por baixo de sua camisola de cetim e, com um só movimento, a despiu, revelando seu corpo extraordinário em todo seu esplendor. Ainda o excitava saber que ela era dele, como se a bela mulher fosse uma peça de arte deslumbrante. Vladimir tinha consciência de que era invejado por todos que a viam. Os dois se beijaram uma última vez, então o russo saiu do quarto, fechando a porta suavemente atrás de si. Natasha se dirigiu ao banheiro, sorrindo enquanto pensava em seu companheiro e ligava o chuveiro. Assim que entrou debaixo do chuveiro, ouviu o helicóptero decolar do convés superior. Ela nem ousou imaginar o motivo pelo qual ele estava indo para Moscou, e não precisava saber. Havia perguntas que ela não fazia. Só o que precisava saber era que pertencia a Vladimir e que, à sua maneira, ele a amava. Aquilo era o suficiente. E ela também o amava — afinal de contas, fora ele quem a salvara.

Maylis estava olhando os livros contábeis do restaurante naquela manhã quando Gabriel ligou de Paris. Ela verificava tudo atentamente para se certificar de que ninguém estava passando-a para trás. Seus gastos com fornecedores eram altos, os custos eram enormes, vindos de toda a Europa, e os valores que pagava pelos vinhos eram astronômicos, assim como os preços que eles cobravam no restaurante, mas tudo parecia estar em ordem. Ela estava séria quando atendeu a ligação.

— Aconteceu alguma coisa? — perguntou ele.

Gabriel pressentia suas alterações de humor e tentava resolver todo problema que aparecia. O homem tentava protegê-la de tudo, como se ela fosse uma criança, desde que começou a representar Lorenzo. Agora que eles estavam juntos, havia ficado mais protetor ainda. Ele a tratava com todo o respeito que se deve a uma esposa e a preocupação de um pai amoroso, embora fosse apenas quatro anos mais velho que Maylis. Mas, aos 67, parecia consideravelmente mais velho que ela. Os dois tinham cabelos brancos, porém o rosto de Maylis era relativamente jovem e sem rugas, e ela ainda tinha um corpo sensual e atraente, assim como quando posava para Lorenzo.

— Não, eu estava dando uma olhada nos livros. Está tudo em ordem. Quando você volta de Paris?

Ele sorriu ao ouvir a pergunta.

— Só tem três dias que saí daí. Preciso ficar um pouco mais aqui ou Marie-Claude vai me descascar.

Ele passava o maior tempo possível em St. Paul de Vence, embora ainda possuísse a galeria em Paris. Nos últimos quatro anos, desde que ele e Maylis se tornaram um casal, por mais incomum que fosse o relacionamento, Gabriel tentou ficar com ela o máximo que podia. Mas, na cabeça de Maylis, ela ainda estava casada — com um homem morto — e tratava Gabriel como um amante. Raramente admitia a alguém que os dois eram um casal, mas ele aceitava todas as suas excentricidades só para estar com ela. A filha de Gabriel, Marie-Claude, dirigia sua galeria havia anos. Tinha acabado de completar 40 anos, casara-se com um advogado bem-sucedido e tinha dois filhos adolescentes, a quem Gabriel via muito pouco, segundo ela, porque estava sempre em St. Paul de Vence com Maylis, e muito mais envolvido com ela e com Theo do que com a própria família. Isso deixava Marie-Claude aborrecida. Ela se ressentia disso já havia algum tempo e falava constantemente sobre o assunto com o pai.

— Marie-Claude pode gerenciar a galeria sem você. Eu não posso — disse Maylis simplesmente, e ele sorriu, sabendo que era verdade.

Ao abrir o restaurante, ela havia se provado capaz de administrar um negócio, mas ainda se sentia muito insegura para lidar com suas finanças, ou com as de Lorenzo, que eram consideravelmente mais complicadas. Gabriel era ótimo com números e adorava encontrar qualquer motivo para cuidar dela. Agia assim fazia alguns anos. Sua filha também era uma excelente empresária, mas não gostava de competir com os Lucas por sua atenção. Ela achava a fixação do pai por eles doentia e não via seus esforços sendo valorizados. Considerava Maylis uma mulher incrivelmente egoísta, que nunca hesitava em monopolizar o tempo do pai em detrimento dele próprio.

— Voltarei logo. Pensei em passar uma semana aqui para ver o que Marie-Claude tem feito. Ela assinou com um bando de artistas novos. — Nos últimos anos, ele havia se tornado apenas um sócio ausente na galeria que tinha fundado. As demandas com o acervo de Lorenzo ainda ocupavam todo o seu tempo; o patrimônio do artista era enorme. Ele queria ter certeza de que Maylis ficaria muito bem financeiramente, caso alguma coisa acontecesse com ele. Também aconselhava Theo e administrava as finanças dele. O rapaz era mais esperto nesses assuntos do que a mãe, mas preferia se concentrar em sua pintura. — Recebi uma ligação hoje de manhã que preciso discutir com você, Maylis.

— Ah, por favor, não me diga que vou ter que pagar mais impostos. Isso sempre me deixa com dor de cabeça. — Ela pareceu instantaneamente nervosa. — Você não pode cuidar disso para mim?

— Não dessa vez. Não se trata de impostos. Você precisa tomar uma decisão. Recebi uma ligação de um advogado em Londres que representa um cliente. Ele quer permanecer anônimo... mas é um importante colecionador de arte e quer comprar um dos quadros que viu no restaurante.

— Não precisa nem continuar — disse Maylis bruscamente. — Você sabe que não vou vender. Há placas de "Não está à venda" em todos os quadros da casa.

— Ele está oferecendo um valor considerável, Maylis. Acho que devo, pelo menos, repassar a oferta para você. Não posso simplesmente dizer não sem o seu consentimento.

— Você tem o meu consentimento. Diga que o trabalho do Lorenzo não está à venda. — Ela nem queria ouvir a oferta.

— Eles sabem o que estão fazendo. Estão oferecendo o mesmo preço pelo qual a última pintura do Lorenzo foi vendida na Christie's. É uma quantia generosa, e é só a oferta inicial. — Embora o valor fosse alto, Gabriel supunha, pelo tom do advogado, que ainda poderia subir.

— Isso foi há sete anos, e elas valeriam mais agora. Isso *se* eu fosse vender, mas não vou. Apenas recuse a oferta. Por acaso você sabe quem é?

— Não, não sei. O potencial comprador deseja permanecer anônimo.

— Bem, mas isso não importa. Diga a ele que nada está à venda.

Gabriel hesitou por um momento. Eles tinham oferecido um preço altíssimo, embora Maylis estivesse certa: se fosse leiloar um quadro de Lorenzo hoje, conseguiria um valor bem maior do que a oferta que havia recebido. Mas o potencial comprador também sabia disso. Era uma oferta inicial, uma jogada perspicaz.

— Acho que você deve discutir o assunto com Theo — sugeriu Gabriel com toda a calma.

Ele achava que o jovem deveria pelo menos saber da oferta, mas quis ligar primeiro para Maylis. E, como a pintura em questão estava exposta no restaurante, pertencia a ela. Mas Gabriel sabia que Theo não daria muita importância ao assunto, então tentou convencer Maylis a vender o quadro e elevar a obra de Lorenzo a um novo patamar. Contou a ela qual era o quadro que o comprador anônimo queria comprar, e já estava preparado para negociar se ela concordasse em vendê-lo.

— Essa tela não pertence ao Theo. E ele também não quer vender nada. Não precisamos desse dinheiro e não vou abrir mão de nenhuma pintura do Lorenzo. — Maylis mantinha um estilo de vida modesto e levava uma vida boa com o lucro gerado pelo restaurante, e ainda havia os investimentos que Lorenzo lhe deixara.

— Por favor, converse com Theo. Estou interessado em ouvir a opinião dele — pediu Gabriel com gentileza. Ele nunca a pressionava nem a forçava a fazer nada. Apenas a aconselhava.

— Tudo bem, vou fazer isso — concordou Maylis, meio relutante, e começou a falar sobre outros assuntos de maior importância, como sua margem de lucro nos excelentes vinhos do restaurante. Ela queria saber se Gabriel achava que deveriam aumentar o preço. Ele a aconselhava em relação a tudo, e ela confiava nele. Acatava todas as suas sugestões, exceto as que diziam respeito a vender o trabalho do falecido marido. Antes de desligar, Maylis prometeu novamente que ligaria para Theo e, assim que terminou de verificar o livro-caixa, telefonou para o filho.

Como sempre, o filho demorou para atender, o que significava que estava pintando. Parecia totalmente distraído quando pegou o telefone e falou:

— Sim? — Theo sabia que era a mãe e só esperava que ela não lhe pedisse que fosse trabalhar novamente no restaurante naquela noite, e que Jean-Pierre estivesse em boas condições de saúde e de volta à sua posição como *maître*. — Estou pintando.

— Obviamente. E quando não está? Gabriel me pediu que ligasse para você. Lamento interromper.

— Aconteceu alguma coisa?

— Não, está tudo bem. Ele recebeu uma oferta de um advogado de Londres que representa um colecionador anônimo que quer comprar um dos meus quadros.

— Você disse a ele que não está à venda? — Theo não estava entendendo o que aquela ligação tinha a ver com ele e odiava estar perdendo tempo.

— Gabriel sabe disso. Aparentemente, estão oferecendo o preço que foi pago no último leilão que participamos na Christie's, o que é muito baixo agora. Mas Gabriel achou que você deveria saber. Ele disse que poderia negociar um valor mais alto se quisermos vender, mas eu não quero.

Theo hesitou por um momento antes de falar.

— Aquele valor estava inflacionado na época, impulsionado por uma guerra de lances entre dois compradores. Pagaram muito mais do que deveriam — disse Theo. Maylis e o filho haviam ficado satisfeitos com o resultado na época. — E esse comprador anônimo está disposto a oferecer o mesmo como oferta inicial? — Ele pareceu surpreso.

— Foi o que Gabriel disse. Falei para recusar, mas ele me pediu que conversasse com você antes.

E Theo conseguia entender o porquê. Era uma quantia alta demais para o trabalho do pai e provaria seu valor de mercado, principalmente se o comprador aumentasse a oferta.

— Talvez devêssemos avaliar a proposta — falou Theo com toda a calma. — E ver quanto Gabriel pode conseguir, até onde esse comprador está disposto a chegar.

— Não vou vender o quadro — disse ela em um tom firme como aço. — É uma das primeiras pinturas que o seu pai fez de mim quando eu ainda era apenas a modelo dele.

Foi naquele momento que Theo se deu conta de qual quadro sua mãe estava falando. Era a pintura pela qual Vladimir Stanislas havia ficado fascinado na noite anterior.

— Acho que sei quem pode ser o comprador. Stanislas ficou encantado com essa tela ontem à noite. — Theo lembrou que o russo ficou irritado quando soube que nada estava à venda e recordou seu comentário sobre tudo ter um preço. — Se for ele, é provável que você consiga negociar e aumentar o valor. Não acho que ele esteja familiarizado com a palavra "não" e, se esse cara quiser muito o quadro, pagará o preço que for.

— *Não está à venda* — repetiu Maylis, batendo o pé. — Não me importo com o valor que ele está disposto a pagar.

— Isso pode elevar tudo a um outro patamar... ainda mais alto do que está agora.

— Que diferença faz se não queremos vender nenhuma tela?

— Mas você pode querer um dia. E é sempre bom medir a temperatura do mercado de arte. Gabriel sempre diz que é bom vender um quadro de vez em quando. E *Papa* pintou telas suas, depois que vocês se casaram, que são bem melhores do que aquela. — O amor do artista por Maylis e pelo filho estava refletido em todas as suas pinturas. — Pode ser um bom negócio vender esse quadro — disse Theo, depois de pensar um pouco.

— A resposta é não. — Maylis era incrivelmente teimosa quando queria, especialmente quando discutia o trabalho do falecido marido.

— Você é quem sabe, *Maman*. Mas eu negociaria com eles e veria o que poderia conseguir. — Era um bom conselho, e Gabriel teria dito o mesmo.

— Eu disse ao Gabriel para recusar a oferta.

Cinco minutos depois, ela estava novamente ao telefone com o namorado para reforçar sua posição. O marchand ficou um pouco decepcionado por Maylis não estar disposta a ouvir ninguém.

— Vou falar com eles — disse Gabriel em voz baixa. Ele sabia que não adiantava discutir com ela, então ligou para o advogado e falou que o quadro não estava à venda.

Estava vendo fotos de alguns trabalhos que Marie-Claude recebera, maravilhado com o olhar da filha para arte contemporânea, quando o advogado de Londres ligou novamente para ele e lhe ofereceu um preço consideravelmente mais alto pelo quadro. Gabriel tentou não parecer atônito, embora estivesse. O comprador anônimo estava claramente disposto a pagar o preço que fosse para adquirir a obra. Estava oferecendo cinquenta por cento a mais em relação ao preço estabelecido no leilão da Christie's. Era uma oferta extremamente generosa. Gabriel prometeu repassá-la à viúva do artista. Mas, quando o fez, Maylis pareceu inflexível. Ela nem concordou em ligar para Theo dessa vez.

— Mas é um valor consideravelmente alto. Acho que você não deveria recusar, Maylis. Estabelece um nível de preço astronômico para o trabalho do Lorenzo no mercado de arte atual.

— Não me importo. Não está à venda.

Gabriel soltou um audível suspiro e ligou de volta para o advogado de Londres, sentindo-se um idiota. Ele sabia que era uma oferta extraordinária e precisou explicar que a Sra. Luca, por ora, não tinha interesse em vender nenhum quadro do marido. Ele queria deixar as portas abertas para uma futura negociação, mas não tinha certeza se algum item do acervo seria vendido enquanto Maylis ainda estivesse viva. Theo também não estava interessado em dinheiro. O jovem artista levava uma vida muito simples. Mãe e filho viviam assim.

— Meu cliente me autorizou a fazer uma última oferta — disse o advogado com um sotaque britânico meio rápido e então dobrou a oferta inicial, o que a tornaria uma das pinturas mais caras do mundo, se Maylis estivesse disposta aceitar o valor.

Gabriel ficou em silêncio por um momento, atordoado com o que tinha escutado.

— Vou transmiti-la à minha cliente — disse ele com todo o respeito e, dessa vez, ligou direto para Theo. Quando ouviu o valor, o rapaz assobiou.

— Jesus. Deve ser o Stanislas. Ninguém mais pagaria isso.

— Não sei o que dizer à sua mãe. Acho que ela deveria vender o quadro — confessou Gabriel, sem saber exatamente como convencê-la disso.

Maylis sempre seguia os conselhos dele, menos quando o assunto era a venda da obra de Lorenzo. Ela era profunda e emocionalmente ligada a tudo aquilo. E ninguém poderia acusar Gabriel de ter interesse financeiro nisso, já que ele havia deixado de cobrar comissão sobre qualquer potencial venda desde a última, na Christie's. Ele não achava certo. Seus conselhos não tinham nenhum pingo de interesse.

— Também acho. Não fui com a cara desse sujeito quando o conheci ontem à noite. Bom, isso se for Stanislas mesmo. E acho que é... Mas é um valor considerável. Minha mãe não pode recusar.

— Mas acho que vai, não importa o que dissermos. — Gabriel pareceu desmotivado.

— A única coisa boa é que ele pintou essa tela quando minha mãe era apenas a modelo dele. Duvido que ela concorde em vender qualquer uma das outras telas, de quando era sua amante, ou as que ele fez depois que se casaram. Acho que ela não deveria mesmo recusar essa oferta. Seria um importante marco para o trabalho do meu pai. É o dobro do que conseguimos no último leilão da Christie's, seria um salto enorme.

— Vou reforçar isso com ela — afirmou Gabriel. — Veja o que você pode fazer também.

Assim que desligaram, Theo telefonou para a mãe e contou o que havia dito a Gabriel; que era um valor expressivo para o trabalho do pai, que o colocava na estratosfera no mundo das artes, e que ela não podia privá-lo disso. Falou que tinha certeza de que o pai desejaria que a pintura fosse vendida — esperando que seu discurso a convencesse. Às vezes, funcionava usar o nome de Lorenzo e imaginar o que o pai desejaria se estivesse vivo.

— Vou pensar no assunto — prometeu ela, soando aborrecida. Para Maylis, separar-se de qualquer uma das pinturas do falecido marido era como abandonar uma criança e perder de novo um pedaço de Lorenzo.

Para sua grande surpresa, ela ligou para Theo uma hora depois. O discurso do filho a tocara. Ela estava disposta a fazer o que Lorenzo teria desejado.

— Se você realmente acha que será um marco e que seu pai teria desejado isso, vou fechar o negócio. — Ela parecia à beira das lágrimas. Theo sabia quanto aquilo era difícil para a mãe, assim como Gabriel, e por isso não a pressionou, apenas tentou encorajá-la. Mas Theo havia dito as palavras mágicas: "Você deve isso ao *Papa*. Era o que ele teria desejado. É uma homenagem ao trabalho dele."

— Acho que você tomou a decisão certa, *Maman*. É o que *Papa* ia querer. — E seria um crime recusar um valor desses. Eles duplicaram a oferta pelo quadro de Lorenzo baseada em uma única venda, mesmo sem haver uma guerra de lances em leilão.

Theo parabenizou a mãe pela sábia decisão e a incentivou a ligar imediatamente para Gabriel, antes que o comprador, ou a compradora, mudasse de ideia. O marchand ficou tão surpreso e impressionado quanto o jovem artista. Assim que o rapaz desligou o telefone, lembrou-se do comentário de Vladimir Stanislas na noite anterior, de que tudo tinha um preço. Ele odiava o fato de o russo ter razão e se perguntou se Vladimir também achava que as pessoas tinham um preço. Theo suspeitou que sim. Mas se ele fosse mesmo o comprador, havia ganhado dessa vez. Theo e a mãe, por outro lado, também não saíram perdendo. Todos eram vencedores naquela situação.

Gabriel transmitiu o sim de Maylis ao advogado de Londres, que disse que o comprador ficaria satisfeito. O homem ligou de volta dez minutos depois, informando que o dinheiro seria transferido para a conta bancária da galeria de Paris dentro de uma hora. O comprador queria que a pintura fosse entregue em um iate chamado *Princess Marina*, e explicou que um encarregado os aguardaria no cais do Hôtel du Cap Eden Roc, em Cap d'Antibes, às cinco horas daquela tarde. Aquilo confirmava a suspeita de Theo de que o comprador era Vladimir. Agora que as negociações haviam sido concluídas, ele não se importava que sua identidade fosse revelada. Gabriel ligou para Theo assim que encerrou a conversa com o advogado e contou a ele quem era o colecionador.

— Eu sabia — soltou Theo. — Parecia que ele queria arrancar a tela da parede e sair com ela debaixo do braço ontem à noite. Odeio ter que deixar aquele sujeito levar, mas, a esse preço, como podemos recusar?

— Fico feliz que não tenham recusado, e o que você disse à sua mãe é verdade. É um marco importantíssimo para o trabalho do seu pai. Isso irá definir o piso, não o teto, da próxima venda. Esse valor é muito, muito importante para a próxima venda que vocês decidirem fazer e dobra o valor do acervo dele. Isso não é pouca coisa. — De repente, Theo percebeu o impacto daquela revelação. O valor de toda a fortuna dele e da mãe dobrou com uma única venda. Ele não gostava do homem que havia comprado a tela, e tinha um pressentimento ruim sobre ele, mas o empresário fez um favor aos dois. — Ele quer que o quadro seja entregue no barco dele às cinco horas dessa tarde. Desculpe incomodar, mas será que você poderia ir até lá? Acho que seria muito doloroso para a sua mãe fazer isso. — O quadro era grande e estava em uma moldura pesada.

— Claro — respondeu Theo no mesmo instante, se perguntando se ele veria Natasha ou só Vladimir. Por essa quantia, sem dúvida ele gostaria de receber o quadro pessoalmente.

— Vai ter um barco esperando você no cais do Eden Roc, no Hôtel du Cap. Só o que você precisa fazer é embarcar no iate, entregar a tela a Stanislas e pronto. Disseram que iriam transferir o dinheiro para a conta da galeria em uma hora. Vou ligar para a sua mãe. Mas, uma vez que tivermos recebido a transferência, você pode entregar o quadro. — Transferências on-line geralmente levavam mais tempo, mas não para Vladimir.

— Estarei no cais do hotel às cinco. Vou ajudar minha mãe a tirar a tela da parede à tarde.

Todas as pinturas estavam presas à parede para evitar roubo e deixar a seguradora feliz, já que a casa era um lugar público que abrigava o restaurante. As que ficavam no estúdio do pai não contavam com tanta segurança, mas ninguém ia até lá, exceto sua mãe, que morava no local. O estúdio contava apenas com um sistema de alarme. Eles nunca eram negligentes com o trabalho de Lorenzo.

— Vou confirmar assim que o depósito cair na conta, mas não acho que teremos problemas. Stanislas deve ter muito dinheiro — comentou Gabriel, ainda impressionado com o valor que o homem havia concordado em pagar pela obra de Lorenzo. Estava claro que, quando Vladimir queria algo, estava disposto a fazer qualquer coisa para conseguir.

— Parece que sim — concordou Theo, soando levemente sombrio.

Nem aquela incrível venda fez com que o jovem artista gostasse do russo. Theo achava tudo nele repugnante. Vladimir era o tipo de pessoa que pensava que podia ter o que quisesse: pessoas, indústrias, bens materiais. Theo se perguntava como aquela bela mulher se sentia sendo uma de suas posses. Odiava pensar nisso, na verdade. A moça tinha olhos tão gentis, um rosto tão encantador, e Theo havia gostado de conversar com ela. Gostaria de encontrá-la no iate quando fosse entregar a pintura, mas achava que era pouco provável isso acontecer. Ele seria tratado como um entregador e despachado assim que a pintura saísse de suas mãos. Provavelmente era isso que ia acontecer, pois ninguém sabia que ele era o filho de Lorenzo, e Theo não queria mesmo que ninguém soubesse. Não era da conta deles, muito menos era do feitio de Theo se apresentar como filho do grande artista. Ele nunca havia usado o nome do pai para se beneficiar.

Theo estava no cais do Eden Roc, no Hôtel du Cap, às cinco em ponto. A pintura tinha sido cuidadosamente embrulhada em um papel específico para obras de arte, depois em um tecido macio, envolta em plástico-bolha e colocada em uma embalagem de plástico pesado para protegê-la na viagem até o barco. Theo levou o quadro até a embarcação. Os tripulantes do *Princess Marina* o viram imediatamente, pegaram a pintura das mãos dele com cuidado, ajudaram-no a subir a bordo, cobriram o quadro embrulhado com uma lona e depois seguiram em alta velocidade em direção ao iate. Ele foi convidado a aguardar em uma área de espera com a pintura. Então o comissário veio encontrá-lo com um segurança e o levou a um elevador. Theo estava sendo tratado com todo o respeito, mas sua missão era simples e clara: entregar a pintura a uma pessoa específica, cuja identidade ele não conhecia. E, a esse preço, só poderia ser para o próprio Stanislas. Era a cara do magnata ter o prazer de receber o que agora possuía, algo pelo qual havia desembolsado uma fortuna.

Theo saiu em um convés no alto do barco. Viu um enorme bar e uma mulher usando short e camisa sentada em um sofá. Seus longos cabelos loiros estavam presos no alto da cabeça de um jeito informal e Vladimir não estava à vista quando Natasha se levantou e caminhou em sua direção com os pés descalços.

— Obrigada por ter trazido a pintura. — Ela deu um sorriso simpático para ele, pois o havia reconhecido do restaurante na noite anterior, mesmo sem o terno. Theo estava usando bermuda e camisa também, e havia tirado os sapatos e deixado-os no andar de baixo, em uma cesta, quando embarcou. — Vladimir disse que alguém viria trazê-lo. Foi muito gentil da sua parte vir até aqui. — Ele notou seu sotaque russo outra vez, mas seu francês era excelente. Natasha não tinha ideia de quanto Vladimir havia pagado pelo quadro e, para ela, era algo bem normal alguém levar a tela até o barco. Presumiu que Theo fosse o *maître* do restaurante. Natasha pegou a pintura das mãos dele com delicadeza, entregou-a ao segurança e pediu-lhe que a trancasse no escritório do Sr. Stanislas, de acordo com as instruções do próprio. Ele tinha enviado um e-mail para ela explicando os procedimentos da entrega. A bela mulher foi educada com Theo e se virou para ele com um sorriso caloroso. — Acho que Vladimir tinha razão quando disse que tudo tem um preço — falou ela com um olhar tímido para Theo. — Ele geralmente tem razão.

— Nem tudo tem preço. Mas, nesse caso, vender essa pintura foi o melhor para todos — disse Theo, sério. Vladimir não havia sido mais esperto do que eles nem tirado vantagem. Oferecera um preço fantástico e proporcionara um ótimo negócio. Theo estava ciente disso, quer ele gostasse do homem ou não.

— Ele está muito satisfeito — contou ela. — E a pintura é linda. — Ela se lembrava perfeitamente da noite anterior e sabia qual dos quadros Vladimir queria.

— Onde vocês vão pendurá-la? — perguntou Theo, imaginando se iam levá-la para a Rússia, Londres ou para algum outro lugar. Ele gostava de saber para onde as pinturas do pai iam, nas raras vezes em que tinham sido vendidas. A que foi comprada na Christie's há sete anos tinha ido para um importante colecionador no Brasil.

— Provavelmente no barco — respondeu Natasha. — Todas as nossas obras de arte favoritas estão aqui. O apartamento em Moscou é muito moderno e está meio vazio. Temos alguns Jackson Pollock lá, e Calder e velhos mestres em Londres. Ainda não temos muito na casa de St. Jean Cap-Ferrat, e raramente vamos para lá. Mantemos as obras de arte que amamos no barco, assim podemos vê-las com mais frequência. — Os quadros também estavam mais seguros lá, sob vigilância constante.

E então ela pensou em algo que imaginou que poderia ser divertido.

— Gostaria de conhecer o barco, já que está aqui?

Se isso significasse deixar a companhia daquela bela mulher e percorrer o enorme iate com um marinheiro ou um oficial, ele não queria. Preferia ficar conversando com ela por mais alguns minutos, especialmente porque, obviamente, Vladimir não estava no barco, senão ele mesmo teria recebido o quadro. Theo estava prestes a recusar a proposta quando Natasha se ofereceu para acompanhá--lo. Ela parecia uma menina ao conduzi-lo pelo barco, descendo a grande escadaria. Theo a seguiu fascinado. Aquela mulher era muito mais interessante do que o barco e não tinha a menor ideia de quanto ele se sentia atraído por ela.

Theo não conseguia tirar os olhos de Natasha enquanto ela o levava à sala de máquinas, à cozinha, às unidades de congelamento de comida, ao SPA, à enorme academia, totalmente equipada com os mais variados tipos de aparelho, e ao estúdio com uma barra de exercícios. Havia um salão de cabeleireiro, uma quadra de tênis, piscinas externas cobertas, uma enorme banheira de hidromassagem, um bar em cada andar, uma sala de jantar que podia acomodar quarenta pessoas e uma ao ar livre tão grande quanto, que o casal usava todos os dias. Algumas paredes e pisos de couro haviam sido instalados pela Hermès. Theo viu incríveis painéis de madeira, móveis lindos e artes surpreendentes. Ele contou seis Picasso enquanto explorava o lugar, e agora o trabalho do pai seria parte da coleção permanente deles. Estava orgulhoso disso.

Theo notou pelo menos uma dezena de cabines e acomodações para os 75 integrantes da tripulação que ela disse que moravam e trabalhavam a bordo. Quatro chefs em tempo integral e vinte sous--chefs. O jovem artista ficou surpreso ao ver uma grande sala fria onde uma florista trabalhava, fazendo arranjos para cada cômodo no barco. Eles tinham o próprio corpo de bombeiros, um enorme espaço para todos os seguranças, uma lavanderia gigantesca e uma área de lavagem a seco, um bagageiro para todas as malas, e outro no qual eram guardados todos os uniformes da tripulação e, de lá, distribuídos por três atendentes. Havia uniformes diferentes para cada posto e função.

Natasha mostrou a ele uma sala de cinema capaz de acomodar cinquenta pessoas, com cadeiras giratórias grandes e confortáveis, e vários quartos trancados que não lhe explicou o que eram. Ele se perguntou se haveria armamento a bordo. Parecia óbvio para ele que um homem tão rico e poderoso quanto Vladimir tivesse armas no barco para protegê-lo. A visita guiada terminou na casa do leme, onde o capitão e vários oficiais conversavam amigavelmente diante de várias telas de radares, computadores e equipamentos eletrônicos de ponta. O capitão era britânico, assim como a maioria dos oficiais, mas Theo havia notado que muitos integrantes da equipe eram também russos, assim como todos os seguranças. Havia marinheiros da Rússia, das Filipinas, da Austrália e da Nova Zelândia. A equipe da cozinha era toda italiana. Ele ouviu uma verdadeira babel das línguas faladas, do francês ao chinês, enquanto faziam o tour, embora a predominância fosse o russo.

Natasha cumprimentou todos como se os conhecesse intimamente, e os funcionários foram educados e respeitosos com ela. Ela claramente tinha uma posição importante ali. Não era apenas uma mulher-objeto ou um rosto bonito trazido para entreter Vladimir. Ele era o senhor e mestre do barco, mas ela era a senhora da casa, e era óbvio que todos gostavam dela, que era sempre muito gentil. Natasha não ficava se exibindo enquanto mostrava o iate, nem parecia uma pessoa superior. Era uma mulher simples, casual e agia como uma pessoa comum. Quando voltaram para onde o tour começara, ela lhe ofereceu champanhe. Theo aceitou a bebida, mas não sabia o que dizer. Nunca tinha visto nada parecido com aquilo. Levou quase uma hora para percorrer o barco gigantesco. Era tão intrincado e completo quanto um navio de cruzeiro, porém muito mais bonito. E cada detalhe era da melhor qualidade, desde a arte até os tecidos. Havia móveis e objetos inestimáveis espalhados por todos os cantos, como parte da decoração. Vladimir tinha muito bom gosto. Natasha era a prova disso. Theo não pôde deixar de se perguntar como era viver em seu mundo exilado e fazer parte de uma máquina tão deslumbrante.

— É realmente incrível, e é ainda maior do que parece visto da costa — comentou ele com admiração enquanto pegava a taça de champanhe que ela lhe oferecia.

— É, sim. Você gosta de barcos? — perguntou Natasha, curiosa sobre o homem também.

Theo riu ao responder.

— Gosto, mas nunca estive em um tão grande. — Aquele barco era um mundo completamente autossuficiente, quase como uma cidade. Ela não o tinha levado à suíte, nem ao escritório de Vladimir, que nunca fazia parte do tour, mas havia mostrado a Theo todo o resto. Ele notou que os seguranças desapareceram assim que a pintura foi entregue e que Natasha não tinham levado guarda-costas para o restaurante, o que o deixou surpreso. Theo imaginou que, para um homem tão rico como Vladimir, segurança deveria vir em primeiro lugar, mas não comentou nada sobre o assunto. — Obrigado por ter me mostrado tudo — agradeceu-lhe Theo enquanto os dois se acomodavam no sofá e apreciavam silenciosamente a vista. O jovem artista gostou de estar ali com ela. Natasha parecia uma pessoa doce e, quando olhou em seus olhos, notou que a jovem também parecia intrigada com ele.

Nenhum dos dois falou por um bom tempo, até que ele se sentiu incrivelmente atraído por ela e, por um momento insano, perguntou-se o que aconteceria se ele a beijasse. Provavelmente seria agarrado por uma dezena de seguranças e jogado no mar, ou talvez fosse assassinado, pensou consigo mesmo e depois riu da fantasia louca. Natasha sorriu para ele como se pudesse ler seus pensamentos. O que o fazia se sentir ainda mais atraído por ela era o fato de que, apesar de ser linda e sensual, não havia nada de vulgar ou abertamente sexy nela. Ela era a mulher mais delicada que ele já havia conhecido e, de certo modo, Natasha parecia inocente, como se não fosse realmente parte de nada daquilo. Mas ela era, inclusive morava com o homem que havia criado aquele mundo e que podia se dar ao luxo de pagar por tudo que desejasse. Theo queria perguntar a Natasha como era viver daquela maneira, mas não se atreveu. Os dois terminaram de tomar o champanhe em silêncio, e então ela se levantou. Parecia mais relaxada do que na noite anterior, e estava claramente à vontade no barco gigantesco, com uma tripulação enorme pronta para satisfazer todas as suas necessidades.

Ela o acompanhou até o convés inferior e sorriu quando ele entrou no barco. Os marinheiros a bordo já estavam preparando o motor para zarpar quando Theo se perguntou se a veria de novo. Duvidava que isso fosse acontecer. Mesmo se ela fosse ao restaurante, ele não estaria lá — estaria em casa, pintando em seu estúdio. E então Natasha pensou em algo antes de ele partir.

— Eu me esqueci de perguntar o seu nome. — Ela parecia uma criança sorrindo para ele. Haviam passado quase duas horas juntos sem se apresentar.

— Theo.

— Natasha — disse ela, com um sotaque russo forte. — Tchau, Theo. Obrigada.

Ele não sabia, mas ela estava lhe agradecendo por ter passado duas horas como uma pessoa normal, falando sobre coisas comuns, enquanto fazia um tour pelo barco de Vladimir com ele. Natasha nunca conseguia passar tempo com pessoas comuns e havia desistido de fazer isso quando se tornou amante de Vladimir. Vivia isolada no mundo dele, renunciava a atividades mundanas como tomar café, um drinque ou até mesmo almoçar com um amigo, ou rir de coisas tolas e sem importância. Vivia à sombra da vida de Vladimir, longe do pesadelo de sua juventude, mas também longe de uma vida normal. Ela era como uma joia preciosa mantida em um cofre e raramente exibida em público.

Natasha acenou para Theo enquanto o barco se afastava e correu de volta para o andar de cima, descalça. Ficou em pé no parapeito e observou o barco aumentar a velocidade em direção ao cais do hotel. Ele se virou para olhar para a encantadora mulher, seus cabelos voando com a brisa. Finalmente, ela entrou no barco, e ele não a viu mais. Só o que Theo tinha era a lembrança de duas horas em sua companhia, uma lembrança que ele tinha certeza de que estimaria para sempre.

No caminho de volta ao estúdio, depois de ter assegurado a Gabriel e à sua mãe que o quadro havia sido entregue, decidiu dar uma parada para visitar Chloe. Parte dele não queria ver ninguém depois de passar duas horas com Natasha. Não queria nada que estragasse aquela lembrança. Mas outra parte queria voltar para sua realidade. Sua mãe tinha certa razão — mulheres como Natasha eram fatalmente atraentes e totalmente inatingíveis. Ele precisava tocar em uma mulher real agora. Alguém que não estivesse fora de seu alcance. E Chloe parecia uma solução simples.

Theo parou na frente da casa de Chloe e entrou em seu estúdio. Ela estava bebendo uma taça de vinho e havia acabado de encerrar o expediente. Estava finalizando algumas telas comerciais que haviam sido encomendada por uma loja em St. Tropez e ficou surpresa quando ele entrou.

— O que você está fazendo aqui? — perguntou ela, sem parecer totalmente receptiva. Ainda estava irritada pela noite passada.

— Acabei de levar um quadro do meu pai a um grande iate russo.

— Achei que a sua mãe não queria vender nada — falou ela, lhe indicando uma cadeira, mas não fez nenhum movimento para beijá-lo.

— Ela não costuma vender mesmo, mas abriu uma exceção.

Chloe soube então que o comprador provavelmente pagara uma fortuna pelo quadro, ou a mãe dele não o teria vendido. Às vezes, Chloe ficava irritada com o fato de o namorado não ser apegado a conforto material. Ele não precisava trabalhar para ganhar dinheiro — seu pai havia lhe deixado uma enorme fortuna. Ela, por outro lado, trabalhava duro fazia anos, tentando manter as contas em dia, e estava cansada disso. Queria uma vida mais tranquila, desejava poder parar de trabalhar e ficar com alguém que pagasse suas contas. E a falta de interesse da parte de Theo em firmar um compromisso mais sério a incomodava. Chloe não estava satisfeita com o relacionamento.

— Sempre fico impressionada com as mulheres desses russos. Elas devem ser verdadeiras profissionais na cama para arrancar tanto dinheiro deles. Roupas de alta-costura, joias incríveis, peles, obras de arte. Vejo muito disso nos leilões quando vou ao Drouot, em Paris. Essas garotas realmente sabem como entreter um cara e fazê-los pagar por seus corpos.

Ele se sentiu mal ao ouvir aquilo. Sabia que Natasha estava muito longe do que Chloe descrevia. Ele não conseguia vê-la daquela maneira, nem queria.

— Acho que há uma grande diferença entre prostitutas profissionais e essas mulheres, as amantes desses russos — opinou Theo, tentando fazer uma defesa discreta.

— Na verdade, não — retrucou Chloe, com certa confiança. — Talvez as amantes apenas façam isso melhor. Elas são a elite. Mas sem dúvida essas mulheres sabem o que fazer para que os caras paguem as suas contas.

Aquele discurso causou arrepios em Theo. Para ele, era como se estivesse diante de uma estranha, não estava reconhecendo a própria namorada.

— Então é só para isso? "Fazer um cara pagar suas contas"? Me perdoe, talvez eu esteja sendo idealista, mas existe algum espaço para o amor nesse contexto? — perguntou Theo. Os pais dele se amaram muito, e o caso de amor deles começou quando Lorenzo ainda era bem pobre. Ele gostava muito mais de imaginar um relacionamento assim do que aquele que a namorada estava descrevendo e, obviamente, procurando. De uns tempos para cá, Chloe havia adotado uma postura mais direta.

— Para essas garotas, acho que não. E, sejamos sinceros, o casamento provavelmente é só uma versão melhorada da mesma ideia.

A mulher abandona a própria vida por um cara, vira empregada dele para sempre e ele a sustenta até os dois não aguentarem mais os corpos um do outro. O que há de errado nisso? Pelo menos eu sou honesta. As russas também são assim, e os caras que ficam com elas sabem o que estão comprando. Se você usa, você paga, e, se a garota sabe como operar o maquinário, ela ganha muito mais. Elas sabem exatamente o que estão fazendo.

Para o jovem artista, era como se Chloe estivesse insultando Natasha especificamente, e havia algo muito genuíno nela. Vladimir poderia até estar bancando a russa, e claramente estava, mas ela parecia uma mulher com coração e alma. Chloe fazia qualquer relacionamento entre homem e mulher parecer prostituição. Ele se levantou depois que a ouviu pelo tempo que conseguiu suportar. Havia passado na casa dela para convidá-la para jantar e esperava ir para a cama com ela depois, mas, de uma hora para outra, aquilo era a última coisa que ele queria. Tudo o que desejava agora era correr porta afora.

— Você tem uma visão muito materialista do casamento — comentou ele, olhando para ela sentada no sofá, segurando uma taça de vinho. Chloe tinha um corpo bonito e sabia como usá-lo. Só agora ele percebia o porquê. Ela usava o próprio corpo como uma ferramenta de barganha, na esperança de que ele a pedisse em casamento e pagasse suas contas. Isso nunca havia ficado tão claro quanto naquele momento.

— Meu pai, diferentemente do seu, não me deixou uma grande herança — disse ela, sem rodeios. — Não posso me esconder na minha torre de marfim e ficar aperfeiçoando minhas pinceladas. Preciso ser um pouco mais prática do que você. E, se tocar meu corpo como se ele fosse uma harpa faz você querer se casar comigo e me sustentar, o que há de errado nisso? — Ela não tinha ideia das coisas que estava falando e não se importava.

— Só que tocar seu corpo como uma harpa não é o suficiente — declarou ele, sendo honesto.

— Mas você queria isso ontem à noite quando sugeriu vir para cá transar comigo depois que saiu do restaurante da sua mãe.

Theo não conseguia se lembrar de Chloe sendo tão mercenária assim. Percebeu que os últimos meses não haviam sido tão frutíferos para ela. Ele não estava apaixonado, não queria se casar com ela. E ela estava com raiva pelo fato de as coisas não terem acontecido como esperava desde o início, quando descobriu quem era o pai dele. Chloe achou que havia encontrado uma mina de ouro quando o conheceu. Mas, aos poucos, foi percebendo que Theo não se importava em viver feito um morto de fome. O que ele queria mesmo era se tornar um pintor importante como o pai. Porém, o tempo estava passando, e Chloe, se tornando exatamente o tipo de mulher que Theo fazia o máximo para evitar.

— Eu ainda tenho a ideia louca de que vou me apaixonar por uma mulher antes de decidir se vou passar o resto da minha vida com ela, ou pagar suas contas, como você mesma disse. Não percebi que pagar as contas era uma parte tão importante do acordo. Gosto de pensar que uma mulher poderia se apaixonar por mim antes de se apaixonar pela minha carteira.

— Dá no mesmo — falou Chloe, em tom cínico.

— Então por que você não vai atrás de um desses grandes russos? Há tantos por aqui. — Theo soou irritado quando falou.

— Eles não são tão abertos. Já viu algum figurão russo com uma amante francesa? Nem acompanhante francesa eles querem. Só saem com garotas russas. Eles gostam do que conhecem. — Theo nunca havia pensado nisso antes, mas concluiu que Chloe estava certa. Os russos que costumava ver no restaurante da mãe estavam sempre acompanhados de moças russas. Natasha era mais uma prova disso. — Essas mulheres devem saber algo que nós não sabemos.

— Talvez você possa aprender com elas — disparou Theo, ligeiramente desapontado. Não estava apaixonado por Chloe, mas havia gostado de estar com ela. Agora, não suportava ouvir nada do que ela estava falando. Era a primeira vez que via a namorada ser abertamente sincera com ele.

— Talvez eu precise de um pouco de prática — opinou Chloe, sorrindo para ele. Theo também a decepcionara. Ele não passava muito tempo com ela, nem queria um compromisso mais sério, mas, mesmo assim, Chloe estava disposta a ignorar o fato, pelo menos por uma noite. — Quer ir para a cama? — Ela deixou de lado todo o romance e a sedução. Ele tinha ido vê-la com essa intenção, mas, naquele momento, sexo com ela era a última coisa que queria.

— Na verdade, não. Acho que já resumiu tudo muito bem. Você está procurando um cara que pague suas contas em troca de sexo e de outros talentos seus. E eu não estou à procura de casamento, mas ainda tenho a grande ilusão de me apaixonar por uma mulher e ficar com ela pelo resto da minha vida, se um dia resolver investir em um relacionamento. Acho que esgotamos as possibilidades aqui, e nós dois precisamos seguir em frente. — Ela pareceu assustada quando ouviu isso. Theo já havia chegado à porta quando se virou para ela. — Boa sorte, Chloe. Tenho certeza de que você vai encontrar o cara que está procurando.

— Por um tempo, achei que poderia ser você — confessou ela em voz baixa e deu de ombros.

— Não sou esse cara.

— Eu sei. Já tinha percebido isso.

— Talvez você deva fazer aulas de russo — sugeriu ele, em um tom ligeiramente cínico. Chloe tinha todas as características de uma pessoa interesseira e finalmente havia mostrado quem, de fato, era. Theo demorou um pouco para perceber. Ela disfarçava melhor no início.

A jovem não respondeu, e Theo foi embora. Só o que Chloe viu ao observá-lo partir foi sua mina de ouro passando por entre os dedos novamente. Ela não sabia por que seus relacionamentos sempre davam errado. Jogou a taça de vinho vazia na parede e começou a chorar ao ouvi-la se espatifar.

A única coisa que Theo queria fazer naquele momento era ir para casa. A conversa com Chloe o fez se sentir sujo de certa forma, como se aquilo tudo fosse apenas uma troca de sexo por dinheiro. Tinha de haver algo mais significativo do que isso. Ele pensou em Natasha. A bela jovem era exatamente o tipo de mulher que Chloe havia descrito e que ela própria queria ser, mas a russa não era vulgar, nem parecia ser interesseira, embora fosse sustentada por um homem. Parecia uma garota legal e ainda por cima era simpática e divertida.

Ele foi para seu estúdio assim que entrou em casa, e ficou parado, parecendo perdido por um instante. Sabia o que tinha de fazer e se sentia compelido a isso, embora soubesse que não deveria de fato fazê-lo. Não conseguia se conter — aquilo o estava dominando. Pegou uma tela em branco e a colocou no cavalete. Sabia que a única maneira de tirá-la da cabeça era pintando-a. Nem preparou o esboço antes de começar a pintá-la em óleo. Não precisava. Ela estava gravada em sua memória. O jovem pintor podia ver o rosto de Natasha como se ela estivesse ali, diante dele. Podia vê-la rir quando ele lhe disse algo, e seu sorriso melancólico enquanto o barco ia ficando para trás, o iate levando-o para longe dela. Podia ouvi-la pronunciar o próprio nome, com sotaque carregado, quando se apresentou. Natasha... Natasha... o balanço de seus quadris quando a seguiu pela escada, o jeito que o cabelo dela balançava ao vento quando estava de pé, vendo-o partir... sua mente foi dominada pelas lembranças dela e a bela mulher fez uma corrente elétrica descer por seu corpo quando ele começou a pintá-la. Então, em pouco tempo, conseguiu vê-la emergir das névoas na tela... Natasha... ela o enfeitiçara por completo... Theo se sentiu possuído enquanto a pintava num frenesi até o amanhecer. Não sabia que horas eram, nem se importava com isso, só queria estar perto dela. Àquela altura, os olhos dela já encaravam profundamente os seus.

Capítulo 4

Vladimir voltou ao iate três dias depois de Theo entregar o quadro para Natasha. Assim que subiu a bordo, quis ver a tela, então mandou um de seus seguranças buscá-la em seu escritório. Ele a desembrulhou com cuidado enquanto Natasha observava a cena. O empresário não perguntou quem a havia entregado, o que era irrelevante. Na verdade, esse detalhe nem lhe passou pela cabeça, portanto Natasha não tinha nada para explicar. A jovem nunca recebia convidados a bordo, então a visita de Theo fora algo bastante incomum mas inofensivo. Havia sido apenas uma pequena mostra da vida "normal" que ela nunca teve, nem teria, pois havia abdicado disso para ficar com Vladimir. Foi divertido ter uma vida diferente por um instante, conversar com alguém que regulava idade com ela, que não queria nada em troca. Natasha tinha muito pouco contato com pessoas fora do mundo do empresário. Em vez de amigos, tinha Vladimir. Mas não se ressentia disso. Porém, por outro lado, foi bom conversar com Theo sobre arte e a vida, e mostrar-lhe o iate. Mesmo sabendo que não havia feito nada de errado, Natasha tinha a sensação de que Vladimir não teria gostado daquilo. Ele não via necessidade de ela conversar com ninguém além dele. Mas agora Natasha se perguntava onde e como Theo vivia — provavelmente em um pequeno apartamento, ou em um quarto, sustentado por seu trabalho no restaurante. Ela não conhecia ninguém como ele. Theo foi o primeiro homem com quem conversou em anos sem que Vladimir estivesse presente ou a observasse de perto. E ela só podia falar com seu amante quando ele estava disposto, e sobre assuntos que ele determinava. Sua conversa com Theo lhe parecera tão espontânea e fácil, embora não soubesse nada sobre o rapaz.

O quadro era ainda mais bonito do que Vladimir e Natasha se lembravam, e o magnata se mostrou encantado com a nova aquisição, particularmente porque o trabalho de Lorenzo Luca era muito raro. Foi uma grande conquista adquiri-la e, conhecendo o russo como Natasha o conhecia, ela não ficou surpresa por ele ter conseguido convencer a viúva a vender a tela. Ele era capaz de persuadir qualquer um a fazer o que ele quisesse, desde que desejasse muito uma coisa. O homem nunca cedia até ter em mãos o que desejava. Ele havia feito o mesmo com Natasha. Vladimir era assim.

Eles jantaram no convés naquela noite, e ela percebeu que Vladimir estava feliz com algo que provavelmente havia acontecido no tempo que esteve fora. Ele estava em clima festivo, então os dois foram para o quarto e escolheram um lugar para a nova pintura, deslocando um Picasso para o corredor. Em seguida, voltaram para o convés. Ele havia lhe dito que, naquela noite, o iate ia zarpar e orientou o capitão para ir até St. Tropez.

— Você pode tirar um dia para fazer compras. Pensei em irmos para a Sardenha depois. Faz tempo que não vamos até lá. Tem previsão de um vento mistral para o fim da semana. Podemos ir para lá antes disso.

Havia um lugar perto de Porto Cervo onde ele gostava de ancorar. O iate era grande demais, o que às vezes se tornava um problema. E Vladimir sabia que Natasha gostava de parar em Portofino no caminho. Eram lugares conhecidos para os dois. De vez em quando, eles também iam para a Croácia, Turquia,

Grécia e Capri. Veneza era um dos lugares favoritos de ambos e lá eles conseguiam ancorar tranquilamente, e ainda tinham uma linda vista das igrejas e da praça. A jovem estava animada para ir a St. Tropez e à Sardenha, e não se importava com o fato de a viagem até lá ser um pouco difícil. Era uma boa marinheira e já havia enfrentado algumas tempestades com Vladimir antes. Nunca ficava enjoada de navegar e, às vezes, encarava melhor o mar do que a própria tripulação.

Eles zarparam por volta das duas da madrugada, quando Natasha e Vladimir já estavam na cama e dormiam após uma noite de sexo. Quando acordaram, com o nascer do dia, estavam ancorados fora do porto de St. Tropez. Ela foi às compras naquela manhã, com dois tripulantes para ajudá-la a carregar as sacolas, e depois encontrou Vladimir para um almoço no Club 55, que ela adorava. Havia comprado alguns trajes de banho na Eres e uma bolsa branca de verão na Hermès. Natasha se divertiu bastante perambulando pelas lojas.

As ruas já estavam lotadas. Era fim de semana e, embora estivessem no começo de junho, a alta temporada já havia começado. Em julho e agosto, as multidões tornariam o lugar insuportável, mas, por enquanto, ainda estava relativamente tranquilo. Depois do almoço, os dois fizeram um passeio pela cidade, voltaram para o barco e navegaram até encontrarem um lugar calmo para nadar. Ao anoitecer, seguiram em direção à Sardenha. Pretendiam parar em Portofino na manhã seguinte para fazer mais umas compras e seguiriam para o Sul, até a Córsega e depois à Sardenha. Os dois conheciam bem aquela rota.

Quando Natasha se deitou no convés depois de voltar do mar e eles pegaram velocidade, ela observou a alvorada atrás deles e olhou para Vladimir, dormindo ao sol. Era grata por sua vida com ele. Era como viver em uma bolha, sozinha com aquele homem, nos termos dele. Sentia-se segura ali. Sabia que o trabalho de Vladimir envolvia riscos, e era por isso que ele tinha guarda-costas, mas era como se aquilo não fizesse parte da realidade dela. Natasha era quase como uma criança inocente, à sombra do rico magnata. Essa impressão era a mesma que Theo tinha dela. Ela não era conivente, nem manipuladora. Apenas estava ali. Como uma linda flor que animava Vladimir quando ele queria conversar, transar com ela ou exibi-la para o mundo.

A única coisa de que ela realmente sentia falta era da oportunidade de aprender mais. Adoraria ter ido para a faculdade ou feito algum curso relacionado à arte. Mas, em sua vida com Vladimir, não havia tempo para isso. Ele viajava muito e quase sempre a levava junto. De vez em quando, ele pedia a ela que fizesse as malas e os dois iam para uma de suas casas ou para o iate. O russo sempre se opunha quando Natasha comentava que gostaria de fazer determinado curso dizendo que, para ele, ela já sabia de tudo o que precisava. Vladimir não via nenhuma razão para que a jovem aprendesse mais. Bastavam os livros e a internet. Ele não tinha diplomas e mal havia frequentado a escola, então achava que estudo era algo supérfluo, principalmente para ela. O trabalho dela era entretê-lo de todas as maneiras, algo que ela já fazia muito bem. A bela mulher era como uma gueixa, sem as tradições antiquadas restritivas, mas com o mesmo conceito. E, de certa forma, ela ficava orgulhosa de fazê-lo feliz há tanto tempo, de ainda despertar o interesse dele e de satisfazê-lo. E, na opinião de Vladimir, só o que ela precisava fazer era lhe dar prazer. E não precisava estudar para isso.

O casal estava jantando a caminho da Sardenha. O iate era tão grande que se mantinha estável, mesmo enquanto se movia a toda a velocidade, mas, de qualquer forma, contava com estabilizadores. Era agradável fazer as refeições na parte externa, na brisa suave, enquanto duas comissárias de bordo e o comissário-chefe lhes serviam o jantar. Os dois estavam aproveitando a noite quando Vladimir a questionou:

— Por que você fez um tour pelo iate com o rapaz que veio trazer a pintura? — Ele olhou para ela sério, e o coração de Natasha disparou. De repente, ela se sentiu culpada, embora não tivesse feito nada de errado. Mas tinha apreciado a companhia de Theo, e ele esteve a bordo por duas horas conversando com ela. A jovem se perguntou se Vladimir sabia desses detalhes também, ou que havia oferecido champanhe ao rapaz. Não havia segredos quando se estava com Vladimir. Porém, o rosto lindo de Natasha era um retrato da inocência quando respondeu.

— Não era um entregador. Foi o *maître* do restaurante que a trouxe. Ele ficou fascinado pelo barco, então eu o levei para conhecê-lo.

— Você ficou com medo de me contar? — Seus olhos a perfuraram mais profundamente, mas ela não reagiu, embora seu coração estivesse acelerado. Ele sabia tudo o que ela fazia e tudo o que acontecia ao seu redor. Vladimir tinha controle de tudo.

— Claro que não. Só não achei que isso fosse importante. Só estava sendo educada. Acho que ele esperava ver você. — Natasha sempre sabia o que dizer para deixá-lo tranquilo e parecia não dar muita importância àquele assunto, embora tivesse apreciado bastante as duas horas que passara com Theo — algo que seu rosto agora não demonstrava.

— Deveria ter mandado o comissário fazer isso, se ele queria dar um passeio pelo iate — repreendeu-a Vladimir, mas, ao mesmo tempo, se esforçando para ser gentil.

— Acho que ele estava no litoral. Eu não tinha mais nada para fazer e estava animada com a chegada do quadro — disse Natasha, sorrindo para ele.

Vladimir se inclinou e a beijou na boca, com ímpeto. Não comentou mais nada sobre o assunto depois, já havia dito tudo o que precisava, e o beijo fez com que ela se lembrasse de que o russo era seu dono. Natasha havia captado a mensagem. Ela sempre agia e vivia de acordo com as vontades dele. Aquelas duas horas com Theo tinham sido um deslize momentâneo que ela não repetiria. Sabia muito bem que não deveria irritar Vladimir.

*

Theo estava trabalhando na pintura de Natasha havia dias, mal parando para comer ou dormir. Estava bastante envolvido e se sentiu obrigado a trabalhar na tela até que tivesse capturado a bela mulher, o que estava se provando mais difícil do que imaginara. Havia algo evasivo nela, e ele continuava lutando com isso, até que finalmente percebeu que era algo em sua expressão, ou talvez em seus olhos. Havia muita coisa sobre ela que Theo não sabia e, ainda assim, aquela mulher o havia conquistado até a alma. Mas não tinha ninguém a quem ele ousasse confessar seu sentimento, por medo de o acharem louco. Estava obcecado pela amante de outro homem, e, para piorar a situação, o cara era um bilionário. Não havia como competir com ele. Theo tinha certeza de que Natasha não se interessaria por ele, pois parecia feliz ao lado de Vladimir.

Ele estava sentado na cozinha, perdido em pensamentos e comendo um sanduíche dormido. Era a primeira refeição que fazia em dois dias. Parecia um louco, com as bochechas cobertas pela barba por fazer, os cabelos emaranhados, o olhar vago enquanto pensava na pintura. Ele nem sequer ouviu o amigo Marc entrar em sua casa. Eles haviam estudado juntos na Escola de Belas Artes e se conheciam desde que eram meninos. Marc era escultor e apenas recentemente havia se mudado da Itália. Fazia esculturas em mármore e tinha ido trabalhar em uma pedreira para conhecer melhor sua matéria-prima. Era um artista talentoso, que mal ganhava o suficiente para sobreviver. Quando precisava de dinheiro para pagar as contas ou comer, trabalhava para uma empresa que fazia lápides.

— Ah, meu Deus, o que aconteceu com você? Parece um náufrago. Você está doente? — Marc tinha os cabelos vermelhos como fogo e sardas por todo o rosto. Era alto e magro, e parecia ter ainda uns 16 anos, embora estivesse com 31, um a mais que Theo. Tinha uma queda fatal por mulheres carentes e estava sempre dando a elas o pouco dinheiro que conseguia ganhar, o que fazia com que estivesse constantemente quebrado, mas ele não parecia se importar com isso.

— Acho que estou doente — respondeu Theo. — Ou talvez eu só tenha perdido a cabeça.

Marc sentou-se à mesa da cozinha, em frente ao amigo, deu uma mordida na outra metade do sanduíche e fez uma careta.

— Onde encontraram isso? Em uma escavação arqueológica? Deve ser de antes da época do Tutancâmon. Você tem algo comível aqui?

Theo balançou a cabeça com um sorriso e respondeu:

— Não parei para comer.

— Não é de se admirar que você esteja esquisito. Está sem dinheiro? Precisa de um empréstimo? — Embora precisasse mais do que qualquer outra pessoa, Marc nunca havia lhe pedido dinheiro emprestado. Era o único amigo de Theo que não pedia dinheiro, na verdade. A amizade dos dois era baseada nos laços de infância, e não em quem Theo era, e isso o tornava um amigo de confiança. — O que foi que deixou você assim?

— O retrato de uma mulher. Não consigo tirá-la da cabeça.

— Um novo romance? — O ruivo parecia intrigado. — O que aconteceu com a Chloe?

— Terminamos. Ela estava querendo um cara que pagasse suas contas. Chloe acha que um romance é basicamente isso, e essa ideia me parece um tanto deprimente. É como se ela quisesse que um cara pagasse aluguel pelo corpo dela.

Marc olhou para ele pensativo por um minuto, avaliando o que Theo havia acabado de lhe contar.

— Bom, o corpo dela é incrível. O aluguel é muito caro?

— Não importa. Você precisa de uma mulher com um coração, não de uma calculadora humana com quem fazer sexo.

Ela não é muito engraçada e reclama o tempo todo. — Theo não havia sentido falta de Chloe nem por um minuto desde o rompimento. E, desde então, estava trabalhando no retrato de Natasha.

— Então quem é o novo romance quente? — Marc parecia intrigado.

— Não é um romance. É só uma fantasia que está me arrastando para o inferno.

— Não me admira que você esteja um lixo. Um produto da sua imaginação?

— Mais ou menos. Ela existe, mas pertence a outra pessoa. É amante de um russo que vi no restaurante da minha mãe. Uma mulher linda. É escrava do homem com quem vive, que tem quase o dobro da idade dela e a mantém trancada em seu iate.

— Um russo rico? — perguntou Marc com interesse. Ele havia conhecido todas as mulheres com quem se relacionara em bares da região. A mulher da fantasia de Theo parecia muito mais exótica e fora do seu alcance.

— Um russo muito rico. Provavelmente o mais rico, ou um dos mais endinheirados da Rússia. Ele é, sei lá, dono da Rússia. Tem umas 75 pessoas trabalhando no barco para ele.

Marc assobiou ao ouvir aquilo.

— Você está dormindo com ela? Esse cara pode matar você, sabia?

Theo riu do comentário.

— Tenho certeza de que ele faria isso mesmo. Eu a vi duas vezes na vida e talvez nunca mais a encontre de novo. A única coisa que sei é o nome dela.

— E está apaixonado por ela?

— Não sei se estou apaixonado. Mas tenho certeza de que estou obcecado. Estou tentando pintá-la e não consigo acertar.

— E por que precisa? É só inventar.

— Provavelmente nunca mais a verei, exceto na tela que estou pintando. É como se eu me sentisse impelido a pintá-la. Não consigo tirá-la da cabeça.

— Isso não parece nada bom. Ela está obcecada por você também?

— Claro que não. Está muito feliz com o russo dela. Como não estaria? Ah, por falar nisso, ela também é russa.

— Você está ferrado. Acho que não tem chance. Talvez possa sequestrá-la ou tirá-la do barco. — Os dois riram do comentário. — O que deixou você tão obcecado por essa mulher?

— Não sei. Talvez o fato de que ela seja completamente inalcançável. Ela é muito legal e parece uma prisioneira quando está com o cara. Ele a trata como um objeto que gosta de exibir.

— Ela parece triste quando está com ele?

— Não, não parece — respondeu Theo com honestidade. — Acho que estou louco por estar pensando nela. Ela é completamente inacessível.

— Isso não parece nada bom. Posso ver a pintura?

— Está esquisita, e os olhos estão totalmente errados, venho trabalhando neles há dois dias. — Marc seguiu para o estúdio e viu a pintura no cavalete. Depois parou e analisou o quadro por um bom tempo. — Está vendo o que eu quero dizer? — perguntou Theo, fazendo o amigo se virar para olhar para ele.

— Esse é o melhor quadro que você já fez. Algo na pintura me toca profundamente e me faz ficar de cabeça virada. Essa é a mulher mais bonita que eu já vi. — O retrato estava inacabado, mas os elementos mais importantes já estavam ali. A mulher na pintura tinha alma, e Marc conseguia ver isso também. — Tem certeza de que não tem como encontrá-la mais uma vez? Quem sabe ela não ficou interessada por você também?

— Por que estaria? Ela não sabe quem eu sou, não faz nem ideia de que eu sou artista. Não sabe nada sobre mim. Ela acha que sou um garçom do restaurante da minha mãe, ou algum entregador.

Deixei uma pintura com ela. Conversamos por duas horas e depois fui embora.

— Uma das suas pinturas? — perguntou Marc com interesse.

— Não, do meu pai. Minha mãe vendeu um quadro para o companheiro dela. Eu fui entregar. Ele não estava lá, então tivemos a chance de conversar por um tempo e passear pelo barco.

— Não consigo nem imaginar quanto vocês ganharam com isso. Não consigo acreditar que a sua mãe tenha vendido um quadro do seu pai. Esse homem deve ter pagado uma fortuna.

— Pagou mesmo.

— Bem, não quero saber se você vai ver essa mulher de novo ou não. Você precisa terminar essa obra. É uma obra-prima. Acho realmente que é o seu melhor trabalho. Continue sofrendo com isso, vale a pena.

— Obrigado. — Theo olhou para o amigo de forma calorosa.

— Quer sair para comer alguma coisa? — perguntou Marc.

Theo balançou a cabeça.

— Acho que vou voltar ao trabalho. Você me encorajou a não desistir.

Marc saiu por alguns minutos e voltou meia hora depois com pão, queijo, dois pêssegos e uma maçã, assim Theo teria algo para comer. Marc era esse tipo de amigo. Os dois eram sempre sinceros, criticavam o trabalho um do outro, sendo dolorosamente honestos às vezes, então o fato de ele dizer que era a melhor tela que Theo já havia feito significava muito. Theo voltou a trabalhar no retrato e, dessa vez, pintou com afinco, a noite toda. Adormeceu quando o sol estava nascendo, deitado no chão do estúdio, olhando para o que havia feito, e estava sorrindo. Finalmente conseguiu retratar bem os olhos, e ela sorria para ele. Aquele era o rosto do qual se lembrava perfeitamente, sorrindo para ele enquanto o barco se afastava.

*

O mistral, um vento forte do norte do Mediterrâneo, que normalmente soprava por três dias, atingiu o *Princess Marina* quando eles desciam a costa da Córsega e atravessavam o Estreito de Bonifácio. Mesmo com todo aquele tamanho, o iate batia e balançava nas águas turbulentas. Natasha costumava dizer que gostava quando o mar estava revolto, que se sentia como um bebê sendo ninado em um berço quando acordava com o balanço, porém muitos integrantes da tripulação passavam mal. O vento foi perdendo força quando eles chegaram a Porto Cervo e jogaram a âncora o mais perto possível do porto, mas Natasha sabia, por experiência própria, que poderia voltar a ventar por vários dias, porém isso não a incomodava. Ela ainda queria pegar um *tender*, um barco de apoio, e dar uma volta pelos arredores. Gostava de fazer compras por ali. Havia várias galerias de arte, algumas joalherias, todas as grifes italianas importantes e uma loja de casacos de pele que adorava.

— Tem certeza de que quer ir? — perguntou Vladimir quando ela estava se preparando. O mar estava agitado, ela ficaria encharcada durante a curta viagem no *tender* até o porto. Mas Natasha não tinha medo de tempo ruim e mares revoltos, e sabia que estaria em segurança no barco. Não se importava em ficar molhada.

— Vou ficar bem.

Havia três tripulantes no barco quando ela entrou. O empresário não a acompanhou, precisava trabalhar. E não gostava tanto de fazer compras como ela, exceto quando ia comprar itens importantes, como joias ou roupas de alta-costura. Ele não precisava estar junto quando Natasha fosse comprar um novo par de sandálias ou uma bolsa Prada, e ela possuía um cartão de crédito próprio, vinculado a uma das contas dele. Vladimir nunca se importava com quanto ela gastava, e a jovem não abusava quando ia às compras sozinha. O magnata gastava muito mais dinheiro com ela quando lhe dava presentes.

O barco balançou quando Natasha pulou na doca, e um integrante da tripulação a seguiu, para o caso de ela precisar de ajuda para carregar as sacolas de compras na volta. Ela foi a várias lojas e estava experimentando um casaco de pele cor-de-rosa da designer especialista em peles, da loja que adorava, quando o primeiro oficial do barco apareceu com três de seus seguranças ao seu lado.

— O Sr. Stanislas gostaria que você voltasse ao barco — disse o primeiro oficial, sério, deixando Natasha surpresa.

— Agora? Aconteceu alguma coisa? Ele está passando mal? Ainda não terminei as compras. — Ela não queria voltar naquele momento. Estava se divertindo. Não tinha nada para fazer no barco, e eles não podiam nadar com o vento forte e o mar agitado.

— Ele parece bem — respondeu o oficial, de forma dura. Havia recebido ordens diretamente de Vladimir e não queria ter de explicar ao patrão que a jovem havia se recusado a voltar, mas ela não via motivos para correr. Eles não iriam a lugar algum com aquele vento forte.

— Diga a ele que volto em uma hora — pediu ela com um sorriso. Ainda estava com o casaco de pele cor-de-rosa e queria ter certeza de que ia mesmo comprá-lo.

— Acredito que o Sr. Stanislas quer que a senhora volte *agora* — insistiu ele com um olhar de preocupação.

— Não vou demorar — disse ela, sorrindo para o oficial e olhou para sua imagem refletida no espelho.

Estava preocupada que o casaco fosse muito brilhante e que Vladimir talvez não gostasse, mas ela havia gostado da peça e podia se ver usando-a com jeans ou com um vestido preto. Ela tirou o casaco e experimentou outro mais tradicional enquanto o oficial falava com os três seguranças do lado de fora da loja. Natasha podia ver que eles estavam falando com o barco pelo rádio. Então, um momento depois, o homem entrou na loja novamente, carregando o celular e dizendo que o Sr. Stanislas estava ao telefone. Ela pegou o aparelho com um sorriso e brincou com Vladimir quando o ouviu do outro lado da linha:

— Prometo que não vou gastar todo o seu dinheiro. Só quero dar mais uma voltinha. As lojas daqui são maravilhosas, melhor que as de St. Tropez.

— Volte para cá *agora*. Quando eu der uma ordem a você, deve me obedecer. — Ele nunca havia falado com ela daquela forma, e a jovem ficou atônita.

— O que está acontecendo? Por que você está chateado?

— Não lhe devo explicações. Volte para o barco imediatamente ou vou mandar tirar você à força da loja.

Chocada com o que havia acabado de ouvir, Natasha agradeceu à atendente e saiu da loja. Ela notou que os seguranças estavam caminhando mais perto dela do que de costume, enquanto o primeiro oficial estava bem à sua frente. É claro que algo estava acontecendo, mas ela não tinha ideia do quê.

Natasha entrou no barco ancorado na doca alguns minutos depois e deu de cara com quatro seguranças esperando por ela. O barco estava mais pesado e mais baixo na água. Ela estava completamente encharcada quando subiu a escada para chegar ao convés. Havia seguranças alinhados ao longo do parapeito, e cinco deles a acompanharam para dentro do iate. Parecia que toda a equipe estava a postos e havia mais quatro funcionários com Vladimir quando ela o encontrou em seu escritório. Ele estava ao telefone, mas desligou assim que a viu, pingando água em um tapete persa inestimável. Ele assentiu, e os homens deixaram o cômodo.

— O que está acontecendo? — perguntou ela, ao tentar beijá-lo, mas ele a afastou. Parecia distraído e chateado.

Vladimir hesitou por um momento e depois olhou para Natasha. Havia algo severo em seu olhar e uma fúria que ela havia visto apenas uma ou duas vezes, mas nunca dirigida a ela. E percebia agora que ele não estava zangado com ela, e sim com outra pessoa.

— Não vou entrar em detalhes sobre o assunto, mas fiz um grande negócio em Moscou na semana passada. Tem a ver com um segmento da indústria mineral, e o presidente da Rússia me concedeu um território importante. Havia três concorrentes para as terras que recebi permissão de comprar. Eu e mais dois. Fui premiado com a região e os direitos minerais de forma justa e paguei uma fortuna por isso. Os dois homens que estavam concorrendo comigo foram assassinados hoje de manhã, junto com suas companheiras. O filho mais velho de um deles, que trabalhava com o pai, também morreu. Além disso, o presidente foi vítima de um atentado há meia hora. Seja quem for a pessoa que está descontente com esse acordo, não está de brincadeira. Acho que sabemos quem é. Parecem atentados terroristas aleatórios, mas acredito que seja muito mais do que isso. Você está em perigo, Natasha, e por minha causa. — Ele disse isso de forma clara, simples e sem rodeios. Nunca havia falado tanto sobre seus negócios como naquele momento. — Contamos com um forte sistema de proteção aqui no iate, além de várias armas e seguranças. Estamos seguros, mas não quero você ao ar livre no momento, em nenhum lugar no convés, nem em terra firme. Assim que o vento diminuir, vamos levantar âncora e seguir para outro lugar. Mas, agora, quero que faça exatamente o que eu disser. Não quero que você seja morta. — Ela não gostou daquilo e parecia assustada. Nunca o vira tão preocupado. — Você entendeu?

— Entendi, sim — respondeu ela, baixinho. Nunca se sentira em perigo antes. Independentemente dos negócios nos quais ele estava envolvido, não tinham nada a ver com ela. Dessa vez, sim. Se as companheiras dos outros dois homens haviam sido assassinadas, eles poderiam atacá-la também. Pela primeira vez, ela sabia que sua vida estava em perigo por causa de Vladimir.

— Quero você fora de vista pelos próximos dias. Estamos nos mudando para uma cabine interna, então não haverá portinholas por onde possam nos ver. Mas os dispositivos eletrônicos que nossos inimigos usam são tão sofisticados que podem achar você em qualquer lugar. Espero que os serviços de inteligência russos encontrem essas pessoas logo. — Seus olhos estavam mais frios do que nunca, e ela podia notar que Vladimir falava sério. Natasha se perguntou se ele também estava com medo. Porém, parecia mais irritado do que amedrontado.

Durante os dias seguintes, eles ficaram confinados em uma cabine interna e andavam muito pouco pelo barco. Havia dois guarda-costas com eles dentro do cômodo, vários espalhados pelos salões e uma equipe de comando no convés. Os helicópteros também estavam protegidos, e ela ouviu que o sistema de mísseis havia sido acionado. Além disso, todos os seguranças estavam armados com metralhadoras. Para Natasha, era como se tivesse sido transportada para uma zona de guerra. Era horrível saber que ela também era um alvo.

Ela estava muito quieta enquanto lia, sentada na cabine e, às vezes, olhava para Vladimir. Ele estava em contato constante com a inteligência russa e o departamento antiterrorismo. Finalmente, três dias depois, o magnata recebeu uma ligação às quatro da manhã. Falou muito pouco, ouviu durante a maior parte da ligação e depois falou em russo. Suas perguntas e respostas foram curtas, mas Natasha entendeu do que se tratava.

— Quantos?... Você acha que são todos?... a resposta para isso é simples... mate-os. *Agora*. Não espere mais. — Então ficou apenas ouvindo novamente por vários minutos, concordou com quem estava falando e desligou. Natasha não se atreveu a fazer nenhuma pergunta pois, sob a fraca luz de seu abajur, ao se deitar na cama, viu que Vladimir tinha sangue nos olhos. Então ela adormeceu. Na manhã seguinte, o vento finalmente deu uma trégua, e a russa sentiu que estavam se movendo.

— Para onde vamos? — perguntou ela a Vladimir quando ele voltou para o quarto. O magnata acordara cedo e havia se levantado enquanto a jovem ainda dormia. Parecia mais tranquilo do que na noite anterior. Mas Natasha não conseguia tirar da cabeça a conversa da noite passada. Ele havia dado ordens para matar, provavelmente se referia às pessoas que estavam atrás deles, mas, de qualquer forma, aquilo era perturbador. Ela nunca tinha visto esse lado dele antes.

— Vamos voltar para a Córsega. É melhor ficarmos longe disso tudo até que a situação se acalme. O problema acabou — falou ele em voz baixa — há uma hora, mas sempre é bom dar um tempo antes de voltarmos à vida normal. Depois, talvez tenhamos que ir para a Croácia, Turquia ou Grécia. Mas só se precisarmos. — Ele sorriu para Natasha e, naquele momento, parecia o Vladimir com quem ela estava acostumada, não o estranho assustador que havia visto nos últimos dias. — Nada de compras por um tempo. Quero que fique no barco.

Natasha assentiu e foi se vestir. Escolheu jeans branco, camisa e um dos casacos corta-vento que a tripulação feminina usava, com a insígnia do *Princess Marina*. Os últimos dias haviam sido terríveis, e Natasha rezou muito para que nenhum deles fosse morto. Isso a fez pensar em quanto esse novo negócio no qual o magnata tinha apostado era arriscado e se perguntou se poderiam sofrer outra ameaça no futuro, mas não ousou lhe questionar. Não queria deixá-lo irritado.

Os cinco dias que passaram na Córsega foram bem mais tranquilos. Alguns tripulantes levaram Natasha para pescar, e ela foi nadar várias vezes ao dia. Vladimir permitiu que ela tomasse banhos de sol enquanto ele permanecia em seu escritório, em contato constante com os serviços de inteligência e com o presidente da Rússia. Então, uma semana depois de tudo ter começado, o problema havia acabado.

Vladimir a levou para Portofino, onde foram fazer compras. Jantaram em terra firme, em um restaurante simples de massas no porto que ela amava. Seis guarda-costas armados os acompanhavam, só por precaução. Em seguida, voltaram para o barco e foram para a cabine. Tudo parecia normal, exceto pelos seguranças empunhando metralhadoras — só por garantia, Vladimir explicou para ela.

— Não estamos mais em perigo.

Pelo que entreouviu, Natasha soube que cinco pessoas na Rússia haviam sido mortas por retaliação.

Eles navegaram por Portofino durante alguns dias, e todos os relatórios que Vladimir recebeu foram bons, então voltaram para o sul da França. Fora um período assustador para eles. No total, dez pessoas haviam sido assassinadas — as cinco vítimas e os cinco que orquestraram os ataques. Natasha estava muito grata por ela e Vladimir não estarem entre eles. Porém, enquanto seguiam viagem até Antibes, ela soube que nunca mais se sentiria totalmente segura.

Capítulo 5

Quando Gabriel voltou para o sul da França, tinha uma surpresa para Maylis. Havia planejado uma pequena viagem para os dois. Pretendia passar uma semana com a amada em Florença, uma das cidades favoritas do casal, antes que o restaurante tomasse todo o seu tempo durante o verão e que ficasse muito quente na Itália. Junho parecia o mês perfeito para viajar. O único problema era que Maylis precisava convencer Theo a assumir o Da Lorenzo, e ele parecia estar trabalhando muito nos últimos dias, pois quase não o vira.

Então ligou para o filho assim que Gabriel a convidou para viajar.

— Sinto muito por fazer isso com você, sei que odeia me substituir, mas vou me sentir mal se precisar dizer a Gabriel que não posso ir. Nossas viagens são tão importantes para ele...

— E deveriam ser muito importantes para você também — disse Theo, repreendendo-a e, para variar, não se queixou por ter de gerenciar por uma semana o restaurante. Secretamente, esperava que Vladimir e Natasha voltassem. Mas não comentou nada sobre isso com a mãe e aceitou de boa vontade ajudá-la. Sua única ressalva era que ele ia expor suas telas numa galeria em Nova York e na Masterpiece London Art Fair, no final de junho. Queriam incluir dois quadros dele na exposição em Londres, embora não fossem seus representantes, mas talvez desejassem representá-lo no futuro, quem sabe? E ele queria estar lá para ver como seria a exposição, para se certificar de que seus quadros estariam bem expostos. Era uma galeria nova para ele. Não havia assinado um contrato, mas ficou feliz em ter seu trabalho lá.

— Prometo que estaremos de volta a tempo — disse Maylis quando ele lhe contou e ficou muito grata pelo filho estar disposto a substituí-la. Gabriel ficou radiante ao saber que ela estaria livre para viajar com ele. Maylis havia comprado para o namorado um lindo relógio de ouro na Cartier, como forma de agradecimento por ele ter negociado a venda da pintura, já que não recebia mais comissão. Gabriel ficou encantado com o presente. Amava tudo o que Maylis lhe dava e, apesar de muitas vezes ela exaltar os feitos de Lorenzo inconscientemente, era muito generosa com ele. Gabriel nunca reclamava quando a namorada falava sobre o falecido marido, uma vez que ele o admirava também.

O marchand foi visitar Theo em seu estúdio e, imediatamente, viu o retrato de Natasha no cavalete. Estava quase finalizado, embora o artista insistisse que a tela ainda precisava de alguns retoques. Aquilo era uma obra de arte. Gabriel foi obrigado a concordar com Marc: era um dos melhores trabalhos de Theo.

— Acho que você está pronto para uma exposição em Paris — declarou o marchand. — Gostaria que você fosse para lá em setembro e visitasse as galerias que recomendei. Não há motivos para esperar. — Theo ainda não tinha certeza se estava pronto, mas disse que pensaria no assunto. Queria ver como seu trabalho repercutiria na London Art Fair primeiro. — Você deveria exibir na Bienal de Veneza no ano que vem — encorajou-o Gabriel, como havia feito com seu pai tantos anos antes. — Você não pode se esconder atrás de um pincel para sempre. O mundo precisa de mais artistas como você, Theo. Não prive as pessoas do seu trabalho. — Aquilo significava um tremendo elogio. Gabriel era um homem incrível, um conhecedor do mundo das artes e uma pessoa muito mais gentil do que o pai de Theo havia sido.

O rapaz, muitas vezes, lembrava sua mãe da sorte que os dois tinham por ter Gabriel na vida deles. Ela concordava com o filho, embora isso não a impedisse de exaltar as virtudes de seu falecido marido, muitas das quais ele nunca teve. Lorenzo havia sido um grande artista, mas nunca foi um grande homem. Theo se lembrava disso mais claramente do que ela, porém Gabriel nunca a criticou. Ele deixava Maylis ter suas fantasias sobre Lorenzo, estava feliz com ela e, apesar de sempre fazê-lo se sentir o segundo homem em sua vida, também era boa para ele.

Eles partiram animados para a viagem a Florença, e Theo assumiu o lugar da mãe no restaurante, cumprimentando os convidados quando chegavam e acompanhando um por um às mesas antes de deixá-los com o *maître*. Então, todas as noites ele verificava o livro de reserva, esperando ver o nome de Vladimir, mas a semana passou e o russo e Natasha não apareceram. Theo se perguntou se estariam no iate ou em algum outro lugar ali por perto, mas não tinha como saber. Temia que nunca mais a visse. O quadro estava quase finalizado, os olhos pareciam perfeitos agora, e ela ganhara a expressão gentil de que Theo se lembrava tão bem. A boca de Natasha estava exatamente igual, como se ela estivesse prestes a falar. Marc disse que, só de ver aquela pintura, estava se apaixonando pela mulher também. Theo não admitia que estivesse apaixonado, mas reconhecia que se sentia obcecado por ela, o que insistia ser diferente e uma situação ainda mais desconfortável do que se fosse apenas uma paixão. Mas ele não falou dessa obsessão com mais ninguém, apenas com seu velho amigo. Não teria ousado admitir isso a Maylis, pois sabia que ela teria dito que ele estava louco e repetido suas velhas advertências sobre não se apaixonar por amantes de magnatas russos.

Theo ficou feliz em ser liberado do trabalho no restaurante quando a mãe e Gabriel retornaram. Então voltou a trabalhar na pintura antes de partir para Londres. Havia várias feiras de arte acontecendo ao mesmo tempo. Ele estava hospedado em um pequeno hotel boutique cheio de artistas e marchands, e todas as conversas que ouvia — no hotel, na rua ou na feira — eram sobre arte. Ficou muito contente de conhecer os proprietários da galeria de Nova York, com quem só havia tido contato por e-mail até então. Os dois quadros dele estavam pendurados no estande, em destaque e, embora Theo não gostasse, mencionaram em sua biografia que era filho de Lorenzo Luca. Odiava usar o nome de seu pai, mas todos estavam ali para vender obras de arte, e aquele era um ponto positivo para ele, já que os proprietários queriam capitalizar o máximo de dinheiro possível. Mas seja lá filho de quem fosse, seu trabalho falava por si.

Theo estava parado do lado de fora do estande na noite de abertura quando viu um homem que lhe pareceu familiar. No mesmo instante, ele o reconheceu. Era Vladimir. E Natasha vinha caminhando logo atrás do russo, usando uma minissaia de couro preta com um suéter cinza que parecia ter sido rasgado e saltos altos pretos que ressaltavam suas pernas. Ela estava incrível, com os cabelos em um coque, as mechas loiras emoldurando-lhe o rosto. Ela reconheceu Theo na mesma hora e ficou surpresa ao vê-lo ali. Vladimir havia passado por ele sem reconhecê-lo.

— O que você está fazendo aqui? — perguntou ela de repente, confusa quando Vladimir se virou para procurá-la, sem fazer ideia de quem era aquele homem. — Você é artista ou simplesmente veio ver a feira?

Quando Theo abriu a boca para responder, sentiu-se tropeçando nas palavras.

— Estou expondo na feira. — Ele não indicou a pintura que estava à vista logo atrás dele.

— Que interessante — comentou Natasha, parecendo entusiasmada com a notícia quando Vladimir acenou para ela. Havia uma pintura que o russo queria que ela visse alguns estandes à frente. — Que bom revê-lo — falou ela, se apressando.

O coração de Theo disparou enquanto a observava se afastar, sem conseguir acreditar naquilo. Toda vez que encontrava aquela mulher, ela virava o seu mundo de cabeça para baixo. Theo era incapaz de não reagir a ela. Era como se estivessem unidos por uma corrente elétrica que o atravessava todas as vezes.

Mais tarde, ele a viu novamente, mais à frente na mesma fila. Ela não o notou. Já estavam indo embora. Vladimir carregava um quadro que havia comprado. Theo ficou aliviado por não terem demonstrado interesse pelo trabalho dele, nem lido sua biografia e descoberto quem era seu pai, o que teria sido algo embaraçoso, já que ele estava mais ou menos disfarçado de *maître* no restaurante e nunca admitira ao casal que era filho de Lorenzo. Nem mesmo comentou isso com Natasha durante a conversa deles no iate. Porém agora, pelo menos, ela sabia que ele era pintor. A outra coisa que ela não sabia era que ele estava trabalhando em um retrato dela noite e dia desde que se conheceram, o que teria sido desconcertante. A bela acharia que Theo era um lunático, um pervertido ou algum *stalker*. Não havia como explicar seu fascínio por ela, nem o tempo que passava pensando nela e desejando conhecê-la melhor. Muito menos como ele se sentia agora, como se alguém tivesse arrancado seu coração do peito. Theo sabia que precisava esquecê-la, mas não tinha ideia de como fazer isso. Talvez o tempo o ajudasse. Ou poderia fazer uma carreira só pintando retratos dela. A ideia era ridícula, mas ele ainda estava pensando na jovem e em como ela estava linda naquela saia de couro enquanto caminhava de volta para o hotel naquela noite.

Theo estava passando pelo lobby de cabeça baixa quando esbarrou em uma jovem e quase a derrubou. Ela estava saindo do elevador, usando botas militares e saia vermelha curta, com cabelo tingido de cor-de-rosa e um sorriso de um milhão de dólares. Era uma garota bonita, embora com aquelas roupas parecesse meio estranha. Ele percebeu que tinha um *piercing* de diamante no nariz.

— Olá para você! E não é que você é um colírio? Está indo a algum lugar... tipo o meu quarto? — perguntou ela, olhando para ele com um grande sorriso. Theo achou graça da ousadia. Era meio embaraçoso, mas a jovem era engraçada, e as pessoas ao seu redor estavam sorrindo. — Gostaria de ir a uma festa comigo? — perguntou sem hesitar. Ela não era nada tímida. — Haverá italianos, espanhóis, uma porção de pessoas de Berlim. De onde você é? — A moça tinha um sotaque britânico aristocrático, mas disse que morava em Nova York, pois sua família era insuportável.

— St. Paul de Vence — respondeu ele, ligeiramente assustado devido ao comportamento dela —, no sul da França.

— Sei onde é. Meu Deus, de que planeta você acha que eu sou? — Era uma boa pergunta, dada sua aparência. — Meu nome é Emma, aliás. — Então, de repente, ele percebeu quem ela era. Lady Emma Beauchamp Montague. Seu pai era um visconde. Ela era dona de uma das galerias mais vanguardistas de Chelsea, em Nova York. Ele tinha lido sobre ela, mas nunca a tinha visto.

— Theo — disse ele, apertando sua mão, e ela o puxou.

Quando Theo se deu conta, já estava na rua, entrando em um táxi com ela. A jovem deu ao motorista um endereço, que ficava em um bairro elegante, e se virou para conversar com Theo novamente. Ela falava muito rápido, era bem engraçada e o fez chorar de rir quando saíram do táxi. Theo não tinha ideia do que estava fazendo ali, mas se viu em uma casa palaciana com animais empalhados por todos os lados, incluindo um leão tão grande que ele praticamente teve de rastejar por baixo dele para entrar no banheiro.

Havia centenas de pessoas, muitas delas falavam alemão, e todas as nacionalidades europeias pareciam estar representada ali, juntamente com um grande contingente de americanos. A jovem conhecia todo mundo. Emma passou a noite apresentando Theo a todos, e o manteve por perto, até que sussurrou em seu ouvido, depois de duas horas, perguntando se ele queria voltar para o hotel e fumar um baseado com ela. Theo já estava pensando em ir embora e o convite para voltar para o hotel com a bela jovem definitivamente tinha certo apelo.

Eles chamaram um táxi novamente e caminharam conversando de forma animada enquanto atravessaram o lobby e seguiram até o quarto dela. Quando entraram no quarto, antes mesmo de pegar o baseado, Emma colou a boca na de Theo, abriu a fivela do cinto dele com habilidade, desceu sua calça e ficou de joelhos. Theo ficou maravilhado e, quando se deu conta, os dois já estavam na cama, transando de maneira apaixonada. Tudo o que não tinha relação com Emma naquele minuto fora esquecido. De algum modo, ele conseguiu pegar uma camisinha antes que as coisas ficassem mais quentes e, durante a hora seguinte, fizeram sexo em todas as posições imagináveis até acabarem deitados em um emaranhado de roupas. Emma sorriu para Theo. Ela era a garota mais incrível que o artista já havia conhecido.

— Duas regras — disse ela, antes que Theo tivesse tempo de recuperar o fôlego —, eu nunca me apaixono e nós não precisamos nos ver de novo se não quisermos. Sem obrigações, nem romance brega, muito menos corações partidos. Vamos apenas nos divertir sempre que nos encontrarmos. E você é bom demais na cama — elogiou ela, ao ver que ele estava rindo.

— Você sempre pega homens estranhos em lobbies de hotel? — Theo nunca havia conhecido ninguém como ela, muito menos uma mulher tão devassa na cama.

— Você é doido? Que engraçado! Parecia bem normal até há pouco — ela o provocou.

— Eu sou — garantiu-lhe o artista, embora não tivesse certeza de que ela não fosse doida.

— Eu só pego os homens quando eles são tão lindos como você. Como nunca te vi antes? Você vai para Nova York?

— Faz bastante tempo que não vou a Nova York. Essa é minha primeira feira de arte, na verdade. — Ele disse a Emma o nome da galeria onde iria expor em Nova York.

— Ah, querido, essa é uma das sérias. Você deve ser muito bom. Tenho um estande mais à frente do seu aqui em Londres. Você vai ter que visitá-lo. E quero ver o seu trabalho também. — Ela parecia interessada nele.

— É bem clássico. Você pode não gostar — disse ele, sendo modesto, fazendo-a revirar os olhos.

— Por favor, não seja tão inseguro, é muito chato.

Theo passou a noite com ela e foi visitar o estande da jovem no dia seguinte. Ela lhe mostrou alguns trabalhos selvagens e experimentais de artistas conceituais famosos que estavam sendo vendidos a preços elevados. Embora Emma admitisse que o trabalho de Theo não fazia seu estilo, ficou muito impressionada com ele e reconheceu que o artista tinha um enorme talento.

— Você será muito famoso um dia — declarou ela, séria. Quando leu a biografia dele, viu seu sobrenome. — Ah... isso explica tudo. Mas você é melhor do que ele. Sua técnica é bem marcante. — Ela riu quando disse isso e sussurrou para Theo: — Inclusive em outras áreas. Excelente estilo.

Eles foram a outra festa naquela noite, depois transaram no quarto dela, então Emma voltou para Nova York no dia seguinte. Não parecia provável que Theo a visse de novo, mas, por outro lado, não houve fingimento, nem promessas e nenhum apego. Fora apenas diversão, e isso foi a melhor coisa que poderia ter acontecido para tirar Natasha de sua cabeça. Ele não havia encontrado mais com a russa na feira, porém, como Emma havia lhe distraído, não se importou. Emma lhe enviou uma mensagem de texto do táxi, a caminho do aeroporto. Ao sair do hotel, ele leu: "Valeu pela diversão foda, Em." Ele riu quando leu. A feira de arte havia sido interessante e, o que era ainda mais emocionante, seus quadros foram vendidos a ótimos preços. Ele tinha muito do que se orgulhar ao voltar para casa. Então, quando entrou em seu estúdio, lá estava ela novamente, com os olhos gentis, os lábios que pareciam falar com ele e a suave auréola de cabelo loiro. Ela estava exatamente como ele a vira em Londres. Para não ter de ficar olhando para Natasha, Theo virou o cavalete. Precisava dar um tempo. Estava obcecado, e Emma fora o remédio perfeito. Tinha sido muito bom passar um tempo com a jovem.

Theo contou a Gabriel e à sua mãe, no dia seguinte, quando almoçou com eles, as novidades sobre a feira de arte, mas deixou de fora a escapada com Emma Beauchamp Montague. Ele lhes disse que as duas pinturas tinham sido vendidas e ambos ficaram felizes. No dia seguinte, Gabriel o convidou para visitar uma galeria em Cannes. Era uma das poucas galerias respeitáveis no sul da França, e ele havia prometido à filha que passaria lá para dar uma olhada no trabalho de um artista para sua galeria.

— Eu deveria trabalhar um pouco — falou Theo, sentindo-se culpado por tirar uma tarde para fazer isso, mas ele não queria voltar ao retrato de Natasha naquele momento. Ainda não tinha se recuperado do encontro com a bela mulher.

— Vai fazer bem a você tomar um pouco de ar — disse Gabriel.

Theo gostava da companhia do marchand, então os dois foram dirigindo o velho Morgan que Gabriel deixava em St. Paul de Vence para se locomover quando estava na cidade. Ele era muito mais elegante do que Lorenzo jamais fora. Os dois amigos conversaram novamente sobre a feira de arte no caminho, e ambos ficaram muito decepcionados com o trabalho do artista que Marie-Claude pediu ao pai que verificasse. Era uma arte muito comercial, voltada mais para turistas do que para uma galeria séria de Paris. Mas a garota que gerenciava a galeria era uma loira linda. Theo reparou na moça e sorriu para a jovem, e ele e Gabriel pararam na mesa dela para conversar por um minuto. Theo pegou o cartão da jovem, pensando em ligar para ela qualquer dia. Mas na hora resolveu seguir o exemplo de Emma e falou casualmente.

— Gostaria de jantar comigo qualquer dia? — perguntou com muito mais cautela do que Emma teria feito, fazendo a moça sorrir com a pergunta.

— Você é marchand ou artista?

— Esse cavalheiro é marchand — respondeu Theo, apontando para Gabriel. — Eu sou artista.

— Então a resposta é não — disse ela com gentileza, e ele achou graça. Não esperava por isso.

109

— Você tem algo contra artistas?

— Sim, tenho uma atração fatal por eles. Fui até casada com um. E, pela minha experiência, são todos loucos e viciados em drama. Não quero mais saber de drama. Sou divorciada, tenho uma filha de 5 anos e preciso de paz. Isso significa que não quero me envolver com artistas.

— Qual a nacionalidade do seu marido?

— Italiano — respondeu, sorrindo para ele. A moça tinha gostado de Theo. O jovem parecia ser um cara legal, mas ela estava decidida a não se apaixonar por outro artista, principalmente por um bonito.

— Isso explica muito, então — falou Theo, parecendo aliviado. — Os artistas italianos são todos loucos e adoram um drama. — Ele pensou no pai ao falar isso e conseguia entender a postura dela. — Já os franceses são bem mais normais e muito gente boa.

— Não pelo que eu vi — confessou ela, que não tinha a menor intenção de se deixar levar pelos argumentos nem pelo charme dele, o que Theo parecia ter muito. — Nada de artistas. Talvez possamos ser amigos, quem sabe... Mas sem encontros para jantar. Prefiro ser freira.

— Que deprimente — disse ele, sentindo-se insultado. Gabriel, que estava ouvindo tudo, achava graça. — Vou ligar para você qualquer hora dessas — falou enquanto seguia o amigo e entrava no carro.

— Boa tentativa — Gabriel o provocou. — Ela parecia estar falando sério.

— Ela é muito bonita e tem pernas incríveis — comentou Theo, meio brincalhão. Emma fez com que ele ficasse de bom humor depois de dois dias de sexo selvagem e muitas risadas.

— Eu deveria sugerir à sua mãe que parasse de se preocupar. Ela se preocupa por você ainda estar sozinho.

— Eu não fiquei sozinho em Londres. Conheci uma garota britânica meio louca. Ela é dona de uma galeria em Nova York e uma mulher bem selvagem — confessou Theo, fazendo Gabriel rir do comentário.

Quando chegaram a St. Paul de Vence, o marchand deixou Theo em casa. O rapaz então se deitou no sofá por alguns minutos, pensando em Emma, na garota que havia acabado de conhecer na galeria — seu cartão dizia que ela se chamava Inez — e em Natasha. As três mulheres eram tão diferentes uma da outra e, estranhamente, ele não podia ter nenhuma delas. Emma se recusava a se apaixonar e não queria compromisso com ninguém, Inez tinha pavor de artistas, e Natasha pertencia a outro homem. Theo se perguntava o que havia de errado com ele e se agora só iria se sentir atraído por mulheres inacessíveis. Mas o pior de tudo era que Natasha, que havia roubado seu coração sem nem mesmo saber disso, era mantida em uma torre de marfim por outro homem. A vida era muito estranha. Então, após chegar a essa conclusão, adormeceu.

Capítulo 6

O verão em St. Paul de Vence foi tranquilo e pacífico. Gabriel passou dois meses lá em vez de um, e gostou de ficar no restaurante à noite. Eles recebiam muita gente interessante, e o marchand amava estar com Maylis. Ele se sentava a uma mesa de canto, e ela se juntava ao namorado sempre que tinha tempo. Apesar da devoção dela a Lorenzo, Gabriel sabia que Maylis o amava. Ela se dava melhor com o novo companheiro do que com Lorenzo, estava na cara, embora o falecido artista fosse um fantasma entre os dois.

De vez em quando, Gabriel gostava de visitar Theo em seu estúdio, só para ver o que ele estava fazendo. Tinha muito orgulho do trabalho do jovem artista. O marchand era amigo da família havia um bom tempo e sempre representou uma figura paterna para Theo. Em julho, o jovem finalmente terminou o retrato de Natasha. Parou no ponto certo. Se tivesse continuado pintando, teria estragado a obra; pior, o quadro pareceria inacabado. Ele tinha o instinto de grandes artistas, sabia quando um trabalho estava finalizado. Theo manteve a pintura no estúdio, pois queria vê-la o tempo todo. Era como ter Natasha com ele.

O restaurante permaneceu cheio ao longo de todo o verão. Mas Vladimir e Natasha não apareceram de novo. Ele perguntara pelos dois à mãe.

— Ainda está pensando nessa mulher?

— Na verdade, não. — Theo não estava mentindo. Pouco a pouco a estava superando. Curiosamente, pintá-la ajudou a exorcizar seus demônios. Ele já estava trabalhando em outra obra, e Gabriel o convenceu a contatar pelo menos uma das galerias que havia lhe recomendado.

— Você precisa fazer uma exposição em Paris para ser levado a sério — falou Gabriel, firme. Theo sabia que o marchand tinha razão e se sentia quase pronto. Estava planejando ir a Paris para visitar algumas galerias e ver o que elas tinham para lhe oferecer. As duas vendas haviam lhe deixado confiante.

Tentou ligar novamente para Inez, na galeria em Cannes. Ela era sempre muito simpática ao telefone, mas se recusava a aceitar seu convite para jantar. Finalmente, um dia Theo entrou na galeria perto da hora do almoço e a convidou para almoçar. Ela ficou tão surpresa que aceitou.

Durante o almoço, tiveram uma ótima conversa sobre o trabalho dela na galeria, sua filha e os anos em que morou em Roma quando era casada. Contou a Theo que o ex-marido era escultor e que raramente visitava a filha. Inez era a única provedora da criança, o que era uma grande responsabilidade para ela. E seu ex tinha acabado de ter gêmeos com a nova namorada, dois meninos; então a filha, no sul da França, havia ficado renegada.

— Definitivamente não precisamos de outro artista louco para partir nosso coração. Estamos bem assim.

— Pareço louco? — perguntou Theo, tentando aparentar ser sério, e ele realmente era, apesar do breve período em que esteve obcecado por Natasha. Mas aquilo já tinha passado. Ele estava pronto para namorar mulheres reais e queria sair com Inez, se ela estivesse disposta.

— Vocês nunca parecem loucos de cara. Sempre parecem normais no começo. Aí, assim que você se acalma e acha que encontrou um cara do bem é que vem o drama: outras mulheres, amores do passado que ressurgem das cinzas precisando de ajuda, filhos dos quais não sabia.

— Não tenho filhos, que eu saiba. Ninguém do passado até hoje voltou para me assombrar e não tenho nenhuma ex precisando de mim. Mas fiquei amigo de algumas ex-namoradas, sim. — Exceto Chloe, que mandou vários e-mails maldosos e amargos logo depois do término dos dois, mas Theo não mencionou isso. — Minha vida tem sido bem tranquila. Meu pai, por outro lado, era bastante louco e muito talentoso. Era italiano e tinha mais de 70 anos quando eu nasci. Ele se casou com a minha mãe dez anos depois de se conhecerem, logo que a esposa dele morreu.

— É disso que estou falando — ressaltou Inez, sorrindo para Theo enquanto pediam um café.

— Ele era incrivelmente talentoso, e minha mãe o adorava. Já era velho e rabugento quando nasci, mas sei que me amava. Foi ele quem me ensinou a pintar. Morreu aos 91 anos, então tive a sorte de tê-lo até os meus 18.

— Ele era conhecido? — perguntou ela inocentemente. Theo hesitou antes de responder, mas achou que Inez era confiável. Dava para notar que ela era uma mulher legal, e não uma interesseira.

— Lorenzo Luca.

Os olhos dela se arregalaram ao ouvir esse nome.

— Meu Deus! Ele é um dos artistas mais importantes do século passado.

— Segundo o que dizem, sim. Adoro o trabalho dele, mas meu estilo é bem diferente. Não acho que um dia conseguirei voar tão alto quanto ele, apesar de eu trabalhar bastante para isso. Meu pai era realmente um gênio. Talvez por isso tenha sido uma pessoa tão difícil de se lidar. — Theo não contou que o pai tinha outros sete filhos. Não queria deixar Inez apreensiva. — Minha mãe era quase quarenta anos mais nova que ele. Agora ela gerencia um restaurante em St. Paul de Vence e é a guardiã da chama sagrada. Possui uma grande quantidade de pinturas dele e raramente vende alguma. — Exceto para russos muito, muito ricos, o que ele também não contou.

— Ela se casou de novo? Devia ser bem jovem quando ele morreu.

— Tinha 51, eles passaram trinta anos juntos. Acho que é difícil superar um relacionamento tão longo. Meu pai tinha uma grande personalidade. Minha mãe não se casou de novo, mas namora um marchand. Aquele cara que estava comigo no dia que nós nos conhecemos.

Inez se lembrou de Gabriel.

— Ele parece ser um cara legal.

— E é. Tem sido como um pai para mim. Alguma dessas coisas que contei me qualificam para levar você para jantar? — Theo sorriu para ela enquanto pagava a conta, e Inez lhe agradeceu.

— Na verdade, não. Você ainda é artista. Mas fico feliz em conhecê-lo.

— Você é uma mulher difícil. Juro que não sou um desses artistas loucos.

— Provavelmente não, mas não vou mais colocar a mão no fogo por ninguém. É muito arriscado. Preciso pensar na minha filha.

Theo assentiu. Não estava interessado em se casar naquele momento, nem em criar a filha de outra pessoa. Achava que era muita responsabilidade, então talvez Inez tivesse razão. Ele não a convidou para jantar novamente ao deixá-la na galeria e voltou para St. Paul de Vence. Gostava dela, mas sua vida não dependia de um jantar. Ainda assim, tinha aproveitado o almoço.

O restante do verão passou muito rápido. E, antes que Gabriel voltasse para Paris, no dia primeiro de setembro, entregou novamente a Theo uma lista de galerias. Dois dias depois, o rapaz se forçou a ligar para todas. Várias ainda não haviam retomado as atividades depois do verão, mas tinha uma em que ele estava particularmente interessado, e Gabriel ligou para lá recomendando o jovem artista. O nome do dono era Jean Pasquier, e ele atendeu à ligação de

Theo imediatamente. A galeria ficava na rua Bonaparte, no sexto *arrondissement* na Rive Gauche de Paris, e ele disse que estava sempre interessado em novos artistas.

Theo enviou imagens digitais de seu trabalho, e Pasquier lhe telefonou no dia seguinte dizendo que gostaria de se encontrar com ele caso o rapaz fosse a Paris. Pediu a ele que levasse uma ou duas de suas pinturas para que pudesse avaliar sua técnica. Um pedido razoável, na opinião de Theo. A técnica era algo que não se podia ver em um computador. O artista concordou em visitá-lo na semana seguinte. Gostou tanto da conversa ao telefone que decidiu não ligar para as outras galerias até que fosse àquela. Gabriel achou a ideia ótima e prometeu levá-lo para jantar quando chegasse a Paris.

Poucos dias depois de Gabriel ter ido a Paris, Maylis já se queixava de que sentia sua falta. Ela nunca se oferecia para ir com ele. Esperava que o namorado voltasse logo para ficar com ela no Sul.

Conforme prometido, Theo foi à reunião com Jean Pasquier. Ele adorou o dono da galeria e o espaço para exposição quase tanto quanto Pasquier gostou do trabalho que o jovem pintor levara para apresentar. O homem achou sua técnica magistral e os temas, muito interessantes. Para surpresa do artista, ofereceu a ele uma exposição exclusiva em janeiro. Um dos artistas programados para expor tinha avisado que não estaria pronto para exibir suas telas, e Jean estava encantado por preencher a vaga com Theo.

O jovem ligou para Gabriel assim que saiu da galeria, a fim de contar ao amigo a grande novidade e lhe agradecer pela indicação. Os dois foram jantar naquela noite para comemorar. A venda das duas pinturas na feira de arte em Londres tinha sido boa para Theo, mas ser representado por uma galeria em Paris e ter uma exposição exclusiva era um passo importantíssimo em sua carreira. Ele ainda tinha o contato da galeria de Nova York e poderia expor lá no futuro.

— Você finalmente vai ter uma exposição em Paris — comemorou Gabriel, sorrindo. Estavam jantando em um pequeno bistrô no bairro de Gabriel, na Rive Gauche. Sentado no terraço, observando as luzes daquela cidade encantadora, Theo achou que a mãe era muito boba por nunca ir para lá. Ela ainda se sentia presa a todos os velhos hábitos que compartilhara com Lorenzo. Gabriel teria lhe proporcionado muito mais da vida, se ela permitisse. Theo falou isso para o amigo.

— Você sabe como ela é — disse Gabriel, calorosamente. — Já fico feliz por Maylis viajar comigo. Ela viaja comigo pela Itália, mas nunca vem a Paris.

— Ela é muito teimosa — disse Theo. Às vezes ele ficava sem paciência com certos caprichos da mãe. — Mudando de assunto... você acha que estou pronto para uma exposição? — Há dias o jovem artista vinha pensando nisso, agora que finalmente assumira o compromisso.

— Claro. Você tem material suficiente em seu estúdio para duas exposições — respondeu Gabriel, que achava o trabalho de Theo ótimo.

— Você pode me ajudar a escolher os melhores para enviar?

— Posso dar uns conselhos se você quiser. Mas Jean provavelmente vai querer escolhê-los com você. — Gabriel não queria tomar o lugar do novo marchand de Theo, e estava feliz pelo jovem.

No dia seguinte, Theo voltou para o sul da França e, assim que entrou em casa, foi direto para seu estúdio e começou a separar as telas que queria na exposição em janeiro. Ficou observando o retrato de Natasha por um bom tempo enquanto fazia a seleção inicial. Não tinha certeza se queria expor aquela tela ou não. O retrato era algo muito íntimo e ele não tinha a intenção de vendê-lo. Queria guardá-lo para que pudesse se lembrar dela para sempre. Um registro de sua breve obsessão. Theo não era mais assombrado por Natasha e, dois meses e meio depois de tê-la visto pela última vez, estava se sentindo são novamente. Havia se dado conta de que sonhar com uma mulher inatingível não era algo saudável — nem ficar pensando na garota que se recusara a jantar com ele em Cannes. Só queria focar agora em sua exposição.

*

Vladimir e Natasha deixaram o barco e voltaram para Londres no final de agosto, depois de terem passado de porto em porto durante todo o verão. As preocupações do magnata com a segurança de ambos finalmente haviam chegado ao fim. Natasha não precisava mais andar com um bando de guarda-costas toda vez que saía na rua. As pessoas perigosas tinham desaparecido, e ele nunca mais discutiu o assunto com a amante. Ela parou de se preocupar quando notou que Vladimir estava mais calmo quanto a isso. Fora um período estranho, mas havia passado.

Eles jantaram no Harry's Bar certa noite, e o russo disse que tinha uma surpresa para ela.

— Vou construir outro barco — contou, em tom alegre. — Ainda maior do que o *Marina*. E vou dar seu nome a ele. — Vladimir parecia orgulhoso quando disse isso, e Natasha se sensibilizou. Ela sabia que os iates eram importantes para ele. A atitude era um tremendo elogio.

— Quanto tempo vai levar para ficar pronto? — perguntou ela, curiosa. Ele parecia entusiasmado com o interesse dela.

— Se tudo correr bem, três ou quatro anos. Talvez mais. Vou ter que ir muito à Itália para reuniões com os construtores, para revisar o projeto, acompanhar a construção e fazer mudanças à medida que o trabalho for avançando. Precisamos projetar o interior inteiro e tenho que selecionar todo o material também. Você se lembra de como foi quando construí o *Princess Marina*? — O iate havia acabado de ficar pronto quando Natasha entrou em sua vida. Sua inauguração fora um evento extraordinário, e a esposa do presidente, inclusive, o batizara. Era emocionante pensar em fazer tudo aquilo de novo. Já havia se passado cinco anos desde que o *Princess Marina* ficou pronto.

Eles brindaram ao barco novo com champanhe, e então Vladimir olhou para Natasha.

— Essa é só metade da surpresa. Não quero que fique entediada quando eu tiver que ir para a Itália supervisionar o barco, então você vai ter um projeto próprio. Quero que encontre um apartamento em Paris, algum lugar em torno de quatrocentos ou quinhentos metros quadrados. Pode decorá-lo como quiser, assim teremos um lugar para ficar quando formos para lá. — Ele sabia que Natasha iria adorar fazer aquilo. Ela ia a desfiles de alta-costura e *prêt-à--porter* quatro vezes ao ano, e os dois sempre ficavam no hotel George V. Agora eles teriam uma casa. Vladimir viu os olhos dela se iluminaram.

— Está falando sério? Você me deixaria fazer isso? — Ela parecia uma criança ganhando um presente de Natal.

— Claro. O apartamento em Paris vai ser o seu barco e será concluído muito mais rápido. Pode começar a procurar quando quiser. Vou para a Itália para as primeiras reuniões na semana que vem. — Os dois estavam entusiasmados, e ela mal podia esperar para ligar para um corretor de imóveis e começar a ver apartamentos em Paris. Quinhentos metros quadrados era um espaço grande e haveria muito a fazer. — Pode procurar uma casa, se preferir, mas acho que seria mais confortável para nós um apartamento.

Natasha concordou. Casas davam muito mais trabalho. Eles contavam com uma grande equipe em Londres para tomar conta da residência de lá, e uma casa demandava reparos constantes. Ela não queria ter de supervisionar isso. Estava mais interessada na decoração, e Vladimir estava dando carta branca para ela fazer o que quisesse.

— Já sabe que dia vai para a Itália? — perguntou ela enquanto o abraçava e o beijava.

— Na próxima terça-feira. Vou ficar lá até o fim de semana.

— Vou ligar para os corretores amanhã logo.

No dia seguinte, Natasha ligou para um corretor que conhecia em Londres para pedir-lhe indicações de agentes imobiliários em Paris e, à tarde, começou a contatá-los. Dois dias depois, tinha seis apartamentos para ver. Dois ficavam no 16º *arrondissement*, e um ficava no oitavo, o que não parecia tão interessante. Havia outro na Rive Gauche, nas margens, com vista para o Sena, e dois na Avenida Montaigne, que pareciam perfeitos.

— Quer visitá-los comigo? — perguntou ela naquela noite, mas o russo balançou a cabeça com um amplo sorriso. — Esse projeto é seu. O seu "barco". Vou ver o que você escolher. Você precisa fazer o trabalho braçal antes disso.

— Mal posso esperar — confessou ela, extasiada, e mesmo assim insistiu em mostrar a Vladimir as fotos dos imóveis na internet. Ele concordou com ela que os dois da Avenida Montaigne pareciam promissores. Eram os mais interessantes e luxuosos.

— Não precisa correr. Veja com calma para encontrar um que você realmente ame. Será divertido passar um tempo naquela cidade linda.

Vladimir liberou seu avião para levá-la a Paris na segunda-feira, assim a aeronave estaria de volta a Londres para ele quando fosse para a Itália, na terça. Sua secretária havia reservado a suíte habitual no George V para Natasha. Ela pediu serviço de quarto naquela noite, como sempre fazia quando ficava lá sozinha. Estava ansiosa para o encontro com a corretora no dia seguinte. Elas haviam planejado visitar um apartamento na Avenida Foch primeiro, no lado ensolarado da rua, conforme sugestão da corretora. E havia outro mais adiante, mas ela temia ser escuro.

No dia seguinte, Natasha encontrou a corretora no primeiro endereço, às dez horas da manhã, mas achou o apartamento decepcionante. Era ensolarado, mas estava em mau estado de conservação. Era enorme, parecia um labirinto e demandava muito trabalho, embora os pés-direitos fossem altos e as janelas, adoráveis, conforme a corretora bem apontou. Mas era muito antiquado. O segundo apartamento foi mais decepcionante ainda. O que tinha vista para o Sena, na Rive Gauche, era muito pequeno, embora adorável. Mas o casal estava acostumado a ter espaço e, apesar da vista fantástica e da excelente varanda, parecia apertado.

Ela se encontrou com outro corretor de imóveis depois do almoço. O apartamento no oitavo *arrondissement* não era o ideal para eles, e Vladimir o teria odiado. Natasha havia ficado sabendo sobre um no Palais Royal que era considerado altamente desejável, mas era minúsculo, tinha um quarto bem pequeno, um banheirinho e *não* tinha closet. Os dois últimos apartamentos, na Avenida Montaigne, foram mostrados por um terceiro corretor. Na ampla avenida ficavam as melhores lojas: Dior, Chanel, Prada, e os dois apartamentos haviam supostamente sido recém-reformados. Um deles era uma cobertura moderna, e o outro, um dúplex em um edifício antigo. Ela já estava desanimada, mas ainda tinha a última visita. Nada do que vira até agora estava perto do que os dois queriam ou do que ela achava que Vladimir fosse gostar, embora ele tivesse dito que ela tinha liberdade para escolher o que quisesse. Natasha queria que o russo também adorasse o apartamento, já que pagaria por ele.

Quando Natasha se encontrou com a última corretora de imóveis, foram a uma cobertura, que era bonita mas muito fria. Tudo era de granito preto ou de mármore branco. Parecia mais uma galeria do que uma casa. E ela queria algo aconchegante.

Ao chegarem ao último apartamento, assim que a corretora abriu a porta, Natasha soube que estava em casa. O imóvel havia sido reformado e restaurado, mas nada que pudesse ter interferido na beleza original. Tinha sistemas modernos por toda parte, mas de maneira discreta, para música, computadores, aparelhos de ar-condicionado, o que era algo bem incomum em Paris, e tinha lindas *boiseries* e molduras, pés-direitos altos, janelas francesas adoráveis e pisos em tacos antigos espetaculares. Parecia uma versão menor de Versalhes, e só o que ela teria de fazer era encontrar móveis para lá e encomendar cortinas sob medida para cada cômodo. Havia quatro quartos no andar de cima, um closet para cada um, um escritório para Vladimir e uma pequena sala de estar fora do quarto deles. E, lá embaixo, tinha uma enorme sala de estar, uma de jantar grande também, uma cozinha moderna e outra aconchegante. Cada cômodo tinha uma lareira, inclusive os banheiros, que também haviam sido reformados. Era exatamente do tamanho que Vladimir queria. Com quinhentos metros quadrados, o imóvel parecia mais uma casa do que um apartamento. E era lindo. Ainda tinha quatro dependências de empregada no último andar, onde poderiam acomodar seus guarda-costas, quando precisassem deles em Paris. Natasha poderia até contratar uma empregada que dormisse lá para cuidar do apartamento. O lugar tinha tudo o que ela queria, era o apartamento dos sonhos, mas ela quase caiu para trás quando ouviu o preço. Estava vazio fazia um ano, devido à reforma, e agora custava muito caro. Ela se perguntou o que Vladimir diria quando descobrisse o valor. Natasha nunca havia comprado um apartamento antes, embora soubesse que o russo estava planejando gastar meio bilhão de dólares no barco novo, o que lhe parecia inimaginável, e era ainda mais do que o *Princess Marina* tinha custado.

Ela disse à corretora de imóveis que entraria em contato e voltou para o hotel atordoada. Não sabia o que dizer a Vladimir, não tinha nem mesmo certeza se deveria revelar quanto estavam pedindo pelo imóvel. Talvez devesse simplesmente procurar outro. Sentiu-se culpada por fazê-lo gastar tanto dinheiro em um "projeto" dela, embora Vladimir também fosse morar lá. Certamente sairia mais barato se eles continuassem se hospedando no hotel. Geralmente ele não se importava com o valor que gastava, mas ela se sentia incomodada, já que não era seu dinheiro.

Natasha esperou que ele ligasse depois que terminasse suas reuniões. Estava jantando no quarto quando o telefone tocou. Ela nunca ia a restaurantes sem ele. Não gostava de comer sozinha e, embora Vladimir nunca tivesse colocado isso em palavras, Natasha tinha a sensação de que ele não gostaria que ela saísse para jantar sozinha. A bela russa vivia em uma bolha que ele provia, onde ela se sentia segura.

— Então, como foi hoje? — perguntou ele, depois de dizer a ela que as reuniões sobre a construção do barco haviam corrido bem.

— Foi interessante. Os primeiros cinco apartamentos foram bem decepcionantes. Alguns eram antigos e precisariam de uma grande reforma. A cobertura da Avenida Montaigne era gelada, toda em mármore. — Natasha hesitou por um instante, mas ele a conhecia bem.

— E o sexto?

— Era incrivelmente caro. Não sei se deveríamos gastar tanto em um apartamento. — Ela se sentiu estranha falando com ele sobre isso.

— Você gostou? — perguntou Vladimir, soando quase paternal.

— Sim — admitiu Natasha, sem fôlego. — É lindo. — E, sentindo o estômago revirar, disse o preço. Ele riu quando ouviu.

— Minha querida, isso não paga nem a mobília da sala de jantar que encomendei para o barco novo. — Vladimir não tinha nenhuma intenção de economizar com o novo iate, que seria mais um navio do que um barco, e a embarcação mais luxuosa já construída. Ele havia dito ao designer de interiores contratado que queria uma colcha de pele de zibelina para o quarto deles. — Você gostou muito do apartamento, então? — perguntou de novo.

— Adorei. Estava receosa de que fosse muito caro. Não quero que você pense que estou me aproveitando. Eu ficaria feliz com algo bem menor.

— Bem, eu não. — Então ela lhe contou detalhes sobre o sistema de alta tecnologia do apartamento, algo do qual ele gostou muito. O imóvel não precisava de nenhuma reforma. Era só entrar e morar. — Quero que você o compre. Parece perfeito, e confio no seu julgamento e no seu gosto. Vou entrar em contato com o dono amanhã. — Vladimir queria resolver isso logo e estava planejando pagar em dinheiro, como sempre fazia. Ele podia transferir o valor para a conta do proprietário naquele exato minuto. Não queria esperar muito para fechar o negócio. — Eles têm algum relatório técnico para provar que toda a reforma foi feita?

— A corretora de imóveis disse que sim. — Natasha não conseguia acreditar no que estava ouvindo. Ele fazia com que tudo parecesse tão simples, apesar do custo.

— Vou cuidar de todos os detalhes. Já pode ir pensando na decoração. A menos que você queira a ajuda de um decorador. — Ele tinha contratado um para a casa de Londres, mas Natasha achou que seria mais divertido fazer tudo sozinha, já que aquele era seu "projeto", e Vladimir estava disposto a deixá-la livre para criar.

— Não sei o que dizer. É tão lindo, Vladimir, eu amei. Quando você pode vir vê-lo?

— Encontro você aí na sexta-feira. Preciso ir a Moscou no sábado e ficarei lá por uma ou duas semanas. Você pode ficar em Paris, se quiser, e começar a pensar na decoração.

Natasha estava muito animada. Aquilo seria bem divertido. Era a primeira vez que compravam uma casa juntos desde que se conheceram. E aquele era o primeiro apartamento que Natasha iria decorar.

Naquela noite, ela ficou acordada na cama, pensando nisso e em todas as coisas que tinha de fazer. Às quatro da manhã, finalmente pegou no sono. A única coisa que sabia era que se sentia a mulher mais sortuda do mundo, e que Vladimir era o homem mais generoso de todos. Os riscos que ela corria estando com Vladimir, como o susto na Sardenha em junho, e a vida isolada que vivia com ele pareciam pequenos sacrifícios diante da generosidade do russo e da vida de ouro que ambos compartilhavam. Natasha não tinha nada do que reclamar, sabia que havia sido abençoada no dia que o conheceu. Sua vida com o magnata parecia perfeita. Comparado ao orfanato, com as fábricas e com as pessoas terríveis que conhecera e que não tinham sido boas com ela, além da mãe que a havia abandonado, estar com Vladimir era um presente incrível. Ela era muito grata por isso. E agora eles tinham um lindo apartamento em Paris. Ela era uma mulher muito, muito sortuda. Tinha absoluta certeza disso.

Capítulo 7

Conforme prometido, Vladimir voou da Itália para Paris na tarde de sexta-feira e chegou a tempo de ver o apartamento antes do anoitecer, quando a corretora de imóveis encerraria o expediente. Ele já havia transferido o dinheiro para uma conta na Suíça no início da semana. O dono do imóvel não queria receber na França, pois agora morava na Suíça e estava se desfazendo do apartamento para não ter mais residência fixa no país. Estava ansioso para concluir a venda e mal acreditou quando Vladimir disse que pagaria à vista. Dessa forma, pôde, inclusive, fazer um preço melhor. A corretora de imóveis também ficou contente. O acordo foi fechado, e ambas as partes assinaram a documentação. A corretora nunca havia feito uma transação tão rápida, embora já tivesse fechado negócios com russos e conhecesse a agilidade deles. Tinham muito dinheiro disponível e eram ótimos negociadores. Sabiam o que queriam e eram bem diretos.

Natasha já estava esperando Vladimir no novo apartamento e mal conseguiu respirar quando ele chegou. De repente, ficou em pânico — e se ele odiasse, se não gostasse dos painéis de madeira, das janelas ou dos pisos antigos? Ele estava sério ao examinar tudo, andando de um lado para o outro. Depois que ele viu o último cômodo, colocou os braços ao redor dela e abriu um grande sorriso.

— É perfeito, Natasha. Você encontrou um apartamento incrível. Vai ser ótimo ficar aqui.

Ela quase chorou. Havia ficado muito emocionada por ele estar satisfeito. Então Natasha levou quase duas horas para mostrar a Vladimir todos os detalhes do apartamento, e depois os dois foram para o hotel. A jovem ainda passaria muito tempo lá até a nova casa estar mobiliada. Agora, até o George V estava começando a parecer sua casa.

Assim que entraram na suíte, os dois tiraram a roupa e fizeram amor, depois tomaram banho e se vestiram para jantar. Ele a levou ao La Tour d'Argent, um dos restaurantes mais chiques de Paris, para comemorar o novo apartamento. Ela não parava de lhe agradecer.

— Queria não ter que viajar amanhã — confessou ele durante o jantar. Vladimir havia pedido caviar e champanhe para os dois, e uma dose de vodca para ele. — Mas você vai estar ocupada aqui.

Ela sabia que ele tinha razão, mas sentia saudades do russo quando ele ficava fora por muito tempo. O magnata tinha muitos assuntos para resolver na Rússia, agora com o negócio da mineração. Natasha entreouviu uma conversa sobre comprar mais campos de petróleo, e que estavam perfurando no mar Báltico. Seu império se expandia a passos largos. Era difícil imaginar que pudesse crescer ainda mais, porém era exatamente isso que havia acontecido nos seis últimos meses. E o russo ainda lutava por mais espaço. Enquanto outras economias estavam decaindo, Vladimir só prosperava. Ele era insaciável quando se tratava de poder.

Os dois voltaram para o hotel logo depois do jantar e transaram mais uma vez. Vladimir sentia falta de Natasha, odiava não tê-la por perto, mas raramente a levava para Moscou com ele. Tinha muito a fazer por lá, e ela era uma distração. Ele sabia que Moscou era um lugar que não trazia muitas lembranças boas para Natasha. Ela sempre preferia ficar em Londres ou no barco. Bom, agora teria o apartamento de Paris também, o que era perfeito para ela.

Na cama, Natasha tentava satisfazer todas as fantasias e necessidades de Vladimir ao fazer amor com ele, mostrando-lhe, assim, quanto era grata por tudo o que o russo fazia por ela. O relacionamento dos dois era uma espécie de troca. Ela lhe dava tudo de si e ele lhe proporcionava a recompensa material.

Às vezes, Natasha se perguntava se era parecida com a mãe, que usava o corpo para ganhar dinheiro, era prostituta. Será que era isso o que a bela jovem também estava fazendo, dando ao amante seu corpo e sua liberdade, sua existência e dedicando sua vida em troca de tudo que Vladimir podia lhe proporcionar? Ou a relação deles era mais como um casamento? Era respeitável ou vergonhoso? Às vezes, ela não sabia dizer. Vladimir sempre foi gentil e generoso com ela. Os dois não tinham filhos — ele não queria —, mas ela lhe dava todo o resto.

Ele se deitou exausto e saciado nos braços dela depois de uma tórrida maratona de sexo. Rugiu feito um leão e, em alguns momentos, foi até bruto com ela, mas Natasha sabia que às vezes o magnata precisava disso para se libertar das pressões de sua rotina. Ela era a válvula de escape dele para liberar a tensão com que lidava, algumas das quais Natasha não tinha a menor ideia. Ela apenas o recebia em seu corpo sempre que ele desejava. E não lhe parecia errado, dado o que o russo fazia por ela.

Às seis da manhã do dia seguinte, Vladimir já estava de pé, e Natasha pediu o café da manhã para eles. Ele saiu do hotel às sete, mas, antes, ficou um tempo contemplando-a com desejo. Ficava encantado com a beleza dela. A cada ano que passava, Natasha ficava mais linda.

— Pode comprar o que for necessário para o apartamento — disse ele, sorrindo, enquanto a beijava. Ela estava nua em seus braços, cheirando a sexo. Ele só queria poder ficar com ela, mas o voo para Moscou estava marcado para decolar às oito, e ele levaria meia hora para chegar ao Le Bourget.

— Vou sentir sua falta — disse a jovem em voz baixa ao beijá-lo.

— Também vou sentir sua falta. Ligo quando aterrissarmos.

E então Vladimir foi embora. Ele raramente dizia que a amava, mas Natasha sabia que era isso que ele sentia, assim como ela. Bom, em sua cabeça, aquilo que ela sentia era amor.

Ela começou a procurar a mobília para o apartamento naquela manhã. Foi a várias lojas de antiguidades pelas quais já havia passado inúmeras vezes, pois agora tinha uma missão a cumprir. Nunca havia se divertido tanto na vida. Em um dos antiquários, conseguiu o nome de uma mulher que fazia cortinas fabulosas. Durante as duas semanas seguintes, Natasha não parou. Comprou quadros, móveis, tecidos, dois belos tapetes para a sala de estar e um para o quarto do casal. Comprou também uma cama de dossel antiga que havia sido ampliada, tudo o que precisava para a cozinha e contratou uma criada russa. Ao voltar para Londres, quis comprar outras coisas por lá. Vladimir ligava todos os dias para falar com ela. Antes de encontrá-la em Londres, ele havia ido à Itália verificar o progresso do projeto do barco.

Foi um outono cheio para os dois e, em dezembro, Natasha ficou por conta de supervisionar a instalação de tudo o que havia comprado, enquanto Vladimir estava novamente em Moscou com o presidente. Quando os dois se reencontraram em Paris, na semana anterior ao Natal, o apartamento já estava pronto e parecia que eles viviam lá há anos. Quando o russo entrou no apartamento todo decorado, adorou. Mostrou-se impressionado com o excelente trabalho que ela havia feito. Decidiram então passar o Natal lá e voaram para o Caribe no dia seguinte, onde o *Princess Marina* esperava por eles. O iate havia feito a travessia em novembro, e Vladimir planejava mantê-lo lá até abril ou maio, e depois levá-lo de volta ao sul da França, no fim de maio ou início de junho. Era bom estar no barco e relaxar em um ambiente familiar. Os dois voltariam a Paris no final de janeiro para os desfiles de alta-costura, pois Vladimir gostava de presentear Natasha com roupas, e fazia isso duas vezes por ano: em janeiro e em julho. Tiveram um mês para relaxar enquanto o magnata trabalhava em seu escritório de alta tecnologia no iate.

Ele voou com ela de volta a Paris dois dias antes do primeiro desfile, e foi maravilhoso ficar no apartamento. Estavam começando a se sentir em casa.

Apenas duas casas de alta-costura das mais tradicionais haviam sobrado: Dior e Chanel; havia uma terceira, mais recente, chamada Elie Saab, que criava vestidos de noite personalizados, e um pequeno grupo de jovens, novos designers, cujo trabalho nunca havia sido considerado alta-costura por aqueles que entendiam de moda. Mas os dois grandes desfiles eram bastante aguardados, e as roupas e produções exibidas estavam espetaculares.

O primeiro desfile a que iriam era na *Dior Haute Couture*, que foi realizado em uma tenda construída especialmente para o evento, atrás dos *Invalides*, na Rive Gauche. Foi um evento espetacular, animado e de produção teatral. A passarela havia sido revestida de espelhos e parecia um set de filmagem inspirado nos Jardins de Versalhes. Para cada desfile, foram gastos milhões em decoração. Os de *prêt-à-porter* eram quase tão teatrais e também ocorriam duas vezes por ano. Eram grandes negócios e aconteciam em quatro cidades. Tinham o objetivo de mostrar aos varejistas do mundo todo as tendências da próxima temporada para que eles pudessem fazer seus pedidos. Também atraíam uma série de celebridades e fashionistas. Os desfiles de alta-costura eram algo diferente e aconteciam apenas em Paris. Eram os últimos sobreviventes de uma arte que se extinguia, pois seus clientes haviam diminuído ao longo dos anos.

Com roupas que custavam entre 50 e 500 mil dólares — inteiramente feitas à mão, com peças únicas, confeccionadas sob encomenda e nunca vistas duplicadas na mesma cidade, no mesmo círculo social ou evento —, quase não havia compradores de alta-costura no mundo moderno. Há alguns anos, havia muitas mulheres ricas na sociedade, várias delas consideradas umas das mais bem-vestidas do mundo, que vinham de todos os lugares apenas para renovar seu guarda-roupas duas vezes por ano. Mas, à medida que as grandes casas de design foram fechando, uma a uma, e o preço dos vestuários subia absurdamente, a demanda diminuiu. Agora, o escasso público-alvo era de mulheres jovens — amantes de homens muito, muito ricos. Os estilos já não se adequavam às mulheres mais velhas que podiam pagar por elas, e as jovens, para quem as roupas eram feitas, raramente podiam comprá-las por conta própria.

Agora, os desfiles eram realizados mais pelo valor de publicidade, como se fossem espetáculos. As sortudas que podiam comprar aquelas mercadorias eram patrocinadas por homens muito mais velhos que as bancavam e queriam exibi-las como troféus, símbolos de sua grande fortuna, de poder e virilidade. Nada disso era o objetivo da alta-costura, que prezava por vestir mulheres extremamente sofisticadas, elegantes e de bom gosto. Para a maior parte delas, a alta-costura se tornou uma paródia de si mesma, pois apenas algumas princesas árabes muito ricas e jovens amantes de empresários russos podiam encomendar as peças exibidas na passarela. Então, em muitos casos, o que se via nos desfiles nunca era de fato confeccionado ou vendido. Tratava-se simplesmente de uma espécie de artesanato requintado que já havia sido o ápice da moda francesa e, no momento, era usado por jovens sensuais que não davam o devido valor à raridade e à qualidade do que vestiam.

O desfile de janeiro mostrava a coleção de verão, e a de inverno era exibida em julho. Os pedidos tinham de ser feitos antecipadamente para que as roupas, feitas à mão, ficassem prontas a tempo. Então, quando Vladimir e Natasha chegassem a Paris para assistir ao desfile de alta-costura, ela escolheria seu guarda-roupa para o verão seguinte. Vladimir adorava assistir aos desfiles com ela, pois sempre comentava o que gostaria de vê-la usando quando as modelos atravessavam a passarela. Os vestidos mais caros e elegantes sempre lhe chamava atenção. Exatamente como seus carros e barcos, a maneira como Natasha se vestia indicava sua imensa riqueza. Ela usava jeans e roupas simples em casa, mas Vladimir sempre preferia vê-la vestida de forma extravagante ou, pelo menos, com roupas caras quando saíam. Às vezes até mesmo em casa, onde só ele a via.

— Jeans é para pessoas simples — dizia ele, embora os usasse também.

Ele queria que todo mundo olhasse para Natasha quando ela entrasse em algum lugar, e qualquer peça de roupa dela custava o preço de um carro de luxo — às vezes mais do que um pequeno apartamento.

Natasha não gostava de contrariá-lo, nem de parecer ingrata, mas sempre tentava apontar as roupas mais simples quando os dois assistiam aos desfiles de alta-costura, especialmente quando escolhiam peças para o verão, uma vez que passavam tanto tempo no barco. Às vezes, Vladimir pedia a Natasha que usasse vestidos de gala no jantar, mesmo quando estavam sozinhos em casa. Ele não conseguia conceber comprar roupas baratas ou simples para ela, assim como não comprava, em hipótese alguma, uma obra de arte que considerasse insignificante. Fazia questão de mostrar ao mundo aonde havia chegado. E, apesar de Natasha adorar ir aos desfiles e ver a moda das passarelas, sempre temia o que Vladimir iria escolher para ela. Ele até permitia que ela escolhesse algumas peças, mas era o russo quem dava a palavra final, e ela não discutia. Natasha não gostava de irritá-lo. Nas poucas vezes que o fez, foi severamente repreendida. Sempre que alguém contestava a opinião do russo ou lhe desobedecia, o tempo fechava. Ele era amável e gentil quando as coisas saíam conforme ele esperava. Mas havia um vulcão sob aquela superfície. Natasha o vira irritado inúmeras vezes e se policiava para não desagradá-lo. Com certeza não se arriscaria a deixá-lo com raiva por causa das roupas que usava. Era grata por sua generosidade, então como poderia reclamar do que ele lhe dava? Vladimir gastava milhões com roupas para ela todos os anos, e tudo lhe caía maravilhosamente bem.

No cenário do desfile de alta-costura da Dior para o verão seguinte havia bancos floridos por todos os lados. Sentia-se o cheiro forte de tuberosa e lírio-do-vale no ar. As roupas eram sensuais, as saias eram curtas, e quase tudo era transparente. Muitas modelos desfilavam com os seios à mostra e com saltos muito altos. Várias peças tinham decotes nas costas. Natasha usaria todas as combinações, embora desejasse também alguns trajes mais simples. Queria pelo menos dois vestidos de algodão com bom caimento e menos sensuais do que os que Vladimir normalmente escolhia para ela. Parecia uma festa de lantejoulas e paetês costurados à mão. Havia *leggings* e *bodys*, inteiramente costurados com contas pequenas em padrões com forma de flor, que custavam 200 mil dólares, por causa dos bordados e das pérolas. Vladimir encomendou quatro peças para sua amante. O russo achava que uma mulher espetacularmente linda não deveria se vestir com trapos — para ele, as roupas mais simples eram apenas trapos, mesmo as de alta-costura. No inverno, ele comprava peles para Natasha, de preferência de zibelina ou vison, chinchila e arminhos exóticos coloridos com chapéus fabulosos para combinar, calças de couro de jacaré, botas de hipismo em couros e casacos de pele extraordinários com pesados bordados. A intenção dele era que ela fosse notada. Às vezes, Natasha até se perguntava como seria usar roupas comuns fora do barco. Não se vestia de forma simples desde que abandonou as ruas de Moscou e imediatamente se sentiu culpada por ter aquele pensamento. Ela sabia que era afortunada por ter um homem que lhe comprava roupas de alta-costura.

O russo encomendou sete peças do desfile da Dior para ela e outras seis da passarela da Chanel, além de três vestidos de gala Elie Saab para o verão, todos com decotes acentuados e fendas laterais até os quadris. Todas as peças ficavam incríveis em Natasha. As mulheres que administravam as lojas adoravam vesti-la e faziam um grande alarde com o casal. Vladimir escolhia rápido depois que via Natasha nos vestidos que tinha selecionado, e raramente mudava de ideia. Ele sabia o que queria ver. Ela lhe agradecia profusamente quando saíam de cada loja.

Quando voltaram para o apartamento, os dois se aconchegaram em frente à lareira no quarto e fizeram amor. Ele mal podia esperar para vê-la em todas as roupas que haviam comprado. Natasha ainda faria três provas de cada vestido antes de eles serem entregues, para garantir que lhe caíssem perfeitamente. Não poderia haver uma ruga ou um ponto descosturado em nenhuma daquelas peças. As roupas tinham de ser impecáveis, como a mulher que as usava.

O desfile da Chanel foi ainda mais espetacular que o da Dior. Era realizado no Grand Palais, um impressionante edifício de vidro, toda temporada. Em um dos desfiles de inverno *prêt-à--porter,* certa vez, havia um iceberg no meio da passarela. Desta vez, haviam criado uma praia tropical para o desfile de verão, com toneladas de areia. Natasha adorou o clima do desfile e a coleção, que era um pouco menos reveladora e decotada do que a da Dior, que Vladimir preferia.

Mas não havia dúvida de que ela ficaria deslumbrante com qualquer roupa que Vladimir encomendasse. Ele a consultou sobre algumas peças, porém, no final, fez a seleção definitiva sem levar muito a opinião dela em conta. Vladimir deixava bem claro que Natasha não tinha nenhum poder de decisão, o que era meio humilhante para ela, mas os gerentes das grifes estavam acostumados a isso. Lidavam com homens tão poderosos quanto Vladimir todos os dias. Homens como o magnata russo não ficavam esperando que os outros tomassem decisões por ele. E as roupas que Natasha usava tinham um propósito. A bela mulher era uma forma de publicidade para Vladimir, assim como para as marcas que ela usava. Natasha era como um farol, que brilhava para que todos vissem, e pertencia a Vladimir Stanislas.

O barco novo cumpria o mesmo propósito. Vladimir discutiu alguns detalhes com Natasha e lhe mostrou o esboço do projeto durante o jantar naquela noite. Estava nevando, então eles cancelaram as reservas para jantar no Alain Ducasse, no Plaza. Decidiram ficar em casa devido ao frio. Ele trabalhou um pouco, e Natasha começou a ler um novo livro sobre arte impressionista que havia comprado. Mal havia começado e já estava fascinada com o texto.

Ela também tinha comprado uma série de livros de decoração para ter ideias para o apartamento, que estava ficando incrível. As cortinas haviam sido instaladas enquanto os dois estavam no barco, e Vladimir as adorou. Ele sabia apreciar o que era belo e sempre notava quando Natasha mudava alguma coisa no apartamento. Inclusive elogiava quando gostava. Estava muito satisfeito com o que ela havia feito, e a jovem sentiu-se extremamente feliz por passar mais tempo em Paris. O apartamento era mais aconchegante e convidativo do que a casa de Londres, que era vistosa demais e havia sido decorada por um famoso designer antes de os dois se conhecerem. Quando ficou pronta, foi fotografada por todas as revistas de decoração importantes, mas Natasha nunca gostou muito daquela casa. O apartamento de Paris fazia com que ela se sentisse em um lar, assim como o barco. Esperava que a nova embarcação fosse tão boa quanto o *Princess Marina* — já que os planos do rico empresário soavam grandiosos. Porém, as preferências de Natasha eram sempre mais simples e menos extravagantes do que as de Vladimir. Ele vinha tentando "educá-la" para ser mais ousada em relação a certas coisas.

Depois que a temporada de desfiles acabou, os dois passaram o fim de semana juntos em Paris. Na semana seguinte, Vladimir retornou a Moscou. Administrar as novas explorações minerais estava demandando mais tempo do que ele esperava. Disse a Natasha que estava frio demais para ela em Moscou, que ele estaria muito ocupado e que teria de fazer algumas viagens para a Rússia a fim de resolver alguns assuntos de negócio. Queria que ela ficasse em Paris, e a encontraria em Courchevel, o resort de esqui favorito dos russos, em meados de fevereiro. Havia alugado uma casa totalmente equipada para eles passarem uma semana. Vladimir era um esquiador ávido quando tinha tempo. Todos os anos, ele contratava professores de esqui para Natasha, o que a tornou uma boa esquiadora, embora não do seu calibre. Mas eles se divertiam esquiando juntos, e ela estava ansiosa para outra temporada.

O apartamento pareceu vazio sem Vladimir lá. Nevou muito em Paris naquela semana, e Natasha passava a maior parte do tempo lendo na cama, ou sentada junto à lareira da aconchegante sala. Quando saía, procurava tesouros em lojas de antiguidades e sempre encontrava algo novo para o apartamento.

Também foi a várias galerias à procura de obras de arte e sempre recebia uma pilha de convites para exposições. Uma delas chamou sua atenção. Seria na quinta-feira à noite, na Rive Gauche. Era na galeria onde comprara um pequeno quadro, bem bonita, fazia dois meses. Natasha ficou interessada em ver a mostra, se não estivesse nevando. Às vezes, preferia ir a galerias para escolher suas obras antes que o público em geral tivesse a chance de fazê-lo na exposição, mas, naquele dia, não encontrou tempo. As novas prateleiras seriam instaladas na cozinha, e ela queria supervisionar tudo.

Uma hora depois do horário da abertura da exposição, Natasha entrou no Bentley com o motorista que Vladimir contratara para ela. Nunca dirigia em Paris, tinha medo do trânsito, que achava complicado, e das ruas de mão única, embora às vezes pegasse o carro quando estavam no sul da França. Vladimir mantinha um Bentley esportivo para ela no barco. Mas, em Paris, Natasha preferia contar com um motorista. O empresário tinha um Rolls-Royce só para si quando estava na cidade. O Bentley dela era mais discreto e, naquele momento, estava atravessando a ponte Alexandre III, em direção ao sexto *arrondissement*, na Rive Gauche, onde ficava a galeria.

A galeria era pequena mas bem organizada, e havia inúmeras pessoas tomando vinho e conversando quando ela entrou. Podia perceber que muitos ali eram artistas ou figuras importantes do mundo das artes. O grupo de pessoas presentes era bem eclético. As telas eram bonitas, sérias, com uma estranha combinação de pinceladas que remetiam aos velhos mestres, só que com cores mais claras e temática impressionista. O artista que estava expondo, definitivamente, tinha um estilo próprio. Natasha não havia prestado atenção no nome no cartão. Só o que notou foi que gostava do trabalho. Ao passar por uma mesa, ela pegou um *folder* que trazia uma pequena biografia do artista e continuou olhando ao redor. Quando chegou ao fundo da galeria, parou, estupefata, e se viu olhando para o próprio rosto em uma pintura assombrosa que capturava toda a sua essência perfeitamente. Era um retrato dela. Natasha estava chocada.

Ela ficou parada em frente à tela, olhando para si mesma, quando, instintivamente, Theo ergueu os olhos e a viu do outro lado da galeria. Ele sentiu o coração parar. Nunca imaginou que ela fosse até lá.

— Você está bem? Tem algo errado? Parece que você viu um fantasma — perguntou Inez a ele.

Theo decidira tentar convidá-la para jantar mais uma vez antes do Natal, e eles estavam namorando havia um mês. Inez ainda tinha suas ressalvas, mas as coisas estavam indo bem entre eles. Até então, o jovem artista não havia feito nada que o classificasse como louco. E ele adorava Camille, a filha da namorada. Theo não estava apaixonado por Inez, pelo menos não por ora, mas estava curtindo a companhia dela. Era uma mulher inteligente, responsável, sensata e capaz de cuidar de si e da filha. Não estava procurando alguém que a "salvasse" ou a sustentasse. Não estava interessada em se casar e preferia ficar sozinha a se envolver com o homem errado. Até então, Theo gostava de tudo nela. Os dois haviam viajado juntos a Paris especificamente para a exposição. A filha dela ficara com uma de suas amigas. O casal estava hospedado em um pequeno hotel na Rive Gauche, perto da galeria. O relacionamento deles ainda estava muito no início. Inez percebeu que o namorado ficou pálido quando viu uma mulher nos fundos da galeria.

— Sim, está tudo bem — respondeu ele, sorrindo para Inez.

Theo se afastou do grupo com quem conversava discretamente e abriu caminho até onde Natasha estava parada. Ela usava um pesado casaco de pele, calça jeans e salto alto. Não havia necessidade de se arrumar muito, uma vez que Vladimir não estava na cidade. Mesmo simples, estava linda, como sempre. Quando virou-se para Theo, seus cachos loiros caíram feito uma cascata em suas costas.

— Foi você que pintou isso? — perguntou ela, os olhos arregalados, como se o acusasse de despi-la em um lugar público e de deixá-la ali, exposta perante todo mundo. Ele não podia negar aquilo, e a pintura era tão assombrosa, intensa e, obviamente, íntima, que, de certa forma, sugeria que ele a conhecia.

— Eu... sim... pintei. Depois que nós nos encontramos no verão passado. Seu rosto implora para ser pintado. — Theo sabia que sua resposta parecia uma desculpa esfarrapada, até mesmo para ele. A pintura era tão profunda que estava óbvio para os dois que havia muito mais por trás daquilo.

Os olhos de Natasha o fuzilaram; o olhar dela era um misto de tragédia e tristeza, típico da literatura, da música e da arte russa.

— Eu não tinha ideia de que você era tão talentoso.

— Obrigado pelo elogio. — Theo sorriu para Natasha, envergonhado por ela ter captado sua obsessão. Ele finalmente a havia superado, mas o retrato era uma grande evidência de que tinha ficado balançado por ela. Natasha não era uma estranha ou uma modelo qualquer que ele estava interessado em pintar. Era uma mulher por quem ele havia se apaixonado. Tudo o que sentiu por ela estava na pintura, e era por isso que Gabriel e Marc achavam que aquele quadro era seu melhor trabalho. Gabriel estava na exposição naquela noite, mas Marc não podia se dar ao luxo de ir a Paris naquele momento e não quis aceitar de jeito nenhum o dinheiro de Theo para ir à mostra. Planejava aparecer algum dia na exposição depois da abertura. — Foi maravilhoso pintar você — confessou Theo, sem saber exatamente como se desculpar por aquilo —, embora eu tenha tido dificuldade ao retratar seus olhos. — Ele se sentiu um idiota parado ali, falando coisas sem sentido e, só de olhar para ela, sentia um aperto no peito. Seu estômago começou a se revirar. Ela despertava algo nele. Theo vira Natasha apenas três vezes na vida — e em seu cavalete, no estúdio, todos os dias durante meses. Aquele retrato havia se tornado sua paixão, e representava o ponto alto de seu trabalho.

— Eu gostaria de comprá-la. E achei os olhos perfeitos.

Theo sabia disso. Sentiu quando finalmente acertou e podia ver agora, olhando para ela, que de fato havia tido êxito. Conseguira capturar sua expressão de maneira perfeita.

Ele havia reparado que ela estava sozinha. Como Vladimir não estava ali, não insistiria em levar o quadro pelo preço que fosse. O jovem artista ficou tentado a dizer que a tela não estava à venda, mas não foi isso que saiu de sua boca.

— Sinto muito. Já foi vendida. — Mas não havia nenhuma etiqueta vermelha na moldura indicando que a obra havia sido comprada, então Natasha olhou para ele com curiosidade. — Acabamos de vender, na verdade. Não deu tempo de colocar a etiqueta vermelha ainda.

A bela mulher pareceu chocada e decepcionada quando ouviu aquilo. Ela não queria um retrato tão íntimo seu como aquele pendurado na casa de algum estranho. Nem Theo queria isso.

— O pagamento já foi feito? Não quero que ninguém mais fique com esse quadro. Pago mais.

Ela havia aprendido muito com Vladimir. Poucos comerciantes eram leais aos seus clientes se alguém lhes oferecesse um preço melhor. Olhando para a expressão de tristeza e decepção no rosto de Natasha, Theo percebeu que deveria ter oferecido a tela a ela antes, mas ele não queria se desfazer do quadro. Só resolveu expor a obra porque ela era realmente muito boa.

— O pagamento foi feito agora há pouco. Sinto muito mesmo — desculpou-se. Ele olhava para ela desejando poder abraçá-la. Natasha era alta, mas não tanto como ele, e parecia vulnerável e frágil. Era o tipo de mulher que pedia para ser protegida. Ele nunca se sentiu tocado por ninguém assim antes. — Você está só de passagem por Paris?

— Não. — Ela sorriu para ele com pesar, triste por não ter conseguido comprar o retrato. — Tenho um apartamento aqui agora. Nós temos, na verdade. Na Avenida Montaigne. Acabei de decorá-lo. Bom, ainda estou procurando alguns quadros, para falar a verdade. — Ela olhou novamente para o seu retrato. — Isso teria sido perfeito. Mas vou dar uma olhada nas suas outras telas também.

— Se quiser, posso ir até lá para avaliar o que você tem de espaço e ver a luz também. Assim poderíamos escolher algo juntos — sugeriu ele, esperançoso, sem saber por que havia dito aquilo. Dada a coleção de arte que possuía, Vladimir não precisava do seu conselho. Theo se perguntou onde o russo estaria naquele momento. — Em que parte da cidade você disse mesmo que mora?

— No 15º *arrondissement*. Entro em contato com você através da galeria. Vou ficar aqui por mais duas semanas. E você?

— Fico apenas mais um ou dois dias e depois volto para o Sul, mas posso arrumar um tempo.

— A exposição está incrível — elogiou ela, notando uma série de pontos vermelhos perto dos quadros, indicando que várias peças haviam sido vendidas. Natasha sorriu para Theo. — Obrigada por me retratar. Isso é um grande elogio — disse, sendo educada e perdoando-o por vender seu retrato a um estranho sem lhe oferecer a obra antes.

O jovem artista ficou tentado a contar que na verdade não queria se desfazer da pintura. Abrir mão da tela seria como perder aquela linda mulher, mesmo sem nunca tê-la possuído. E ele sabia que nunca a teria.

A bela jovem passeou pela exposição por mais alguns minutos e, quando o pintor a procurou novamente, pouco tempo depois, ela já havia ido embora. Theo tentou parecer casual quando reapareceu ao lado de Inez, que lhe lançou um olhar gélido e desconfiado e se dirigiu a ele num tom frio quando ficaram sozinhos.

— Eu não sou cega, sabia? Vi você com a mulher do retrato. Você me disse que não a conhecia. — Os olhos dela eram duros e questionadores.

— Eu não a conheço, na verdade — revelou ele, sendo quase cem por cento honesto. O que mais Theo queria era saber, de fato, quem era aquela encantadora mulher. — Eu só a vi três vezes na vida, quatro contando com hoje. No restaurante da minha mãe, quando ela foi jantar com o namorado, depois quando fui entregar uma pintura a ela e numa feira de arte em Londres. E agora hoje. E não a convidei para vir à abertura. Não sei nem por que ela apareceu aqui. Deve estar na lista de clientes da galeria. Quis pintar o rosto dela, só isso.

— A pintura é uma imagem perfeita dela. Eu a reconheci imediatamente. — E, então, ela o chocou com a seguinte pergunta: — Você está apaixonado por ela?

— Claro que não. Ela é uma completa estranha para mim.

— Artistas não pintam mulheres que não conhecem, a menos que estejam obcecados por elas de alguma forma. Ou quando usam modelos.

O retrato era uma espécie de prova da obsessão de Theo. Inez notara isso. Era uma carta de amor para uma mulher que ele desejava conhecer melhor e com quem só podia fantasiar. Inez estava certa. Theo havia ficado obcecado por Natasha seis meses antes. Até aquele dia, achava que a havia superado. Porém, quando a viu na galeria, sentiu como se alguém tivesse arrancado seu coração do peito. Aquele tormento do qual ele acreditava ter se livrado estava começando a voltar. A russa tinha poderes mágicos sobre ele, e o artista não conseguia resistir.

— Não estou obcecado por ela — declarou Theo, tanto para se convencer disso como para acalmar Inez, que parecia bastante chateada. Ela sabia que, se o namorado estivesse mesmo apaixonado pela bela estranha, a competição seria dura.

— Por que sinto cheiro de drama no ar? Eu avisei que não gosto de dramas. Se for isso mesmo, vou embora sem nem olhar para trás.

— Não precisa se preocupar — garantiu-lhe Theo, colocando um braço ao redor dos ombros de Inez. No mesmo instante, sentiu-se um cafajeste e mentiroso.

Ele havia se apropriado de rosto de Natasha para pintar aquele quadro, e agora estava mentindo para a namorada. Parecia um louco quando saiu correndo alguns minutos depois, foi até a mesa de Jean Pasquier, tirou uma etiqueta vermelha e a colocou na parede ao lado do retrato de Natasha. Pelo menos poderia fazer isso por ela, assim ninguém compraria a tela naquela noite.

O restante da noite correu bem, e tanto Theo como Jean Pasquier ficaram satisfeitos com a receptividade do público. Gabriel o parabenizou antes de partir. Eles acharam uma pena Maylis não ter comparecido à abertura. Ela estava ocupada redecorando o restaurante e fazendo alguns reparos no local. Havia alegado que não podia se ausentar naquele momento, mas os dois sabiam que, na verdade, ela odiava ir a Paris e preferia seu mundinho seguro e familiar em St. Paul de Vence. Como Theo entendia a mãe, não levou isso para o lado pessoal.

— Vou dizer a ela que a exposição foi um sucesso — prometeu Gabriel antes de ir embora.

Theo e Inez voltaram para o hotel assim que os últimos convidados foram embora. Ele ia se encontrar com Pasquier na manhã seguinte para revisar as vendas e fazer uma lista de clientes para quem enviariam fotos de algumas obras.

Theo e Inez caminharam em silêncio até o hotel, ambos perdidos em pensamentos. Então, quando chegaram ao quarto deles, Inez o questionou de novo.

— Por que não acredito em você quando insiste que não está apaixonado por aquela mulher? — Ela estava sentada na cama e olhava para Theo como se pudesse ver a resposta em seus olhos.

— Ela pertence ao homem mais rico da Rússia. — Ele disse isso como se Natasha fosse um objeto, uma escrava. Odiava a maneira como aquela afirmação soava, porque, de certo modo, era verdade. Vladimir a considerava uma posse e a tratava como tal.

— E se ela não "pertencesse" a ele? Você a desejaria?

— Que pergunta ridícula — respondeu ele, andando de um lado para o outro do quarto, sentindo-se desconfortável. — É como perguntar se quero ser dono da Torre Eiffel ou da *Mona Lisa*. São coisas que não estão à venda.

— Tudo tem um preço, se você estiver disposto a pagar — afirmou Inez com frieza. Era exatamente o mesmo que Vladimir achava. Theo estremeceu ao ouvir aquilo. Não queria acreditar que pudesse ser verdade. No caso de Natasha, não era. Mas sua mãe estava certa quando lhe disse que ele não podia pagar por ela. — E você não é exatamente um morto de fome — continuou Inez —, mesmo que goste de fingir que é. Você pode não ter tanto dinheiro como o namorado dela, mas ela não morreria de fome com você.

— Essas mulheres são diferentes — disse Theo, parecendo angustiado, e se sentou em uma cadeira. — Não vou disputar ninguém em um leilão. Essa mulher é amante de um homem muito rico, tem uma vida incrível, pelo menos em relação ao que o dinheiro pode comprar, e parece estar feliz com ele. Eu não saberia o que fazer com uma mulher dessas. Fim de papo.

— Talvez não... mas só no começo.

— Se fosse para ficarmos juntos, teria acontecido há sete meses, quando nós dois nos conhecemos. Mas não ficamos. Pintei aquele retrato porque achei o rosto dela bonito. Só isso.

Mesmo depois de terem colocado tudo em pratos limpos, nenhum dos dois se sentiu em paz naquela noite. Inez não acreditava em Theo, e ele sabia que aquele sentimento que supunha ter superado estava voltando. Sentia-se novamente assombrado por Natasha quando se deitou na cama com a namorada. Toda vez que chegava perto de Natasha, ficava obcecado por ela. Não conseguia nem pensar direito, perdia até o sono.

Theo e Inez se deitaram de costas um para o outro na cama. Ambos estavam tristes com a situação. Era como se, ali, entre eles na cama, houvesse um espaço para Natasha.

Em outra parte da cidade, na Avenida Montaigne, estava a bela russa, deitada em sua cama, pensando no jovem artista. Ela sentia que havia algo de muito intenso nele, embora não tivesse a menor ideia do que era. Gostava de conversar com ele. De repente, viu-se curiosa para descobriu onde Theo havia estudado arte, e então se lembrou do papel que guardara em sua bolsa. Natasha o pegou para ler a biografia do artista e, num primeiro momento, o sobrenome dele não lhe disse nada. Foi só quando chegou ao terceiro parágrafo que descobriu quem ele era. Ficou chocada ao perceber de quem ele era filho. Theo não dera a entender em momento algum que era filho de Lorenzo Luca, nem quando levou o quadro do pai para Vladimir.

Releu várias vezes a biografia... cresceu em St. Paul de Vence... nasceu no ateliê do pai... pintava no colo dele desde os 5 anos... Escola de Belas-Artes em Paris... o segundo maior colecionador do trabalho de Lorenzo no mundo... ele próprio, um artista talentoso... sua primeira exposição em galeria... e ela esteve lá. Obviamente, Theo havia trabalhado muito para fazer aquele retrato, e ela não conseguia entender o porquê. Por que ele a pintou? Como havia conseguido enxergar tanta coisa em seus olhos? Ele viu toda a dor de sua infância... os terrores do orfanato... o coração partido por ter sido abandonada pela mãe... tudo. Todos aqueles sentimentos estavam gravados na pintura que ele fizera. Era como se Natasha pudesse senti-lo dentro de si agora, incorporado em sua alma. O pintor havia se esgueirado para dentro dela sem que ela percebesse, e a russa podia sentir que ele ainda estava lá, em silêncio, esperando, conhecendo-a. Só não sabia se deveria fugir dele ou não. Não havia lugar para Theo em sua vida. Natasha pertencia a Vladimir e podia sentir que Theo Luca poderia ser um grande perigo. Só de estar perto dele, ela já se sentia ameaçada.

Capítulo 8

Quando Theo e Inez se levantaram na manhã seguinte, nenhum dos dois mencionou Natasha de novo. Haviam esgotado o assunto na noite anterior. Foram tomar café com leite e comer croissants em uma cafeteria nas proximidades. Ele disse à namorada que estaria livre na hora do almoço e prometeu ligar para ela. Theo foi para a reunião com Jean Pasquier, na galeria. Tinha vendido seis telas, o que Jean considerava excelente, e recebeu uma crítica muito boa no *Le Figaro*. O crítico de arte havia ficado particularmente impressionado com o retrato de Natasha.

— À propósito, vou tirar o retrato da exposição. Não deveria tê-lo exposto sem a permissão da modelo.

— Ela esteve aqui ontem à noite — comentou Jean. — Eu a vi. Você a capturou perfeitamente. Ela ficou chateada quando viu o quadro?

— Chocada, eu diria. Eu me senti um idiota por não ter contado para ela.

— Você é um artista. Pode pintar quem e o que quiser.

Theo não contou a Jean que Natasha havia demonstrado interesse em comprar o quadro. Ele não queria vendê-lo, mas suspeitava que o dono da galeria, sim. Afinal, era assim que ele ganhava dinheiro. No final da reunião, os dois concordaram que, para uma primeira exposição, o resultado tinha sido ótimo.

— Vou levar o retrato comigo hoje. Volto para o Sul amanhã — disse Theo, tentando parecer casual.

— Posso mandá-lo para você, se preferir — ofereceu Jean, mas Theo balançou a cabeça dizendo que não precisava.

— Acho melhor levá-lo comigo. Não quero que ele se perca. — Era uma explicação razoável, pois muitos artistas eram conhecidos por serem paranoicos com seus trabalhos.

Os dois conversaram sobre a exposição por cerca de uma hora, e Theo lhe agradeceu por ter feito um trabalho tão bom, expondo suas obras maravilhosamente bem, e por ter lhe dado uma ótima oportunidade para sua primeira mostra em galeria. Logo depois, o pintor foi embora carregando o retrato de Natasha. Caminhou até o Boulevard St. Germain e chamou um táxi. Deu ao motorista o endereço que se lembrava da Avenida Montaigne. Theo sabia que não podia simplesmente aparecer no apartamento de Natasha e tocar a campainha, mas certamente haveria um zelador ou um porteiro no prédio. Esperava que essa pessoa pudesse chamá-la para que ele lhe entregasse o quadro. No caminho, perguntou-se se Vladimir estaria em casa.

O prédio era muito elegante, uma das construções típicas do bairro. Era pequeno, tinha apenas seis andares, com um único apartamento por andar, alguns ocupando dois, como o de Natasha e Vladimir. Havia um segurança do lado de fora, além de um concierge. Ele viu um interfone para cada apartamento. Apertou onde estava marcado VS, sabendo o que as iniciais significavam, e uma empregada russa atendeu. Theo perguntou por Natasha, e a mulher foi chamá-la, então ele ouviu a voz da jovem do outro lado da linha.

— Oi. É o Theo. Vim trazer uma coisa para você. — Ela hesitou por alguns segundos, mas ele esperou. Até que ouviu a voz dela novamente.

— Pode subir. Quarto andar.

Natasha apertou o botão que abria o portão do prédio, permitindo que o artista atravessasse uma porta de vidro. Ele entrou em um elevador espelhado, grande o suficiente para quatro pessoas, o que era enorme para os padrões de Paris. Quando saiu do elevador, viu Natasha de pé na entrada. Ela estava de jeans, sapatilhas, um suéter preto pesado e os longos cabelos loiros soltos e ligeiramente bagunçados, quase na cintura. Theo entregou-lhe a pintura embrulhada, e ela se mostrou surpresa.

— Quero que fique com isso. Eu ia ficar com o quadro porque todo mundo acha que esse é meu melhor trabalho até agora, mas ele pertence a você.

— O comprador mudou de ideia? — Ela parecia confusa. Theo balançou a cabeça.

— Não havia nenhum comprador. Eu queria dá-lo a você. Soube disso assim que vi você ontem à noite, mas não queria dar a notícia com todas aquelas pessoas por perto.

— Quero comprá-lo.

— Não. É um presente. Não tem preço e não está à venda. É seu.

— Não posso simplesmente aceitá-lo assim. — A jovem estava visivelmente envergonhada mas feliz e muito emocionada. Parecia bem mais jovem do que de fato era, principalmente com aquelas roupas, embora Theo não soubesse sua idade. Só parecia mais velha quando estava arrumada.

— Por que não? — Ele sorriu para ela. — Pintei o seu rosto, agora você pode ficar com o resultado.

— O retrato é maravilhoso. Pode me ajudar a escolher um lugar para pendurá-lo? — perguntou ela com cautela, ainda parada à porta do apartamento, e ele assentiu. Ela deu um passo para o lado para que Theo pudesse entrar. Ele continuava segurando a tela. Havia escolhido uma moldura antiga e pesada.

O pintor a acompanhou e, imediatamente, notou as *boiseries*, os pisos antigos e as obras de arte que Natasha havia escolhido pendurar na entrada, não tão conhecidas quanto as que Vladimir tinha no iate, porém mais calorosas e atraentes. Theo entrou na sala logo atrás dela. O cômodo parecia uma versão menor de uma sala de estar de Versalhes, mas não era nada exagerado, tinha sedas delicadas e tecidos adamascados. Eles passaram pela pequena sala de estar, pela sala de jantar, e então Natasha seguiu em direção ao quarto, pois estava pensando em pendurá-lo lá. Havia uma pintura de uma jovem do século XVII sobre a lareira, e os dois pensaram a mesma coisa ao mesmo tempo. O retrato ficaria perfeito ali. Theo retirou cuidadosamente o quadro que estava pendurado na parede e colocou o retrato da russa no mesmo gancho. Os dois sorriram ao ver que tinha ficado perfeito. Natasha pareceu bem animada.

— Amei, e você? — Ela batia palmas como uma criança, e ele riu, observando-a. Ela realmente parecia uma garotinha.

— Sim, também adorei — respondeu ele, sorrindo, satisfeito por ter dado o quadro à sua verdadeira dona.

Juntos, eles encontraram um lugar para colocar a outra pintura, na parede oposta do quarto, e Theo a pendurou.

— Por que você não me disse que era filho de Lorenzo Luca quando Vladimir comprou o quadro do seu pai? — Ela quase falou "nós", mas estava consciente de que a tela não era dela, e sim do magnata. Ele a comprara, ao contrário do retrato de Theo, que era um presente.

— Parecia irrelevante. Que diferença faria? Não costumo contar isso para ninguém. Não gosto de me aproveitar do nome do meu pai.

— E você não precisa disso. Seu trabalho é muito bom. Tenho tentado estudar história da arte sozinha. Gostaria de assistir a algumas aulas na Sorbonne um dia, mas nós não ficamos muito tempo num lugar só, então não tenho como frequentar nenhum curso. E Vladimir também não gosta da ideia. Mas, agora que compramos esse apartamento, talvez eu consiga acompanhar algumas aulas ou contratar um tutor.

— Acho que você já é muito bem informada. — Ele havia percebido isso pela conversa que tiveram no barco. — É provável que você saiba mais do que alguns dos professores com quem poderia ter aulas.

Natasha se sentiu lisonjeada com o elogio. Ela havia aprendido muito pesquisando na internet e com os livros e as revistas que lia.

Os dois se viraram para o quadro e ficaram contemplando a pintura. Haviam encontrado o lugar perfeito. Theo tentava não pensar que estava no quarto que Natasha compartilhava com Vladimir, a cama a poucos metros de distância deles. Esse simples pensamento lhe provocou arrepios.

Então ele teve uma ideia.

— Você está ocupada? Gostaria de ir almoçar? — Fez o convite no impulso, pois não sabia se Vladimir estava no trabalho ou viajando, mas também não perguntou.

Natasha parecia estar livre e sozinha. Mas ela nunca saía para almoçar, exceto com Vladimir. Nunca tinha saído com outro homem desde que foi morar com ele, porém não havia motivo para não fazer aquilo. Não havia nada de impróprio, e o programa parecia até divertido. No fundo, sabia que Vladimir não iria gostar disso, mas ele não precisava saber. E ela também ficaria sem graça de aceitar a pintura e mandar Theo embora. Parecia grosseiro. Sentiu-se ligeiramente atordoada quando respondeu, depois de pesar tudo em sua cabeça.

— Sim. Por que não? Não costumo sair para almoçar, mas sei que tem um ótimo restaurante aqui na rua, onde jantamos às vezes. — Theo conhecia o lugar também, era o L'Avenue, um restaurante casual, simpático e bastante conhecido, frequentado por modelos, atores e pessoas ligadas ao mundo da moda. Recebia também pessoas comuns e, às vezes, celebridades. Vladimir gostava de ficar no terraço, onde podia fumar seus charutos. O restaurante era um ponto de encontro parisiense da moda e ficava a apenas duas quadras de distância do apartamento. — Vou pegar meu casaco — falou a jovem, pegando um enorme casaco de pele de marta que Vladimir havia comprado para ela na Dior. Era de um tom rico de marrom escuro que contrastava com seus cabelos claros. Para combinar, Natasha calçou botas de camurça escuras em tom caramelo e escolheu uma bolsa Birkin de couro de jacaré marrom e luvas do mesmo material, da Hermès. Theo sorriu quando a viu.

— Tem certeza de que não se importa de ser vista comigo?

Theo estava usando calça jeans, um suéter pesado, um casaco corta-vento que já tinha visto dias melhores e botas de camurça marrom. Parecia bem mais informal do que ela, apesar de estar apresentável. Natasha sabia que era uma mulher bonita, embora não flertasse com ele. Não sabia ao certo como se comportar na presença do talentoso artista. Jantar com pessoas jovens, que regulavam idade com ela, não fazia parte de sua realidade. Tinha um acordo tácito com Vladimir. Era cem por cento dele em todos os sentidos: corpo, mente e alma. E isso não deixava espaço para mais ninguém em sua vida. Era assim que ele queria, ela também sabia muito bem disso. Enquanto caminhavam até o restaurante, Natasha disse a si mesma que aquela era uma exceção, e que não havia nada de mais em ser simpática com Theo. E, desta vez, sem ninguém da tripulação do barco por perto para contar a Vladimir o que estava acontecendo, ele nunca saberia.

Quando chegaram ao restaurante, Natasha sentiu-se estranha, mas aquela sensação durou apenas alguns minutos. Theo desligou o telefone para que ninguém o incomodasse e ficou olhando para ela como se tentasse compreendê-la, absorvê-la, mas ela sentia que ele já a conhecia. Mantiveram uma conversa casual até fazerem o pedido: uma salada para ela e costeleta de vitela para ele. A comida estava boa e o restaurante, cheio. A jovem se sentia como uma criança no Natal, olhando toda hora ao redor. Estava acostumada a viver à sombra de Vladimir, nunca conversava com os amigos dele, e eles não falavam com ela. Os empresários russos que ela via com ele só falavam uns com os outros. Mesmo quando estavam acompanhados de mulheres, nunca se dirigiam a elas. Só se interessavam pelo trabalho e pelos negócios que estavam fechando. As mulheres eram apenas uma diversão para depois. E Vladimir não era muito diferente deles. Ela estava acostumada.

Eles conversaram sobre amenidades por mais alguns minutos, e então Theo não aguentou mais. Sentia que havia morado com ela em seu estúdio por meses e era como se ele a conhecesse. Isso o fez se sentir mais corajoso para perguntar o que tinha vontade de saber.

— Não sei exatamente como dizer isso — começou, com cautela — e tenho consciência de que não é da minha conta, mas é como se eu conhecesse você depois de ter pintado aquela tela. E sinto algo familiar toda vez que nos encontramos. É como se tivéssemos uma ligação. Acho que quero entender você melhor... Por que está com ele? Você o ama? Não pode ser só pelo dinheiro. Sei que não te conheço, mas não acho que você seja interesseira.

Ele tinha uma grande fé nela, embora fossem estranhos um para o outro. Theo sentia certa pureza em Natasha. Ela não parecia ser o tipo de mulher que se venderia dessa maneira. As roupas caras que estava usando e o glamour que a cercava pareciam não significar nada para ela. E, certamente, não eram o bastante para que vendesse sua alma.

— Ele me salvou — revelou ela simplesmente, olhando no fundo dos olhos de Theo, e ele sabia que ela estava sendo sincera. — Eu teria morrido em Moscou. Provavelmente já estaria morta hoje se ele não tivesse me resgatado das ruas. Estava morrendo de fome, de frio e fiquei doente. — Ela hesitou por um momento, mas resolveu se abrir com Theo, pois também sentia uma estranha ligação com ele. — Cresci em um orfanato. Minha mãe me abandonou quando eu tinha 2 anos e morreu dois anos depois. Ela era prostituta. Eu não tinha pai. Quando saí do orfanato, fui trabalhar em uma fábrica. Não tinha dinheiro suficiente para comprar comida, roupas quentes nem remédios... mulheres morriam no meu dormitório todos os meses, doentes ou deprimidas... Vladimir me viu e tentou me salvar de tudo aquilo, mas no começo eu não deixei. Eu o rejeitei por um ano, aí tive uma pneumonia e não consegui me curar sozinha. Fiquei muito mal. Ele me levou para o apartamento dele e cuidou de mim. Quando melhorei... não pude... ele era muito bom para mim... não queria ir embora... ele toma conta de mim até hoje. Não sei para onde eu iria se o deixasse. Não posso voltar para aquela vida. E também cuido dele. Não tenho nada para oferecer a ele além de mim mesma. Sou grata a Vladimir por tudo o que ele fez por mim... temos uma vida especial juntos — falou ela baixinho, ciente de que Theo poderia ficar chocado com aquela revelação. Sentiu que lhe devia uma explicação. Para Natasha, o que ela oferecia a Vladimir parecia uma troca justa, e pessoas como Theo não tinham ideia do que era viver na pobreza. — Ele me entendia. Também cresceu na pobreza. Ainda tem pesadelos sobre isso até hoje. Nós dois temos. Não dá para voltar para esse tipo de vida. Não me importo com os bens materiais, mas valorizo muito o fato de que ele me protege e me mantém segura.

— Segura do quê?

— Da vida. De pessoas perigosas que, às vezes, querem nos machucar. — Ela pensou no que havia acontecido no verão anterior, na Sardenha, quando disse isso.

— Tenho certeza de que ele também é perigoso.

Vladimir era, de fato, perigoso, e Natasha parecia tão inocente que Theo se perguntou se ela estava ciente disso. Só que a bela jovem não era tão ingênua quanto parecia. Natasha havia visto muito e deduzido bastante coisa durante todos aqueles anos, embora nunca fosse admitir aquilo a um estranho, por lealdade a Vladimir.

— Tenho certeza de que ele pode ser perigoso, sim. Mas não comigo. Ele nunca deixaria ninguém me machucar. Ele veio do nada, e eu o admiro por isso. Ele é uma espécie de gênio nos negócios.

— Meu pai também era, no ramo dele. Artistas nunca são pessoas fáceis. Você não sente falta da sua liberdade ou está mais livre do que eu imagino? Você faz o que quer?

Natasha riu da pergunta. Theo estava se mostrando bastante curioso sobre a vida dela.

— E o que eu faria se fosse livre? Estudaria? Teria amigos? Isso seria legal, mas quem iria me proteger se eu não tivesse Vladimir?

— Talvez você não precisasse de proteção.

— Todos nós precisamos, inclusive Vladimir. A vida é perigosa. Ser pobre é perigoso. Você pode morrer por causa disso. Eu quase morri. Ele também, como um cachorro nas ruas quando tinha 14 anos. Todos precisamos de alguém para cuidar de nós.

Agora Theo conseguia entender por que ela se submetia àquele homem — Natasha tinha vindo de um mundo cruel e perigoso. Estava mais preocupada com sobreviver do que com casacos de pele, joias e com as roupas caras que usava. Não conseguia se imaginar mais vivendo em um mundo onde não corresse riscos todos os dias, como quando era jovem. Vladimir a tirara daquele mundo e a levara para o dele, e aquela realidade era tudo o que ela conhecia. Mesmo agora ela se lembrava dos perigos com muita clareza. A vida que Theo teve era algo totalmente estranho para Natasha. Uma vida com menos riscos, com amores, amigos, estudos e um emprego também era algo muito distante da realidade dela. Só o que ela conhecia era o que via: guarda-costas, iates, Vladimir ao seu lado, seu salvador e protetor. Isso era tudo o que importava para ela: estar livre de seus demônios e dos perigos reais de seu passado.

— A Rússia é um lugar difícil — falou ela em voz baixa. — Bom, pelo menos costumava ser. Na verdade, acho que ainda é, para a maioria das pessoas. Os fortes, como Vladimir, sobrevivem e saem de lá. Ele saiu e me trouxe junto. Mas tem gente que não consegue e acaba morrendo. Eu poderia ser uma dessas pessoas.

— Então você desistiu da sua liberdade por isso? — perguntou Theo, ainda chocado e triste com aquela revelação. Apesar de Natasha parecer frágil, ele suspeitava que ela era mais forte do que parecia. Mas sua inocência era real.

Ela assentiu, mas não parecia se importar em sacrificar a própria liberdade por Vladimir.

— É o preço que pago por uma vida pacífica. Todos nós abrimos mão de alguma coisa.

— Você não respondeu quando perguntei se o amava.

Ele sabia que não tinha o direito de perguntar isso, mas não conseguiu se conter. Aquela dúvida o atormentava fazia meses, e Theo sabia que não teria outra chance de lhe perguntar aquilo. Duvidava que a veria novamente.

— Acho que sim. Vladimir é muito bom para mim, do jeito dele. Ele não é um homem doce. Não quer ter filhos. Eu também não, para falar a verdade. O mundo é um lugar assustador para uma criança. E se tudo der errado para ela? Eu não poderia fazer isso com outra pessoa. Não suporto correr o risco de ver um filho viver o que eu vivi.

Era difícil para Theo entender o medo que Natasha sentia. Seus pais o adoravam e se dedicaram a ele, deram-lhe uma vida confortável e segura. Ele nunca correu qualquer tipo de risco, então como poderia imaginar uma vida como a que a jovem descrevia? Estava disposto a perdoar Natasha pelo que ela tinha feito para sobreviver. Quem poderia dizer o que ele teria feito no lugar dela, o que seria capaz de dar para sobreviver? Ela conheceu o perigo no dia que nasceu. E Theo suspeitava de que a jovem não estivesse completamente segura com Vladimir, mas ela parecia não enxergar isso.

— E se o relacionamento de vocês acabar? O que pode acontecer?

Theo havia perguntado a Natasha tudo o que passara em sua cabeça nos últimos meses. Os pedidos já tinham chegado, e eles estavam comendo, mas a conversa era mais importante para os dois do que a refeição. Ela também queria saber várias coisas a respeito da vida de Theo, pois nunca havia conhecido ninguém como ele.

— Não sei o que poderia acontecer, mas não acho que nós nos separaríamos. Ele precisa de mim. Sei que um dia ele pode conhecer alguém mais jovem ou mais atraente. Sei também que, se eu o trair, ele nunca irá me perdoar. Se eu agir conforme as regras dele, acho que sempre cuidará de mim. Bom, se ele um dia não me quiser mais, vou ter que encontrar meu caminho. Mas eu não voltaria para a Rússia. Não conseguiria sobreviver lá sem ele. É muito difícil.

Theo sabia que havia outra solução, mas não falou nada. Como sua mãe costumava dizer, quando são largadas, mulheres como Natasha logo arrumam outro homem milionário. As amantes daqueles russos ricos e poderosos sempre davam um jeito de encontrar outro cara, às vezes até mais poderoso que o primeiro. Porém, a vida que elas levavam as tornavam inadequadas para os homens comuns. Era praticamente impossível que elas se adaptassem a uma vida real. Mas Natasha parecia diferente. Ou quem sabe ele não estivesse enganado? Era difícil para uma mulher como ela abandonar aquela vida. Poucas tinham força de vontade. De certa forma, Vladimir a havia estragado. Se ele a deixasse, era provável que ela só desse certo com um homem tão poderoso quanto ele. Theo sentia uma compaixão enorme por ela. Quando acabaram de almoçar, pediram café e decidiram dividir uma sobremesa. Pediram um bolo de chocolate que estava delicioso.

Havia uma última pergunta que ele queria fazer.

— E se você o deixar?

— Por que eu faria isso? Ele é bom para mim, é um homem gentil. Acho que ele me ama a seu modo.

— Mas e se você o deixasse por algum motivo?

Ela pensou sobre isso por um minuto e quase respondeu "ele me mataria", mas não queria deixar Theo chocado.

— Ele nunca iria me perdoar.

Nesse momento, os dois tiveram o mesmo pensamento: Vladimir poderia ser perigoso.

— Quando conheci você, me perguntei se estava feliz com ele. Vladimir é muito mais velho que você, tem uma vida muito complicada. Homens como ele não conseguem relaxar quando vão para casa à noite.

— Não mesmo. Mas sou feliz. Eu seria infeliz sem ele.

Theo conseguira descobrir o que queria. Sabia agora que Natasha estava com Vladimir pela segurança que acreditava que ele lhe proporcionava, e não pela vida de luxo que o russo lhe dava. Porém, independentemente de suas razões, sentia pena dela. Achava que ela estava abrindo mão de muita coisa, ainda que não tivesse consciência disso. Mas ela parecia não se se importar em ser privada de sua liberdade.

Theo se sentiu surpreendentemente próximo de Natasha enquanto caminhavam de volta para o apartamento dela. Estava mais frio e havia flocos de neve no ar, que caíam nos cílios dela quando eles pararam do lado de fora do prédio.

— Obrigada pelo quadro. E pelo almoço.

Natasha sabia que estava vivendo um momento especial. Ela e Theo tinham uma espécie de ligação. Era como se eles se conhecessem há anos. Ela não conseguia entender aquilo. Podia notar, pelo retrato que Theo havia pintado, que ele a conhecia intimamente, e se sentia da mesma maneira em relação ao artista. Os dois haviam se encontrado por acaso, mas tinha sido bom. Percebeu que estava um pouco triste por ele ter de ir embora, sabendo que dificilmente os dois se encontrariam de novo. Ela não podia fazer isso. Vladimir não iria gostar que eles se tornassem amigos.

— Obrigado por almoçar comigo e responder às minhas perguntas. Não parei de me perguntar sobre você enquanto pintava. — Ele não disse isso, mas, agora que a conhecia melhor, queria fazer outro quadro dela para capturar um lado totalmente diferente de sua personalidade. Natasha era uma mulher multifacetada, sábia e ingênua, assustada e corajosa, e essencialmente humana. Ele anotou o número de seu telefone em um pedaço de papel e o entregou a ela. — Se precisar de mim, como um amigo, ou se simplesmente quiser conversar, me ligue. Virei até você. — Ela acreditava nele. Theo parecia um homem em quem se podia confiar.

— Não se preocupe comigo. Estou segura — disse Natasha, sorrindo para o artista e se inclinando para lhe dar um beijo na bochecha.

Theo esperava que aquilo fosse verdade. Mas como a bela mulher poderia estar em segurança vivendo com um homem conhecido por ser implacável e que mantinha relações perigosas?

Ela acenou para ele ao entrar no prédio, desaparecendo logo em seguida. Theo voltou para seu hotel na Rive Gauche perdido em pensamentos. Sabia que não a veria novamente, a menos que esbarrasse com ela em algum lugar sem querer. Aquele dia havia sido um presente da vida.

Eram quase cinco da tarde quando chegou ao hotel. O almoço no L'Avenue durara horas, e ele foi caminhando bem devagar para o hotel, aproveitando aquele tempo para colocar os pensamentos em ordem. Então, ao entrar no quarto, viu Inez fazendo as malas, parecendo enfurecida. Os olhos dela flamejavam, e só então Theo se deu conta de que havia se esquecido de ligar para ela. Ainda estava com o celular desligado. Sentiu-se um completo idiota. Na presença de Natasha, esquecia-se da vida.

— Onde você estava? Vai me contar ou eu deveria adivinhar? E por que o seu telefone estava desligado?

— Me desculpe. Acabei me esquecendo de ligar o celular depois do almoço. Almocei com o Jean, e nós ficamos entretidos em uma conversa sobre o mundo das artes. Sinto muito, perdi a noção do tempo.

— Liguei para ele quatro vezes. Ele disse que você saiu da galeria ao meio-dia — rebateu ela, irada. — Você estava com a garota russa do retrato? — Por um instante, Theo se perguntou se seria melhor simplesmente dizer que não, mas concluiu que não havia motivo para mentir.

— Fui levar o quadro para ela. Achei que era o certo a fazer.

— E demorou porque foi para a cama com ela? — perguntou Inez, fechando a mala, a voz trêmula.

— Não. Fomos almoçar e tivemos uma longa conversa. Acabei desligando o celular e esqueci completamente que tinha prometido ligar para você. — Na verdade, ele tinha combinado de almoçar com Inez e acabou deixando-a esperando. Naquele momento, sentia-se um completo idiota. Inez tinha toda razão em ficar brava.

— Você está apaixonado por ela, Theo. Eu vi como ficou olhando para ela ontem à noite. E não me importa a quem ela pertença, ou que um gângster russo esteja pagando as contas dela. Você está apaixonado por essa mulher. E, pelo que entendi, ela também está interessada em você.

— Não está. Ela parece feliz com o russo.

— Era isso a que eu estava me referindo quando disse que não gostava de drama. Não quero isso para a minha vida. Tenho uma filha, um emprego, estou tentando fazer tudo funcionar. A última coisa que preciso é de um cara que esteja apaixonado por outra mulher, mesmo que não possa tê-la.

— Ela abriu mão da própria liberdade para ficar com ele. Estávamos inclusive conversando sobre isso.

Inez pareceu ficar ainda mais furiosa ao ouvir aquilo.

— Ah, por favor, não me peça que sinta pena dela. Ela está com esse cara porque quer. Meu coração não vai se compadecer por ela. Para esse tipo de mulher, tudo está ligado a dinheiro. Não há nada de nobre nisso.

— Talvez não. A situação é mais complicada do que você imagina.

— Não quero saber. A vida de todo mundo é complicada. E não preciso de você para deixar a minha ainda mais complicada do que já é. Não quero lidar com um cara que tem uma fantasia louca e sai por aí pintando retratos de uma mulher que ele não pode ter. Não quero fazer parte da sua vida de faz de conta. E, se ela se provar ser mais do que uma fantasia, eu não quero estar por perto.

Inez colocou a mala no chão, e Theo pareceu preocupado, mas não estava surpreso.

— Aonde você vai?

— Vou ficar com a minha irmã por alguns dias e depois vou para casa.

— Vamos nos ver de novo?

— Não sei. Eu aviso. Preciso de um tempo para pensar sobre isso. Era exatamente esse tipo de confusão que eu não queria. Acho que você está apaixonado por essa mulher. Não posso lutar contra as suas ilusões a respeito dela, nem quero. Eu vivo no mundo real.

Inez abriu a porta e saiu. Theo não disse nada. Ele sabia que não tinha direito. Ela estava certa. O artista podia sentir sua obsessão por Natasha viva novamente. A russa sempre provocava isso nele. Theo gostava de Inez e não queria ferrar com a vida dela, nem com a dele. Teria de se manter são desta vez e não deixar Natasha dominar seus pensamentos.

Depois que Inez foi embora, ele saiu para dar um passeio em St. Germain. Estava nevando e fazia muito frio. Só conseguia pensar em Natasha e no que ela havia lhe contado sobre seu relacionamento com Vladimir e seu passado. Ele entendia tudo agora. E duvidava que a veria de novo. Havia perdido duas mulheres naquele dia, Natasha e Inez. Bom, na verdade, nunca teve nenhuma das duas.

Em sua cama, na Avenida Montaigne, Natasha olhava para o retrato pensando no artista que o pintara. Perguntou-se o que Vladimir diria quando visse o quadro. Ele o veria no momento que entrasse no quarto. Natasha não o esconderia dele. A pintura era linda. Só não contaria para ele sobre o almoço. O magnata não precisava saber disso. Ela guardou o papel com o número de Theo em sua carteira. Não devia se imaginar ligando para ele, mas era bom guardá-lo. O pintor era seu único amigo.

Capítulo 9

Quando Vladimir chegou de viagem, uma noite antes da partida deles para Courchevel, o retrato de Natasha foi a primeira coisa que viu quando entrou no quarto do novo apartamento.

— O que é isso? — perguntou, parecendo assustado.

— Um retrato meu. — Natasha sorriu para ele. Estava feliz em vê-lo. Colocou os braços ao redor dele, que a abraçou. Ele também havia sentido sua falta.

— Estou vendo. É uma surpresa para mim? — Ele ficou tocado pelo gesto e também espantado. Estava curioso para saber que artista havia feito aquilo.

— Foi uma surpresa para nós dois. O artista nos viu no Da Lorenzo e me pintou.

— Você não posou para ele? — Natasha fez que não com a cabeça. — É realmente muito bom. Quem é o artista?

— O filho do Lorenzo Luca. Ele também pinta e estava no restaurante naquela noite.

— Você falou com ele? — Vladimir se afastou um pouco dela, encarando-a. Um alarme disparou em sua cabeça e, de repente, ele se perguntou se esse pintor não seria o tal rapaz que levara o quadro para ele e com quem Natasha havia feito um tour pelo iate. Vladimir era esperto, e seus instintos eram aguçados.

— Sim, por alguns minutos, quando parei para olhar os quadros enquanto esperava você desligar o celular. Pensei que ele era apenas um garçom. Não fazia a menor ideia de que era o filho do Luca.

— Foi ele que levou o quadro até o barco? — perguntou Vladimir, observando novamente o retrato. — Ele tem talento. Você comprou?

— Vi o quadro em uma exposição, e ele nos deu de presente. — Natasha fez questão de dizer que o presente era para os dois, e não só para ela, e não mencionou o almoço.

— Como você conseguiu isso? — Ele olhou atentamente para Natasha.

— Ele veio entregar.

— Eu deveria agradecer. Sabe o nome dele e como posso encontrá-lo? — Vladimir parecia benevolente, mas Natasha podia sentir a tensão no ar.

— Tenho a biografia dele em algum lugar. Veio com a pintura. O nome dele é Theo Luca, eu acho. E imagino que você possa encontrá-lo no restaurante — respondeu ela de forma casual, para aliviar a tensão.

Vladimir assentiu, então Natasha foi terminar de fazer as malas para a viagem no dia seguinte. Eles voariam para Genebra e depois iam dirigindo até Courchevel para passar uma semana lá. Depois voltariam para Londres, onde ficariam por um mês. Os dois não iam a Londres fazia algum tempo.

A criada havia deixado uma salada pronta para eles na geladeira, e os dois resolveram jantar na cozinha. No meio da refeição, Vladimir olhou para Natasha e lhe perguntou algo que nunca havia se questionado antes.

— Isso é suficiente para você, Tasha?

— Para o jantar? Sim, não estou com muita fome.

— Não é disso que estou falando — falou ele, pensativo, deixando-a intrigada. — Estou me referindo a nós. À vida que temos. Nunca prometi a você nada além disso. Mas você era muito jovem quando nos conhecemos. Não pretendo me casar nem ter filhos... você está infeliz com isso agora? Você poderia se casar com um cara legal, com uma vida normal, que tivesse um emprego comum e estivesse sempre por perto para cuidar dos filhos de vocês. Às vezes eu me esqueço que você ainda é muito jovem e que essa vida pode não ser o ideal para você para sempre.

Ao olhar para ele, Natasha sentiu o pânico apertar sua garganta e se lembrou do que Theo havia lhe perguntado: o que ela faria se, por algum motivo, se separasse de Vladimir? Ela achava que morreria. Como viveria sem ele? Para onde iria? Quem a iria querer? E se tivesse de voltar para Moscou? Ela não tinha uma profissão — como arrumaria um emprego? Teria de trabalhar como operária em uma fábrica de novo? Estava convencida de que não ia sobreviver. Ela amava aquele homem, e essa era sua vida agora, uma vida com a qual já estava acostumada. Não saberia mais sobreviver sozinha no mundo real.

— É claro que essa é a vida que eu quero — respondeu ela, com a voz embargada. — Não quero ter filhos. Nunca quis. Fico assustada com esse pensamento. Eu não saberia o que fazer com uma criança. É muita responsabilidade ter um filho. E acho que não precisamos nos casar. Estou feliz como a vida que levamos. — Ela nunca quis assumir um compromisso mais sério, ao contrário de algumas mulheres, e Vladimir achava isso ótimo. Natasha não era gananciosa, bem diferente das mulheres que conheceu antes. — E eu provavelmente ficaria entediada com um homem "normal", como você colocou. O que eu diria a um cara assim? O que eu faria com um homem desses? — Ela sorriu para ele. — Além disso, eu provavelmente teria que cozinhar, e não sei fazer nada na cozinha.

Ele riu do comentário e parecia relaxado novamente após o choque inicial de ver o quadro.

— Só estava me perguntando... Ando muito ocupado ultimamente. Courchevel nos fará bem — disse ele, embora esquiasse muito pouco com ela. Vladimir era um excelente esquiador, e a jovem ainda estava aprendendo, então não conseguia acompanhá-lo.

Mas, depois de ouvir aquilo, ela se sentiu desconfortável. E se alguém que eles conhecessem a tivesse visto com Theo no restaurante e achasse que ela estava tendo um caso? O almoço não tinha sido um encontro romântico, e sim amigável. Ela prometeu a si mesma que seria bem mais cuidadosa a partir de então e não faria mais nada que pudesse incentivar qualquer amizade. Theo não havia entrado em contato com ela desde aquele dia, mas, se o fizesse, Natasha não ia atender. Não podia colocar o que tinha com Vladimir em risco. De repente, percebeu que Vladimir poderia expulsá-la de casa quando bem quisesse. Ela tremeu ao pensar naquilo, principalmente porque ele já tinha feito isso com outras mulheres antes. Se acontecesse com ela, estaria perdida. Natasha ficou ainda mais atenta ao companheiro do que de costume quando foram para Courchevel. Ela fazia tudo o que ele queria com muito mais afinco, estava sempre perto dele e cuidava para que seus pratos preferidos fossem servidos em todas as refeições. Até contratou uma jovem russa para cozinhar para eles durante a viagem, e Vladimir adorou a comida dela. Tudo correu bem, e ele ia esquiar todos os dias. Os dois ficavam juntos à noite, em frente à lareira na enorme sala de estar do chalé que haviam alugado, e passaram a fazer amor com mais frequência do que antes. Natasha chegava antes de Vladimir ao chalé para se vestir para ele todas as noites. À noite, estava sempre sexy e sedutora.

O magnata trabalhava todas as manhãs antes de sair para esquiar e estava o tempo todo em contato com seus escritórios em Moscou e Londres. Também ligou para o construtor de barcos na Itália várias vezes. Contou que havia seis semanas de trabalho duro pela frente e, em abril, eles foram para St. Barth, no Caribe, onde o iate os esperava. Depois disso, o barco faria um cruzeiro de volta ao Mediterrâneo, e eles estariam na França em maio. Seus planos estavam bem estruturados, e Vladimir parecia ter ganhado muito com os novos negócios. Quando foram embora de Courchevel, Natasha sentia-se segura com ele de novo. A conversa com Vladimir em Paris a deixara assustada. Ela sabia que tinha muito a perder. Nunca poderia correr esse risco.

*

Quando Theo voltou para St. Paul de Vence depois de sua bem-sucedida exposição em Paris, começou a trabalhar em um novo retrato de Natasha, mas este era diferente. Era muito mais sombrio, marcado por tudo o que ela havia lhe contado durante o almoço sobre seu passado em Moscou. Retratava o lado mais doloroso de sua experiência de vida, e seu rosto era menos reconhecível no novo quadro. Marc viu a tela no cavalete quando foi visitar o amigo e não percebeu quem era. Além disso, Theo trabalhou nele com menos frenesi. O quadro era tão emotivo que ele achou que não podia trabalhar na obra com tanta frequência ou tão intensamente por medo de se sentir deprimido. Então, começou a trabalhar em duas outras pinturas paralelamente. Uma parte dele não queria pintá-la de novo. Sua cabeça insistia para que ele a deixasse ir, mas outra parte dele não queria soltá-la. Theo estava lutando contra sua obsessão, recusando-se a se entregar a ela dessa vez. Ele sabia que não podia. Pelo bem de Natasha, e pelo seu próprio bem.

Fazia uma semana que tinha voltado quando recebeu uma mensagem de texto de Inez. Como era de se imaginar, ela disse que não queria vê-lo novamente. Argumentava que a vida de Theo era muito instável, que ele era muito focado no trabalho. Ele não tinha planos para o futuro além da carreira como artista. Theo não estava interessado em se casar, e Inez disse que precisava de alguém que pudesse lhe dar algo mais sólido. A moça acrescentou que, mesmo que não admitisse isso, ele estava apaixonado por uma mulher que não poderia ter. Disse que essa situação era muito complicada para ela, que achava que o relacionamento deles era um beco sem saída, que não daria em nada, então preferia terminar tudo com ele logo. Theo ficou triste, mas não estava arrasado. Gostava de Inez, mas não a amava, e os dois sabiam disso. Ele respondeu a mensagem dizendo que sentia muito pelo término, mas que entendia. E, de certa forma, foi um alívio. Não havia espaço para Inez em sua cabeça nem em seu coração naquele momento.

    Embora ele não concordasse completamente com ela a respeito de Natasha, reconhecia que estava intrigado e fascinado pela russa. Sabia que havia ficado obcecado por ela, mas ao mesmo tempo perguntava-se como podia amar uma mulher que mal conhecia. Gostaria de poder passar mais tempo com ela, de conhecê-la melhor, mas sabia que isso não era possível. Porém, em momentos de introspecção, admitia a si mesmo que nunca tinha se apaixonado. Teve obsessões, *affaires* e vários relacionamentos quentes; namorou algumas mulheres por longos períodos — até morou com uma namorada durante um ano —, mas nunca havia amado nenhuma delas, nem ficado de coração partido com o fim de um relacionamento. De repente, Theo se perguntou se faltava alguma coisa nele. A única mulher que realmente o havia conquistado tinha sido aquela que ele de fato não conhecia. O artista parou de trabalhar no retrato ao se dar conta disso, para permitir que sua obsessão por Natasha esfriasse de novo. Comentou com a mãe que estava sozinho quando ela ligou. Depois de Inez, ele não saiu com nenhuma outra mulher.

— Então, o que tem feito? — perguntou ela durante o *brunch* de domingo. Gabriel estava em Paris. A filha dele reclamara que o pai quase nunca ia à galeria, então ele foi passar um tempo em Paris com ela.

— Só pintando — respondeu Theo, parecendo tranquilo. O trabalho estava indo bem. Geralmente, ele rendia bastante quando não se distraía. Sempre teve dificuldade em conciliar mulheres com trabalho. E as mulheres com quem se envolvia nunca gostaram disso.

— Tem saído com alguém?

Ele balançou a cabeça e não parecia incomodado com isso.

— Agora não, mas eu estava saindo com uma garota de Cannes. Só que ela odeia artistas e diz que eu não tenho planos para o futuro além do meu trabalho, que não demonstro nenhum interesse em me casar, o que é verdade, que não quero ter filhos por enquanto. Bom, para ser honesto, eu a deixei esperando em Paris enquanto fui almoçar com outra mulher. Simplesmente esqueci que ela estava lá. Foi muito grosseiro da minha parte. Ela foi embora e depois me mandou uma mensagem dizendo que estava tudo acabado entre a gente. Eu não a culpo. Eu também teria terminado o relacionamento se estivesse no lugar dela.

— E você estava com quem? — perguntou Maylis com interesse, fazendo Theo hesitar antes de responder. Isso era mais difícil de explicar.

— Na verdade, fiz um retrato da amante de Stanislas, de memória, e o coloquei na exposição em Paris. Gabriel ficou louco pela pintura. Pasquier também. Ela apareceu na galeria por acaso e adorou o quadro. Então eu levei a tela para ela no dia seguinte, e nós almoçamos juntos. — Ele tentou fazer parecer que havia sido um almoço casual e não tão intenso quanto realmente fora.

— Ele estava lá também?

— Não, Stanislas não estava em casa. Acho que estava viajando, fora da cidade. Eu não o vi.

— Estou surpresa por ela ter almoçado com você. Homens como Stanislas geralmente mantêm suas mulheres em rédeas curtas.

— Nós não transamos no restaurante. Só conversamos.

Maylis foi direto ao ponto. Ela sempre ia.

— Você está apaixonado por ela?

— Claro que não. Ela parece estar feliz com ele. E você estava certa. Não posso pagar por ela. — Ele não queria se aprofundar muito no assunto com a mãe, pois ela o conhecia muito bem e saberia se ele estivesse mentindo.

— É melhor mesmo que não. Seria como brincar com fogo. Essas pessoas são muito perigosas. Você nunca vai conseguir conquistar uma mulher como ela. Só vai ficar com o coração partido. Se ela estiver mesmo feliz, não há como competir com Stanislas.

— Acho que ela está dizendo a verdade, e parece bem à vontade com as regras que ele impõe em troca de segurança e proteção. Parece uma vida triste para mim. É como se ele fosse dono dela.

— É assim que funciona. Já, no seu caso, querer alguém que não se pode ter é muito romântico, mas é bem sofrido. Você não precisa disso. Você tem que esquecer essa mulher, Theo. Precisa de uma pessoa real, não de uma fantasia. Ela é linda, mas pode destruir a sua vida se você deixar.

— Ou eu a dela.

— Essa mulher não vai permitir que você faça isso, pois ela tem muito a perder, ao contrário de você. Bom, na verdade, você pode perder a sua sanidade e a sua paz. Corra enquanto ainda dá tempo. Não deixe que ela se torne uma obsessão.

Mas já era tarde demais. E, quando o jovem artista voltou ao estúdio depois do almoço, forçou-se a não trabalhar no novo retrato de Natasha. Precisava ficar livre da russa, pois sabia que sua mãe estava certa.

Pelo resto da primavera, Theo mergulhou no que fazia de melhor. Estava trabalhando em vários quadros em paralelo, ficando em seu estúdio durante o tempo que era necessário, sem se distrair com mulher nenhuma. Não havia tido notícias de Inez novamente, nem sentia falta dela. Queria se concentrar no trabalho, gostava do que vinha fazendo. Estava sozinho havia alguns meses e se mantinha longe do retrato sombrio de Natasha. Estava com outras pinturas na cabeça.

Então, em abril, sua mãe lhe perguntou se não poderia ficar no lugar dela no restaurante por três semanas em maio. Ela e Gabriel estavam planejando uma viagem de carro pela Toscana, e, como de costume, ele concordou com certa relutância; sabia que Maylis não tinha mais ninguém a quem pedir aquilo e achava que o passeio faria bem ao casal. No final da viagem, eles ainda iriam para Villa d'Este, em Lago de Como. Seria como uma lua de mel para eles. Theo achou a ideia adorável, embora isso significasse passar três semanas no restaurante, o que não era assim tão divertido para ele. No primeiro fim de semana de maio, Maylis e Gabriel partiram animados com a viagem.

Na primeira semana, tudo correu bem no restaurante. O clima estava quente e o jardim ficou cheio todas as noites. Os garçons trabalharam direitinho, e o livro de reservas estava lotado, mas eles nunca recebiam mais clientes do que davam conta de atender.

A segunda semana foi mais difícil. O chef ficou doente um dia e, numa noite de quinta-feira, Vladimir e Natasha apareceram no restaurante. Embora não existisse motivo para isso, Theo ficou chocado ao vê-los juntos. Sentiu o estômago se revirar assim que viu os dois. Ele sabia que aquilo não fazia sentido. Natasha tinha uma vida com Vladimir e vivia com ele havia oito anos. Era sua amante e alegou amá-lo, porém, a visão dos dois juntos lhe dava náuseas. O rapaz fugiu do casal a noite toda e pediu ao chefe dos garçons que atendesse a mesa deles. Mas finalmente teve de encará-los quando saíam. Natasha desviou o olhar e não falou com Theo. Vladimir o encarou intensamente como se quisesse passar uma mensagem tácita para que permanecesse longe. Ele não mencionou o retrato, nem lhe agradeceu. E então eles saíram a toda na Ferrari. Theo ficou na calçada olhando para eles, sentindo-se abandonado. Aquilo não fazia sentido. Natasha claramente não sentia nada por ele. Preferia ficar com Vladimir, pois estava segura com o russo. Theo notou que o magnata observara um e depois o outro em busca de qualquer sinal revelador, mas não havia nenhum. Natasha nem mesmo olhou para Theo. Era como se eles não se conhecessem. Fora uma mensagem bem clara para que ele se mantivesse distante.

Ele trancou o dinheiro no cofre naquela noite, fechou o restaurante depois que todos saíram, foi para casa e bebeu meia garrafa de vinho pensando em Natasha e se perguntando como Vladimir conseguia ser tão sortudo. Ele não merecia aquela mulher. Theo torcia para que os dois não voltassem ao Da Lorenzo enquanto estivesse cobrindo a mãe. O rapaz pegou o retrato inacabado e olhou para a tela novamente. Ele podia sentir sua obsessão ganhando força. Não queria que ela crescesse, mas o sentimento tinha vida própria, e não havia nada que pudesse fazer para detê-lo, exceto tentar esquecer aquela bela mulher. Ela era como um fantasma que aparecia em sua vida de vez em quando e depois sumia. Mas não importava se Theo via Natasha com frequência ou não, ela estava fora do seu alcance, pertencia a outra pessoa. E ele sabia que não lhe fazia bem pensar nela. Sua mãe estava certa sobre isso.

Theo ainda estava dormindo quando o telefone tocou, às sete horas da manhã seguinte e, quando abriu os olhos, percebeu que estava de ressaca da noite anterior. Sentia uma terrível dor de cabeça. Pegou o telefone, recostou a cabeça novamente no travesseiro e fechou os olhos. Era sua mãe, e ela estava chorando. Ele se sentou na cama e tentou entender o que estava acontecendo. Nada do que ela dizia fazia sentido. Só o que conseguia entender era que havia acontecido alguma coisa com Gabriel, e que ele estava em coma.

— O quê? — A ligação estava péssima. — Devagar, *Maman*. Não consigo entender nada. — Ele estava gritando, e ela só chorava mais. — Vocês sofreram um acidente? Você está machucada também? — Ele entrou em pânico.

— Não, ele teve um ataque cardíaco. — Theo sabia que Gabriel já havia tido alguns problemas cardíacos antes e feito inclusive uma angioplastia, mas o que Maylis estava relatando parecia algo bem mais grave.

— Não enquanto estava dirigindo, espero.

— Não, no hotel. Ele achou que estava com indigestão, mas não era isso. Chamamos uma ambulância. O corpo de bombeiros também apareceu. O coração dele parou duas vezes no caminho até o hospital. Eu estava com ele. Usaram aquelas máquinas horríveis de eletrochoque e, graças a Deus, o coração dele voltou a bater. Ah, Deus, Theo, agora ele está coma. — Ela soluçou por uns cinco minutos antes de continuar respondendo às perguntas do filho.

— O que os médicos disseram? Vocês estão perto de alguma cidade grande?

— Estamos em Florença. Os médicos falaram que tudo depende das próximas 48 horas. Disseram que ele pode não sobreviver. — Ela parecia devastada. Gabriel era seu porto seguro fazia mais de dez anos, e agora havia se desintegrado.

— Os médicos são bons?

— Acho que sim. Querem fazer outra angioplastia, mas não podem até que ele esteja mais forte.

— Você ligou para Marie-Claude? Quer que eu ligue?

— Liguei para ela ontem à noite. Ela chega hoje.

— Quer que eu vá para aí, *Maman*? — ofereceu Theo, desejando que sua cabeça não estivesse latejando naquele momento.

— Não, você não pode largar o restaurante. Alguém tem que estar no comando.

— Arrumo alguém para tomar conta de tudo — disse ele com firmeza. — Se você quiser, eu vou.

Naquele momento, ocorreu a Theo que a vida poderia mudar em um piscar de olhos. Dez dias antes, Gabriel estava bem e todo feliz quando ele e Maylis foram viajar, e agora estava em coma e poderia até morrer. Era uma lição poderosa sobre a vida.

— Vamos ver como as coisas ficam hoje. Marie-Claude estará aqui.

Theo não sabia como aquilo poderia ser reconfortante para a mãe. As duas mulheres nunca haviam se dado bem, e ele sabia que a filha de Gabriel se ressentia do tempo que o pai passava com a namorada, pois ela se queixava disso com frequência.

— Me ligue mais tarde para me dar notícias.

Quando Theo se levantou e foi tomar banho, sentiu raiva de si mesmo por ficar chateado quando viu Natasha na noite anterior. Ela era amante de um dos homens mais ricos e poderosos do mundo e disse que estava feliz com ele. Ter fantasias sobre ela e desejar uma mulher que nunca poderia ter não estava fazendo bem a ninguém. E o que havia acabado de acontecer com Gabriel era um aviso a todos. Maylis o havia tratado como o segundo melhor durante todos os anos que ficaram juntos, provavelmente nunca percebeu quanto de fato o amava, e agora poderia perdê-lo. O marchand tinha sido infinitamente mais carinhoso com ela do que Lorenzo fora a vida toda. Se Gabriel sobrevivesse, Theo teria uma conversa séria com a mãe. Prometeu que agiria da mesma forma em relação a Natasha. A russa tinha a vida que queria e morava com um homem que parecia apropriado para ela. Não havia espaço para Theo naquela história, exceto como uma espécie de *voyeur* ou um garoto apaixonado. Enquanto esperava sua mãe retornar a ligação naquela manhã, prometeu a si mesmo que não terminaria o segundo retrato de Natasha. Precisava esquecê-la, parar de alimentar sua obsessão. Marc já havia dito isso para ele fazia meses.

Enquanto Theo estava sentado em sua cozinha tomando café, Maylis conversava com os médicos. A situação não era nada animadora. Gabriel havia tido outra parada cardíaca naquela manhã, e eles não tinham mais esperança. Maylis estava chorando sentada sozinha na sala de espera quando Marie-Claude chegou de Paris. A namorada de Gabriel contou à filha dele o que estava acontecendo, e a moça seguiu apressada pelo corredor para ver o pai na UTI. A família só podia visitá-lo por poucos minutos a cada hora. Maylis havia dito que era sua esposa. Marie-Claude estava pálida quando voltou, alguns minutos depois. Ela se sentou em uma cadeira e assoou o nariz.

— Ele parece péssimo — comentou Marie-Claude e começou a chorar novamente. Maylis foi consolá-la, mas ficou chocada quando a filha de Gabriel se afastou dela. — Não sei o que você quer — disse ela com raiva. — A única coisa que você fez até agora foi usar o meu pai. Você nunca o amou.

Maylis ficou horrorizada.

— Como você pode dizer isso? Nós estamos juntos há cinco anos e éramos próximos há muito mais tempo que isso. Claro que eu o amo.

— É mesmo? Você vive falando do seu marido como se ele fosse uma espécie de santo, e não o maluco narcisista que deixava todo mundo louco, inclusive o meu pai, que fazia tudo por ele enquanto Lorenzo o acusava de roubá-lo. — Marie-Claude ouvira aquilo durante anos e não tinha a paciência do pai com o temperamento artístico de Lorenzo, nem carinho por ele ou sequer senso de humor. Gabriel costumava achar divertido quando o pintor o chamava de ladrão. Mas a filha, não. — Meu pai que é o santo aqui. E, se ele morrer, você será culpada por ele nunca saber que realmente o amava. Só o que ele sabia era quanto você amava o Lorenzo. Você deixou bem claro para ele que nunca poderia amá-lo como amou o seu marido, e ele aceitou isso. Só Deus sabe o porquê. Ele não merecia isso.

Aquele discurso deixou Maylis sem palavras. Era como um tapa na cara. Ela sabia que tudo o que Marie-Claude estava dizendo era verdade. Cada palavra. Mas tudo o que podia fazer era chorar enquanto ouvia. Depois que Marie-Claude terminou seu desabafo com um olhar de partir o coração, saiu da sala para ligar para o marido, e Maylis telefonou para o filho. Estava chorando mais do que da primeira vez quando Theo atendeu a ligação.

— Ah, meu Deus, ele morreu? — Theo não conseguia compreendê-la entre os soluços.

— Não, ele ainda está vivo. É a Marie-Claude.

Então Maylis contou ao filho tudo o que a moça havia dito e, quando terminou, houve um longo silêncio do outro lado da linha. Ele não sabia o que dizer. Aquilo tudo era verdade, e ela sabia disso. Todos sabiam. Gabriel ficou relegado ao segundo plano por mais de dez anos. Maylis sempre lhe disse que amava mais Lorenzo. Houve momentos em que Theo se perguntou como ele aguentava. O jovem pintor não culpava Marie-Claude por estar chateada com sua mãe, principalmente agora. Ela nem ia a Paris para ver o namorado, fazia com que ele sempre fosse para o Sul. Maylis fazia pouquíssimo esforço. Era Gabriel quem mantinha o relacionamento funcionando e era infinitamente gentil e amoroso com ela.

— O que eu vou fazer agora? Ela me odeia. E está certa. Eu era horrível com ele. Como pude dizer todas essas coisas sobre Lorenzo... que eu o amava mais? — De repente, Maylis foi consumida pela culpa, e tudo o que queria era que Gabriel sobrevivesse para que pudesse dizer a ele quanto o amava.

— Ele sabe que você o ama, *Maman*. Acho que você pensou que seria infiel à memória de *Papa* se admitisse o quanto ama Gabriel. Acho que ele entende isso. Só precisamos esperar que ele melhore. Isso é tudo o que importa.

— Parece que ele vai morrer. — Ela soluçou ao dizer isso.

— Não sabemos disso ainda. Ele não é tão velho.

Mas Gabriel também não era novo, havia acabado de completar 68 anos e tinha histórico de problemas cardíacos. E várias paradas cardíacas em pouco tempo eram perigosas.

Eles conversaram por mais alguns minutos e desligaram assim que Marie-Claude voltou para a sala. Parecia que tinha chorado.

— Me desculpe — disse Maylis suavemente, quando Marie-Claude se sentou em frente a ela. — Tudo o que você falou é verdade. Eu estava errada. Eu sempre o amei. Só não queria ser infiel à memória de Lorenzo.

— Meu pai sabe disso, mas ainda assim foi péssimo da sua parte. Ele ama você e ficava tão solitário sem você em Paris que ia a St. Paul de Vence o tempo todo. Meus filhos e eu nunca o vemos. Você podia pelo menos ter feito um esforço para ir a Paris de vez em quando.

Maylis assentiu e percebeu que isso também era verdade.

— Prometo que vou começar a ir mais.

— Talvez não precise — disse Marie-Claude bruscamente. Ela estava com raiva; nunca havia gostado de Maylis, e tinha ciúmes do carinho que o pai nutria pela namorada. Então agora estava metralhando tudo em cima dela. Mas Maylis foi sincera o suficiente para admitir que havia errado.

Depois disso, elas ficaram sentadas na sala de espera em silêncio por duas horas, aguardando notícias, até que um médico apareceu e explicou que o Sr. Ferrand não estava nada bem. Ele as estava preparando para o pior. Maylis quase desmaiou com a notícia, e Marie-Claude saiu da sala para chorar sozinha. Mais tarde, permitiram que elas o vissem, ainda em coma e respirando com a ajuda de aparelhos. Ele não havia tido mais paradas cardíacas, mas seu coração estava fraco. Seu corpo estava ligado a meia dúzia de monitores, e a equipe da UTI o estava observando durante 24 horas.

Foi uma longa noite para as duas mulheres, na espera de alguma melhora ou mudança. Elas se revezavam para ficar com ele por alguns minutos, uma de cada vez, mas Gabriel ainda estava em coma, nem sabia que elas estavam ali. Elas não se falaram mais desde a explosão de Marie-Claude naquela manhã. Maylis estava perdida em pensamentos desde então, consumida pela culpa, lembrando-se de cada situação em que provavelmente o magoou. Estava vivendo as agonias dos condenados, e Marie-Claude não tinha ideia da enxurrada de sentimentos que suas palavras haviam causado. Quando um dos médicos apareceu na manhã seguinte, Maylis ficou desolada. Ele perguntou se elas queriam que os últimos ritos fossem providenciados. As duas mulheres começaram a soluçar muito e, dessa vez, Marie-Claude permitiu a Maylis que a tomasse em seus braços e a abraçasse.

O padre foi dar a extrema-unção a Gabriel, e depois Marie-Claude e Maylis voltaram para a vigília na sala de espera. Nenhuma das duas se atreveu a voltar para o hotel, com medo de que ele morresse enquanto estivessem fora ou recuperasse a consciência nos últimos minutos. Na noite anterior, as enfermeiras haviam levado travesseiros e cobertores para as duas, e elas usavam um banheiro no corredor que tinha um chuveiro. Maylis foi buscar comida na cafeteria para elas, mas nem sequer tocou em nada. Só tomaram um café e esperaram o inevitável acontecer. Então, durante um dos turnos de Maylis com Gabriel, no horário do almoço, ela viu uma enfermeira correr para chamar o médico depois de observar uma mudança em um dos monitores. Maylis tinha certeza de que era o fim. Então, quando o médico entrou para verificar o monitor, um alarme começou a tocar em outro.

— O que está acontecendo? — Maylis pareceu aterrorizada enquanto o examinavam, e a enfermeira se virou para ela.

— Ele está acordando — sussurrou ela e, ao dizer isso, viu que Gabriel abriu os olhos parecendo confuso. Depois ele os fechou de novo e apagou.

Como Gabriel havia estado consciente por alguns minutos, outro médico apareceu para checar se o respirador deveria ser retirado. Resolveram esperar para ver o que acontecia em seguida.

Ele acordou várias vezes naquela tarde. Em uma delas, quando a filha estava com ele. Maylis também o viu abrir os olhos. Então, às oito horas daquela noite, Gabriel estava completamente desperto. O respirador foi retirado, e sua voz estava rouca quando falou com Maylis.

— ... muito jovem para morrer... — disse ele, piscando para ela, e então murmurou as palavras "eu te amo".

— Eu também te amo — falou ela, percebendo o significado daquelas palavras. Maylis segurou a mão dele. — Não tente falar, só descanse.

— Já descansei muito. Você parece cansada — comentou ele, preocupado com a namorada.

— Eu estou bem.

Mas Maylis parecia quase tão doente quanto ele. Tivera um baita susto. O médico explicou que Gabriel ainda não estava completamente fora de perigo e que poderia ter outra parada cardíaca. Eles queriam fazer a angioplastia o mais rápido possível, mas ele não estava forte o suficiente. Depois disso, deixaram que as duas mulheres ficassem com ele ao mesmo tempo. Estavam tão aliviadas com a melhora que, pela primeira vez em anos, viam-se unidas. Maylis ofereceu seu quarto de hotel para Marie-Claude aquela noite. Ela queria ficar com Gabriel. A mulher mais jovem admitiu que ficaria grata por uma boa noite de sono e aceitou a oferta. Maylis decidiu dormir mais uma noite na sala de espera, para o caso de Gabriel piorar. De um jeito estranho, a explosão de Marie-Claude aliviara a tensão que havia se acumulado entre elas por anos.

Gabriel estava bem melhor pela manhã. Suas bochechas estavam coradas, a pressão sanguínea estava boa, e ele respondia bem à medicação que estava recebendo para o coração. Theo ficou animado pelos relatórios da mãe e até falou com Gabriel ao telefone.

— Estão fazendo um grande barulho por nada — disse ele a Theo. — Você sabe como os italianos são.

Mas Maylis disse que os médicos haviam sido ótimos e que tinham salvado a vida dele. E não havia dúvidas sobre isso. Então, à noite, ela foi para o hotel e dividiu o quarto com Marie-Claude, pois não havia mais nenhum quarto vago.

— Me desculpe, estava muito brava com você quando cheguei. Sei quanto meu pai te ama... eu só não sabia que você o amava tanto assim. Agora vejo que sim. Você deveria dizer isso a ele em algum momento — falou ela com mais gentileza, agora que as coisas haviam se acalmado.

Maylis tinha feito exatamente aquilo no momento que Gabriel recuperou a consciência, desculpando-se profusamente pela forma como o havia tratado durante todo aquele tempo. Ela prometeu ir a Paris com ele quando o namorado estivesse melhor. Jurou que as coisas mudariam a partir daquele dia. Maylis estava infinitamente grata por Gabriel estar vivo.

Os médicos conseguiram fazer a angioplastia na semana seguinte. A cirurgia foi bem-sucedida e desobstruiu a artéria bloqueada. A discussão seguinte foi sobre onde ele iria se recuperar. Marie-Claude queria que o pai voltasse para Paris, e Maylis queria cuidar dele em St. Paul de Vence. No final, foi Gabriel quem tomou a decisão. Ele queria ir para casa com Maylis e ficar com ela, mas prometeu à filha que, quando se sentisse mais forte, iria a Paris com Maylis, assim ele esperava, e passaria algumas semanas lá. Mas, por enquanto, o médico queria que Gabriel ficasse no hotel, em Florença, por pelo menos mais uma semana. Gabriel ainda não havia tido alta para viajar de avião, nem para dirigir até St. Paul de Vence. Maylis tomou providências para que alguém fosse dirigindo o carro na volta.

Gabriel estava irritado com a demora em ir para casa, mas as duas mulheres o convenceram a não se precipitar. Maylis inclusive fez com que ele se lembrasse de que havia destino pior do que passar uma semana em Florença em um hotel cinco estrelas. Ela conseguiu uma grande suíte com uma vista espetacular na cobertura e, quando Gabriel saiu do hospital, já estava mais forte, caminhando sozinho e emocionado com a linda suíte. Os três jantaram no quarto naquela noite e, no dia seguinte, Marie-Claude voltou para casa. Ao ir embora, deu um abraço apertado em Maylis, fazendo Gabriel levantar uma sobrancelha.

— Nunca pensei que veria isso um dia — comentou ele, referindo-se à filha, que criticara Maylis abertamente durante anos.

— Fizemos as pazes enquanto você estava dormindo — explicou Maylis, sem contar mais detalhes, sabendo que Marie-Claude agora estava convencida de que ela realmente amava Gabriel, mais do que nunca, depois do susto.

Enquanto isso, Theo estava tomando conta do restaurante fazia três semanas e, durante esse tempo, não havia pisado no estúdio. Estava monitorando os livros contábeis, gerenciando a equipe, coordenando os menus com o chef, conversando direto com a florista e recebendo relatórios da mãe a cada hora em Florença. E, quando Maylis e Gabriel voltassem para a casa, ela ficaria cuidando do namorado à noite. Era quase fim de maio, e Theo já conseguia se ver gerenciando o restaurante por mais um mês. Não ficou feliz com essa perspectiva, mas não havia nada que pudesse fazer a respeito. Ele não queria se queixar com ela. A mãe estava ocupada com Gabriel e mal tinha tempo para si mesma.

Um dia, Theo mal pôde acreditar quando, numa reserva para cinco pessoas para aquela noite, viu o nome de Vladimir. Dar de cara com o russo era a última coisa de que precisava no momento. Porém, sentia-se pronto para encarar Natasha e estava decidido a não se deixar abalar com a presença dela. Ele finalmente estava em paz com o fato de a russa pertencer a Vladimir. Não havia escolha a não ser aceitar a situação, e Theo estava muito ocupado para ficar pensando nela. A vida real agora era mais importante do que suas fantasias. E, sabendo o que ela realmente sentia pelo russo, sabia que era melhor mesmo esquecê-la.

Ele estava preparado para encará-la quando Vladimir entrou com um grupo de homens, às nove horas. Chegaram em uma van, e quatro guarda-costas ficaram do lado de fora do restaurante. Natasha não estava com ele, o que era quase um alívio para Theo. Os quatro homens que o acompanhavam eram russos e pareciam ser empresários. Eram o tipo de homens com quem Theo imaginava Vladimir fazendo negócios. Mas o magnata se destacava entre eles. Parecia mais simpático e estava mais bem-vestido. Aquele grupo era a base de poder russo.

Vladimir lançou ao artista um olhar mordaz quando eles entraram. Theo designou os melhores garçons para atender a mesa deles e enviou uma rodada de bebidas de cortesia. Os cinco homens pediram vodca, incluindo Vladimir, e não pararam de beber a noite toda. O magnata pediu vinhos de 2 mil dólares. Ao final da refeição, todos acenderam charutos. Theo viu que eram Partagás, então mandou servir conhaque para eles. Vladimir parecia satisfeito com o jantar quando o grupo se levantou para sair. Da Lorenzo havia se tornado seu novo restaurante favorito. Ele parou e disse algo aos outros em russo quando estavam saindo e depois os conduziu pela casa para ver as pinturas. Theo não tinha ideia do que ele havia dito, mas provavelmente não fora algo ruim, pois o grupo parecia impressionado quando saiu. O rapaz sabia que havia alguns quadros expostos que Vladimir ainda não tinha visto, pois sua mãe havia trocado algumas obras por alguns itens favoritos de seu acervo particular. Quando o magnata estava saindo do restaurante, parou e disse algo a Theo enquanto os outros se dirigiam para a van. Os olhos de Vladimir traziam uma espécie de advertência que Theo fingiu não entender.

— Qual o preço daquela da mulher com o garotinho? — perguntou ele com arrogância a Theo. Como já havia comprado uma das pinturas de Lorenzo, tinha certeza de que poderia adquirir outro quadro, se quisesse. A obra no qual estava interessado pertencia a uma série que Lorenzo fizera de Maylis com Theo quando o filho ainda era criança. Era uma pintura adorável e uma das favoritas de sua mãe.

— O quadro não tem preço, senhor. Faz parte da coleção particular da Sra. Luca e é uma pintura muito importante para ela. Não está *mesmo* à venda.

— Eu sei que não está à venda — disse ele a Theo de forma conspiratória. — A grande questão é o preço. — O magnata não estava usando um intermediário desta vez, já que sabia quem Theo era.

— Dessa vez, receio que não. Ela não vai vender aquele quadro nem nenhum outro dessa coleção. — As outras telas da série estavam no estúdio, mas havia pelo menos meia dúzia de quadros novos nas paredes do restaurante. E a tela que Vladimir queria era a pintura que Maylis mais amava. — Tem um valor sentimental enorme para ela.

— Ela vai vender — afirmou o russo, os olhos inflexíveis quando encarou Theo, segurando um charuto perto do rosto. O pintor permaneceu cortês e profissional mas firme, e notou algo de ligeiramente ameaçador no tom de Vladimir.

— Realmente não está à venda — reafirmou Theo com um pouco mais de firmeza. — E não acho que ela vá vender outro quadro tão cedo, depois do último.

— Me ligue amanhã para me dizer o preço — insistiu Vladimir com um brilho no olhar.

— Não tem preço — respondeu Theo, dizendo as palavras com cuidado, ao perceber um olhar de raiva na expressão de Vladimir. Ele parecia um leão prestes a atacar.

Por um instante, Theo se perguntou se o homem bateria nele e isso fez com que se questionasse se Vladimir alguma vez já olhara para Natasha desse modo. De repente, Theo havia se tornado um obstáculo entre o russo e o que ele queria, e nada iria detê-lo. O artista deu um passo para trás a fim de se proteger e, com um grunhido de raiva, Vladimir entrou apressado na van onde os outros estavam esperando por ele. Os guarda-costas entraram atrás e eles foram embora. Foi um momento desagradável. Vladimir não tinha sido tão educado como de costume, pois não havia conseguido a pintura. Após a vodca, o vinho e o conhaque, o temperamento do homem estava pouco contido. Era por isso que ele parecia tão irritado com Theo. Mas a verdade era que havia algo mais que álcool em seus olhos — havia raiva por Theo não ter concordado em dar a Vladimir o que ele queria. O russo parecia capaz de voar no pescoço do pintor.

Theo ainda estava pensando nisso quando apagou as luzes, trancou o restaurante e ligou o alarme. Ficou aliviado por não ter dado de cara com Natasha naquela noite. Achou que estava pronto, mas a verdade era que não tinha tanta pressa de ver se realmente estava certo, e lamentava que Vladimir tivesse escolhido o Da Lorenzo para jantar com sua tropa. O grupo era estranho. Se Theo não soubesse quem eles eram, poderia supor que eram bandidos. Vladimir podia até disfarçar suas origens, mas não conseguia esconder quem realmente era quando olhava para Theo. O jovem pintor esperava que eles não voltassem tão cedo ao restaurante. Mas só o que realmente importava, pensou, quando entrava em casa, era que Gabriel havia sobrevivido, e que ele e a mãe logo estariam em casa. O resto era o resto. Pelo menos uma vez na vida, o Sr. Stanislas não conseguiu o que queria. Theo sorriu consigo mesmo. Foi uma bela vingança por Vladimir ter a mulher que ele queria. A pintura não estava à venda.

Capítulo 10

O telefone tocou na manhã seguinte, logo após as sete horas. Theo abriu os olhos e se deparou com um dia ensolarado. Naquela manhã, só queria dormir, mas agora que estava gerenciando o restaurante, a equipe frequentemente ligava para ele. Ele nunca entendia como a mãe conseguia fazer aquilo sem ter um surto. Era como dirigir uma escola de crianças malcriadas, que discutiam sobre tudo, não conseguiam se dar bem umas com as outras nem tomar uma decisão por conta própria. Ele sabia que a ligação era do restaurante. Não ficou satisfeito por ter sido acordado tão cedo. Havia saído de lá de madrugada, após o breve confronto com Vladimir. Além disso, a equipe da cozinha levara mais tempo na limpeza do que de costume. E ele havia prometido à mãe que seria o último a sair do restaurante todos os dias.

A ligação era de um dos sous-chefs que havia chegado mais cedo. O chef tinha ido ao mercado de peixe às seis da manhã e os dois estavam limpando peixe fazia meia hora. Estavam esperando para ligar para ele em um horário um pouco mais digno. O sous-chef parecia nervoso, então Theo fez um esforço para ficar mais desperto e parecer alerta.

— O que houve?
— Fatima disse que temos um problema.

— Que tipo de problema? — Theo estava com a testa franzida. A única coisa que o deixava preocupado de verdade era a possibilidade de um vazamento na casa antiga, o que poderia danificar as pinturas. Eles tinham seguro, mas uma pintura danificada não poderia ser substituída.

— Ela disse que você precisa vir para cá.

— Por quê? O que aconteceu? — Fatima era a encarregada da limpeza. Era portuguesa, quase não falava francês, e os dois filhos, que trabalhavam com ela, não falavam absolutamente nada do idioma. — Pode, pelo menos, me dizer o que há de errado?

O sous-chef quase chorou quando contou.

— Doze quadros estão fora das paredes. — Sua voz estava embargada quando ele falou. — Fatima quer saber se foi você quem os tirou.

— Não, não tirei. O que você quer dizer com "fora das paredes"? Eles caíram? Estão danificados? — Parecia estranho, pois as telas eram aparafusadas às paredes. Theo afastou as cobertas e se sentou na cama. Era óbvio que ele tinha de ir para lá. O que o sous-chef estava dizendo não fazia nenhum sentido.

— Não estão danificados. Sumiram. Alguém desaparafusou todos. O alarme estava desligado quando entrei, o que achei estranho, a menos que você tenha esquecido de ligá-lo ontem à noite... mas isso nunca aconteceu antes. — Theo tinha certeza de que não tinha esquecido de ligá-lo. Era muito rigoroso em relação a isso. — Sumiram. Desapareceram. Alguém os levou. Achei que a porta tivesse sido arrombada, mas tudo estava em ordem quando entramos. Só os 12 quadros sumiram.

— Ah, meu Deus. — Theo se sentiu tonto quando se levantou. Nada parecido com isso havia acontecido antes. — Chame a polícia. Estarei aí em dez minutos.

Ele não perdeu tempo perguntando quais obras estavam faltando. Mas como alguém poderia roubá-las? O sistema de alarme do restaurante era de última geração, tinha laser, câmeras de vigilância e uma linha direta com a polícia. Eles tinham cerca de 300 milhões de dólares em obras de arte na casa, o alarme era infalível ou, pelo menos, era o que haviam lhe informado.

Ele vestiu uma calça jeans e uma camisa, enfiou o pé numa sandália e escovou os dentes correndo. Saiu sem pentear o cabelo, pegou apenas o celular e as chaves do carro, mas esqueceu a carteira em cima da mesa da cozinha. No caminho, parou na casa em que a mãe morava, o antigo estúdio do pai, onde a maior parte de sua coleção ficava, para ver se também tinha sido roubada, mas tudo estava intacto por lá, o alarme estava ligado e nada havia sido mexido.

Voltou para o carro e dirigiu apressadamente até o restaurante. Entrou correndo na antiga casa e logo viu os espaços vazios que restaram. As paredes estavam intactas. Os ladrões não haviam arrancado os parafusos — foram removidos por profissionais. Theo pensou em pedir a todos que não tocassem em nada, caso houvesse impressões digitais. Mas ele não tinha dúvidas. Tinha sido roubado por ladrões de arte altamente treinados que sabiam o que estavam fazendo. Todas as pinturas que a mãe havia colocado recentemente em exposição, incluindo a que Vladimir quis comprar na noite anterior, haviam desaparecido. Mas isso não era obra de bandidos comuns, era trabalho de profissionais.

Ele ficou no escritório enquanto esperava que a polícia olhasse as gravações das câmeras de segurança da noite anterior. Só havia estática. Os ladrões conseguiram desativar as câmeras, de modo que não registrassem nada do roubo. Não havia provas. Elas pararam de gravar uma hora depois que Theo foi embora e não registraram nada por quase duas horas. Aparentemente, foi durante esse tempo que as 12 pinturas foram removidas. Theo estava em estado de choque quando os dois inspetores entraram no escritório para conversar com ele depois de examinarem a cena do crime. Ainda não havia ligado para a mãe, pois não sabia o que dizer. Precisava de mais informações da polícia antes de lhe contar qualquer coisa. Talvez os policiais suspeitassem de alguém.

Dois inspetores tinham vindo de Nice e faziam parte de uma equipe que investigava roubos de grande porte e que patrulhava toda a costa, onde havia mais assaltos a residências. Joias, objetos de arte e grandes quantidades de dinheiro eram roubados frequentemente. Às vezes os assaltantes faziam até reféns. Um dos inspetores era mais velho e tinha cabelos grisalhos. O outro devia ter uns 30 e poucos anos, e ambos pareciam ser experientes. Eles perguntaram o valor aproximado das pinturas que faltavam e se eram de artistas variados.

— Não, todas eram de um artista só. Meu pai, Lorenzo Luca. Todas as pinturas aqui são da coleção particular da minha mãe, e o valor das 12 que desapareceram deve somar cerca de 100 milhões de dólares. — Os investigadores não pareciam surpresos, estavam acostumados a roubos em grandes mansões ao longo da costa em Cap-Ferrat, Cap d'Antibes, Cannes e outras áreas abastadas. St. Tropez ficava em outro distrito, em Var, e Mônaco era um país separado e tinha sua própria força policial. — Houve algum outro roubo significativo de obras de arte recentemente? Isso pode ter sido orquestrado por alguma quadrilha que vocês conheçam?

Muitos dos bandidos mais perigosos eram do Leste Europeu, e a polícia conhecia todos, mas os policiais disseram que nenhum deles havia operado desde o inverno anterior. Este havia sido o primeiro grande roubo nos últimos tempos.

A área foi fechada, e o restaurante, interditado. Uma equipe de técnicos e especialistas apareceu meia hora depois para coletar impressões digitais e examinar o sistema de alarme e as câmeras. Theo pediu ao outro sous-chef que ligasse para todos os clientes que tinham reserva para aquela noite e cancelasse, dizendo que acontecera um acidente e que o restaurante estaria fechado.

Já havia passado do meio-dia quando os dois inspetores encarregados chegaram com notícias para Theo. Não havia impressões digitais. O alarme foi desativado eletronicamente, e bem provável que de outro lugar, por controle remoto, assim como as câmeras.

Todos os dispositivos de alta tecnologia foram paralisados durante o período em que aconteceu o roubo e religados depois.

— A única boa notícia — disse o inspetor mais velho — é que essas pessoas sabiam o que estavam fazendo e provavelmente não danificaram as pinturas ou as destruíram. Entraremos em contato com todos os nossos informantes. Alguém certamente vai tentar repassar essas telas no mercado negro ou vendê-las de volta para você a um preço bem mais alto.

— Ou sequestrá-las — disse Theo, prestes a cair em prantos.

Havia um grande mercado negro de artes, movimentado por colecionadores sem escrúpulos, ansiosos para adquirir os trabalhos de um grande artista a qualquer preço, mesmo sabendo que nunca poderiam exibi-los, pelo simples prazer de possuí-los. Como os quadros de Lorenzo raramente eram vendidos, passaram a ser bastante cobiçados por esses tipos de compradores. Algumas pessoas fariam qualquer coisa para ter aquelas pinturas.

— Gostaríamos de envolver a Interpol no caso. Também tenho o contato de uma pessoa do departamento de artes em Paris. Queríamos que um deles viesse até aqui. Posso garantir a você que vamos fazer tudo que estiver ao nosso alcance para encontrar seus quadros e recuperá-los. O tempo é essencial, temos que correr agora, antes que as telas sejam enviadas para a Rússia, América do Sul ou Ásia. Enquanto permanecerem na Europa, temos mais chance de rastreá-las. Vamos precisar de fotos das obras para colocar na internet e distribuir por toda a Europa. — Aquele era um dos maiores roubos de obras de arte dos últimos tempos. Houve apenas um comparável àquele, dois anos antes. Roubos de joias eram mais comuns, pois eram mais fáceis de dividir em pedras soltas. Obras de arte eram muito mais difíceis de se vender e transportar, e eram facilmente identificadas. — Vamos continuar investigando, isso posso garantir. Você precisa contratar seguranças para vigiar a casa. — Theo também queria seguranças na casa da mãe.

Ele ainda precisava ligar para a seguradora e avisar a mãe. O inspetor deu a ele o número do caso para que passasse para a companhia de seguros, e ainda havia policiais coletando evidências pela casa quando Theo entrou no escritório para telefonar. Precisava fazer isso, não podia mais postergar. Quando estava prestes a ligar para Maylis, pensou em uma coisa: Vladimir. Ele foi atrás do inspetor, que confirmou que a porta dos fundos havia sido aberta. Estavam investigando todos os funcionários. Não haviam descartado a possibilidade de que fosse um trabalho interno, que um dos funcionários tivesse ajudado alguém vendendo informações sobre o sistema de segurança. Fatima estava chorando enquanto seus filhos eram interrogados. Ela ficou horrorizada ao pensar que alguém poderia achar que eles pudessem cometer algum crime, e um policial estava tentando explicar a ela que todos os funcionários seriam investigados, e não apenas os filhos dela.

— Isso pode parecer loucura — disse Theo ao inspetor mais velho, em voz baixa. — Mas Vladimir Stanislas esteve aqui ontem à noite com quatro russos. Ele queria comprar um dos quadros, mas eu falei que a obra não estava à venda. Ele comprou uma das telas da minha mãe há um ano, a um preço bem alto. A tela também não estava à venda na época, mas ela acabou aceitando a oferta dele. Eu sabia que ela não venderia a que ele estava querendo agora. Ele foi embora com raiva. Bom, só achei melhor mencionar isso. Talvez queiram falar com ele. O iate dele geralmente fica em Antibes. Provavelmente está lá agora.

O inspetor achou graça daquilo.

— Acho que Stanislas poderia pagar qualquer preço para ter o que quisesse, legalmente.

— Não se o que ele quer não estiver à venda — insistiu Theo. — Minha mãe não venderia essas telas. A que ele queria estava entre as 12 que foram roubadas.

— Acho que podemos presumir que seja coincidência — disse o inspetor com tom condescendente. Para ele, Vladimir Stanislas podia parecer um homem difícil, mas não era ladrão de arte.

— Não acho que possamos presumir nada — retrucou Theo de forma obstinada.

— Teremos isso em mente — disse o inspetor mais velho voltando para perto dos outros agentes, que ainda trabalhavam na perícia. Eles estavam dividindo a casa e examinando todos os outros quadros em busca de impressões digitais, mas não haviam encontrado nada até aquele momento.

Theo então ligou para a seguradora, e eles disseram que mandariam os próprios investigadores naquela noite, incluindo dois da Lloyd's de Londres, que tinham uma política de coparticipação para as pinturas. Em seguida, ligou para a mãe, em Florença. Quando atendeu a ligação, Maylis disse que estavam almoçando na varanda da suíte e que Gabriel estava bem melhor.

— Mãe, tenho algo péssimo para te contar. — Ele foi direto ao assunto. — Roubaram alguns quadros aqui ontem à noite. Ladrões profissionais desarmaram o nosso sistema.

— Ah, meu Deus. — Parecia que Maylis ia desmaiar. — Quais eles levaram?

As pinturas eram como filhos para ela. Era como dizer que seus filhos tinham sido sequestrados. Theo contou a ela quais eram os 12 quadros e tudo o que a polícia lhe disse. Falou também que inspetores de Paris e os agentes da seguradora iriam ao restaurante e que parecia que os policiais estavam fazendo um bom trabalho. Só não revelou suas suspeitas sobre Vladimir, porque era apenas uma suposição e a polícia não o tinha levado a sério. Maylis parecia estar com o coração partido e mostrara-se extremamente agitada. Ela tratou logo de contar a Gabriel tudo o que havia acontecido. O marchand rapidamente pegou o telefone para falar com o rapaz. Ele parecia muito mais calmo do que Maylis e conseguiu tranquilizar Theo.

— Durante toda a minha carreira, só soube de uma pintura roubada que não foi recuperada. Os especialistas em investigar roubos de arte são muito bons. E o trabalho do seu pai é muito característico e bastante conhecido. Eles vão encontrar os quadros. Pode demorar um tempo, mas vão.

Theo se sentiu um pouco aliviado ao ouvir aquilo e achava bom a mãe estar escutando também.

— Vou mantê-los informados sobre a investigação — prometeu.
— Sinto muito por sobrecarregar vocês com essa notícia.

— Sinto muito que você tenha que lidar com isso — disse Gabriel, solidário. — Você vai ficar mais ocupado ainda. Deveria fechar o restaurante por um tempo. — Maylis, que ainda estava ao lado do namorado, concordou.

— Cancelei as reservas dessa noite. Não sabia o que ia acontecer, mas você tem razão. Imagino que a imprensa vai aparecer aqui a qualquer momento — disse Theo e, uma hora depois, os jornalistas estavam lá, com câmeras e carros das emissoras.

Queriam uma entrevista com o filho do famoso artista, que disse que não tinha nada a declarar naquele momento, exceto que havia sido um crime chocante e devastador. O La Colombe d'Or enviou uma nota de pesar ao Da Lorenzo. Eles funcionavam ali perto e poderiam ter sido roubados também, pois eram tão vulneráveis quanto o Da Lorenzo e também tinham obras de arte muito valiosas. Esse foi o maior crime que já havia acontecido em St. Paul de Vence, disseram os noticiários mais tarde. Inez ligou para Theo naquela noite e deixou uma mensagem na caixa postal. Disse que sentia muito pelo que acontecera. O rapaz estava ocupado e não conseguiu falar com ela quando ligou. Ficou com os inspetores da seguradora no restaurante até a meia-noite, e os policiais voltaram no dia seguinte, juntamente com a equipe de Paris.

Parecia que a vida de Theo tinha sido tomada por alienígenas. Ele não tratou de nada além do roubo das pinturas durante a semana toda, e sua mãe ligava sem parar. Resolveu fechar o restaurante e cancelar as reservas da semana, depois decidiria o que fazer. No quinto dia, o inspetor-chefe o apresentou a dois novos oficiais que se juntaram à equipe de investigação. Eles eram mais novos que os outros e pareciam mais agressivos. Queriam falar com vários dos funcionários novamente e passaram um pente-fino na cena do crime, à procura de pistas. A policial Athena Marceau parecia extremamente brilhante e regulava idade com Theo. Steve Tavernier, seu parceiro, era um pouco mais jovem. Eles fizeram um milhão de perguntas ao pintor e depois disseram que dariam um retorno a ele. O rapaz sabia que também estava sendo investigado. Queriam ter certeza de que ele não estava dando um golpe no seguro. Então Theo relatou aos dois novos oficiais suas suspeitas em relação a Vladimir. Steve não ficou impressionado, mas Athena se mostrou intrigada.

Os dois detetives conversaram sobre o assunto depois, sozinhos, durante um intervalo, quando saíram para buscar café e pegar alguns produtos químicos que precisavam para a investigação. O restaurante e a casa principal pareciam um laboratório e uma loja de sucata de alta tecnologia com todos aqueles equipamentos.

— Isso é loucura — disse Steve a Athena. — O cara está chateado. Ele acusaria qualquer um.

— Já vi tanta coisa doida acontecendo. Quando eu trabalhava em Cap-Ferrat, há alguns anos, investiguei um caso de um cara que roubou 10 milhões em obras de arte do vizinho e matou o cachorro dele porque o homem dormiu com a esposa dele. Tem muita gente louca por aí.

— Talvez o próprio Luca tenha feito isso. Também acontece. Por causa do dinheiro do seguro. Cem milhões é muita grana.

— Acho que não — retrucou ela, séria. — Não há nada que sustente essa teoria.

— Você está de brincadeira? Cem milhões de seguro? Ele deve ser o nosso principal suspeito.

— Ele não precisa disso. Os quadros do pai dele valem muito mais do que isso, e ele tem bastante dinheiro no banco. Nós checamos. Ele só parece ser um sem-teto, mas é rico. Parece que ele não penteia o cabelo há uma semana, mas não é quem estamos procurando.

— Você só acha isso por que ele é bonito — Steve a provocou.

— É verdade. — Ela sorriu para o parceiro. — Se ele penteasse o cabelo e colocasse roupas decentes, ficaria um gato. Imagino como ele não deve ser quando não está correndo de um lado para o outro feito um maluco. Você não quer ir ver aquele iate? Podemos falar com Stanislas por desencargo de consciência. Nunca se sabe o que pode aparecer. — Ela sorriu com malícia, e seu parceiro riu e balançou a cabeça ao ouvir a sugestão.

— Precisamos de autorização, e o inspetor-chefe certamente ia querer ir até lá por conta própria. Ele não nos mandaria em seu lugar.

— Talvez sim. Podemos perguntar. Quem sabe? Talvez Luca esteja certo. Ele acha que Stanislas pode ter tido algo a ver com isso. Tenho certeza de que o russo não é nenhum santo. Pessoas com tanto dinheiro como ele nunca são.

— Acho que o Luca está louco. Stanislas poderia comprar todos os quadros do restaurante se quisesse.

— Não se as obras não estivessem à venda. Você viu todas aquelas placas de "não está à venda"? Nem mãe nem filho querem vender nada daquilo. Quem sabe? Isso poderia ter deixado Stanislas irritado, como Luca disse. Esses russos são pessoas difíceis e têm amigos da pior espécie.

— Não Stanislas. Porra! Ele provavelmente é o cara mais rico do mundo.

— Então acho que eu gostaria de conhecê-lo. Talvez ele seja gato — falou ela, provocando o parceiro de novo. — Você não gosta de barcos?

— Não, fico enjoado.

— Mas no dele você não vai ficar. É maior que um hotel. Vamos até lá.

Steve Tavernier revirou os olhos, mas estava acostumado com Athena. Os dois trabalhavam juntos fazia três anos, e Athena Marceau seguia todas as pistas e as investigava a fundo. Ela era uma mulher inteligente e incansável na busca por justiça, e muitas vezes estava certa. A dupla tinha um histórico impressionante, razão pela qual fora designada para o caso. Eram menos acomodados que os demais investigadores. Para Athena, a menor pista deveria ser investigada, e o número de prisões que havia feito era surpreendente. Steve gostava de trabalhar com ela. Ela lhe dava autoconfiança quando desvendava um caso, por isso ele fazia tudo o que ela pedia. Confiava no instinto dela. Athena ainda não tinha nada sobre esse caso, mas estava disposta a verificar qualquer coisa. E um passeio pelo barco de Stanislas era um excelente início de investigação. Ela falou com o inspetor-chefe na mesma tarde e pediu permissão não para revistar o barco, e sim para ter uma conversa com Vladimir, uma vez que ele havia estado no restaurante no dia do roubo. O inspetor deu de ombros, dizendo que ela estava louca em levar a suspeita adiante, mas concordou em deixá-los ir.

— Só não o façam perder a paciência nem o acusem de nada. Não quero uma queixa na minha mesa amanhã — advertiu o inspetor-chefe.

— Pode deixar, senhor — disse ela, mas seu parceiro sabia que a resposta não valia de nada. Athena sempre fazia o que queria e depois bancava a inocente com seus superiores, e muitas vezes se safava.

Decidiu que apareceria no iate sem avisar. Conseguiu reservar um barco da polícia e, duas horas depois, ela e Steve estavam a caminho do *Princess Marina*, ancorado perto do Hôtel du Cap.

— E se eles nem nos deixarem entrar no barco? — perguntou Steve, nervoso. Athena não estava nem um pouco preocupada. Parecia ansiosa para isso.

— Não tem problema, atiramos neles — brincou ela. — Escute o que vou dizer: ele vai ser extremamente simpático com a gente. Certamente vai querer passar uma boa impressão para nos convencer de que não tem nada com isso.

Eles pararam na área de carga e descarga das docas, nos fundos do barco. Athena mostrou o distintivo aos marinheiros, sorrindo para eles ao sair, descalça, do barco da polícia, segurando os saltos e mostrando parte das pernas ao erguer a saia para subir a bordo.

Explicou que estavam ali para conversar com o Sr. Stanislas e que precisavam da ajuda dele para investigar um roubo de obras de arte, notícia que havia saído em todos os jornais. Steve deixou que ela falasse, como sempre fazia. Athena era sedutora em sua abordagem, nem parecia policial. Os marinheiros estavam encantados com ela. Ela e Steve ficaram esperando enquanto um dos tripulantes foi ao convés superior checar se Vladimir poderia recebê-los.

Um momento depois, o marinheiro voltou dizendo que iria levá-los para o andar de cima. Ela lançou a Steve um olhar astuto e seguiu o rapaz até um elevador. Subiram cinco andares até chegar a um bar externo, onde Vladimir e Natasha tomavam uma taça de champanhe. Steve e Athena foram cumprimentar o russo. Ela estendeu a mão para ele e lhe agradeceu profusamente por recebê-los. Vladimir fez um sinal para Natasha, que se levantou. Ela usava um body cor-de-rosa que combinava perfeitamente com seu tom de pele e ressaltava suas curvas. Steve olhava para ela com admiração, mas a expressão no rosto de Natasha era impassível. Já Athena concentrou-se em Vladimir enquanto uma comissária de bordo lhes oferecia champanhe. Natasha desceu as escadas em silêncio para o convés inferior. Athena achou aquilo estranho, e Steve ficou decepcionado por não ver mais a bela jovem por perto. A policial olhou para o relógio antes de tomar um gole do champanhe.

— Quando sairmos daqui, não estaremos mais em horário de trabalho, então aceito, sim. Obrigada.

Steve também aceitou uma taça. Athena começou a jogar todo o seu charme para cima de Vladimir, que ficou encantado com ela. Em determinado momento, ela abordou o roubo das telas, fingindo estar meio sem graça em tocar no assunto. Já que estava ali, Athena tinha de pelo menos fingir fazer seu trabalho. Deixou claro que só tinham indo falar com ele para conhecê-lo e ver o iate, o que deixou Vladimir todo orgulhoso. Só que ele também não era tolo. Os dois policiais estavam jogando com ele, e eram bons nisso.

— Isso foi lamentável. Comprei um dos quadros do Luca no ano passado. Uma obra muito bonita. Vi uma outra da qual gostei muito dia desses, quando estive no restaurante para jantar. — Ele sabia que era por isso que os policiais estavam ali. — É impossível negociar com os Lucas. Eles conseguiram congelar o mercado das obras de Lorenzo.

— Mas por quê? — perguntou Athena, em tom inocente.

— Para elevar seus preços. Um dia, eles vão começar a vender. Parece que querem estabelecer uma margem alta agora. No fim das contas, esse roubo não será ruim para eles. Isso só tornará o trabalho de Lorenzo Luca mais cobiçável. Talvez tenha sido um estratagema inteligente por parte da família. Pessoas ligadas ao mundo das artes são capazes de algumas coisas muito estranhas. Vocês não podem deixar nada disso passar. Muita coisa ainda pode surpreendê-los.

— Então você acha que os quadros não foram roubados?

— É difícil dizer. Não sei. Só sei que existem pessoas muito estranhas nesse mundo, com ideias meio malucas.

— Talvez você tenha razão. — Em seguida, Athena começou a fazer perguntas sobre o iate e ficou fascinada ao descobrir que Vladimir estava construindo um novo barco, ainda maior. Os três ficaram conversando por mais uma hora, e então Athena ergueu a taça e se levantou. — Me desculpe, já tomamos muito do seu tempo. Sua hospitalidade foi irresistível. — Ela sorriu para o magnata e reparou no olhar que ele lhe deu quando ela se virou para Steve.

— Volte quando quiser — disse Vladimir calorosamente, colocando uma mão em seu ombro. — Espero que solucionem logo o caso. Bom, tenho certeza de que vão. Em algum momento, quem as roubou vai querer vendê-las. E seria uma pena se ninguém nunca mais visse esses quadros, embora isso torne a tela que eu tenho ainda mais valiosa. — O magnata riu quando disse isso, e Athena agradeceu-lhe novamente quando um tripulante os acompanhou até onde o barco da polícia estava esperando.

Athena deixou uma parte das pernas à mostra novamente quando entrou no barco. Vladimir acenava para os dois policiais do convés superior, que sorriam para ele. Em seguida, Athena e Steve viram Natasha de pé ao lado do magnata, e então ambos se viraram e desapareceram.

— Cacete. Você viu que mulher? — perguntou Steve para Athena. — Ela é linda. Quem você acha que ela é? Será que é garota de programa ou namorada dele?

— Melhor do que isso. Provavelmente a amante dele. Aquela mulher é de uma raça muito especial. Um lindo pássaro com asas cortadas. Você viu o sinal dele para ela sair? Vladimir a tem sob rédeas muito, mas muito curtas, e ela faz o que ele quer. Não há dinheiro suficiente no planeta que me faça aceitar isso.

— Bem, perdemos o nosso tempo — comentou Steve, ao se recostar no assento —, mas o barco é maravilhoso. Parece mesmo um enorme hotel de luxo. Ou maior. É quase um transatlântico.

— Não perdemos o nosso tempo — argumentou ela, parecendo pensativa. O largo sorriso desapareceu. Athena estava trabalhando. O champanhe não a atrapalhou, pois só tinha tomado alguns goles.

— Ah, qual é! Não me diga que você acha que ele roubou os quadros! — Steve achou graça. — Se pensa isso, você está doida. Por que ele faria uma coisa dessas? Ele pode comprar o que quiser. Por que arriscaria ser preso por roubar quadros?

— Porque homens como Vladimir Stanislas nunca são pegos. Eles têm sempre alguém para fazer o trabalho sujo. E não estou dizendo que foi ele quem roubou, não. Apenas acho que ele teria coragem para fazer isso. Mas, se fez ou não, nós vamos descobrir. Só que o cara é esperto.

— Você também. Por um minuto, achei que você estava dando em cima dele.

— Ele também. — Athena se lembrou da mão de Vladimir em seu ombro. — Nem em cem milhões de anos eu ficaria com ele. Já o artista que parece um sem-teto... com ele é outra história. Me deixe sozinha com ele num quarto para você ver do que sou capaz.

— Você não acha que Theo Luca fez o que Vladimir sugeriu, não é? — perguntou Steve em tom sério.

— Não, isso foi só um jogo de Stanislas para criar dúvida na nossa cabeça. Só que ele não conseguiu. Mas foi uma boa jogada.

— Um dos colegas de Athenas a ajudou a sair do barco quando eles chegaram ao deque em Antibes. Dessa vez, ela não deixou as pernas à mostra. Um minuto depois, ela e Steve estavam novamente no carro, a caminho do restaurante.

— Você não disse que não estaríamos mais no horário de trabalho quando saíssemos do barco? Tenho um encontro hoje à noite.

— Cancele. Temos trabalho a fazer — anunciou ela, parecendo distraída.

— Você está é a fim do Luca.

— Talvez — comentou ela, sorrindo para Steve enquanto voltavam para St. Paul de Vence, não para falar com Theo, e sim para investigar a cena do crime novamente. Athena tinha algumas novas suspeitas que queria checar. Steve sabia que aquela seria uma longa noite. Com Athena, sempre era.

Assim que o barco da polícia se afastou e Natasha voltou para o convés superior, olhou para Vladimir, surpresa.

— Um dos rapazes disse que eram da polícia. O que eles queriam?

Normalmente, ela não teria perguntado, mas, como não se tratava de negócios e Natasha estava curiosa, resolveu arriscar. A jovem tinha lido sobre o roubo dos quadros no Da Lorenzo e sabia que Vladimir havia jantado no restaurante naquela semana com alguns de seus sócios de Moscou.

— Foi só uma visita. Eles queriam conhecer o barco — respondeu Vladimir, parecendo despreocupado. — O roubo foi uma boa desculpa.

— Eles encontraram alguma coisa? — perguntou Natasha, intrigada com o roubo. Aquilo era uma estranha coincidência. Vladimir havia comprado um quadro da viúva do pintor e o filho dele tinha feito um retrato de Natasha. Isso pareceu algo pessoal.

— Provavelmente ainda não descobriram nada. É muito cedo ainda — falou ele, mudando de assunto em seguida. Contou a Natasha sobre uma pintura pela qual fizera um lance naquela semana e mostrou um catálogo de arte a ela. Era um Monet. — Vou comprar para o barco novo. Para o nosso quarto. O que acha?

— Acho você incrível. O homem mais brilhante do mundo.

Natasha sorriu para Vladimir, que se inclinou e a beijou. Ele não contou a ela que tentara comprar outra tela de Lorenzo na noite anterior ao roubo dos quadros, nem que Theo se negou a vendê-la. Vladimir estava cansado dos jogos do rapaz.

— E pretendo conseguir o Monet — continuou ele. — Você sabe que sempre consigo o que quero.

O quadro custaria uma fortuna, mas o magnata não se importava. Os dois conversaram sobre o assunto por mais um tempo, até que ele sussurrou algo para Natasha, fazendo-a sorrir. Um momento depois, ela o acompanhou até o quarto. Tinham coisas melhores a fazer do que falar sobre um roubo de quadros ou pensar na polícia.

Capítulo 11

No dia seguinte, o inspetor-chefe perguntou a Athena sobre a visita a Vladimir, e ela lhe relatou que não dera em nada, o que não o surpreendeu. Vladimir Stanislas não era quem eles estavam procurando.

— Foi o que pensei — comentou ele, todo cheio de si. — Você não acha mesmo que ele pode ser um suspeito, não é? — perguntou o inspetor. A policial tinha boa reputação. Ela não pensava como os outros, e quase sempre estava certa.

— Ainda não descartei essa possibilidade. Mas, provavelmente, não.

Ela estava sendo honesta com o chefe. Teria sido uma ótima maneira de encerrar o caso, mas, mesmo se o magnata russo estivesse metido naquilo de alguma forma, ela sabia que seria difícil provar seu envolvimento. Bom, não seria impossível, e sim difícil, e levaria tempo. Mais do que uma breve visita ao barco.

— E o filho do pintor? Luca?

— Ele também não teve nada a ver com o roubo.

Apesar de não suspeitarem de Theo, ela e Steve foram conversar com ele de novo. Athena contou a Theo que haviam feito uma visita a Vladimir no iate.

— O que você achou? — perguntou o jovem artista, tenso.

— Ele é uma pessoa difícil, mas provavelmente não é quem estamos procurando. E a mulher que está com ele... Você sabe de alguma coisa sobre ela?

— Ela é amante dele. É russa. Está com ele há oito anos.

— Você a conhece? — Athena parecia interessada.

— Eu a vi algumas vezes com ele. Tivemos pouco contato. Conversei mais com ela quando fui entregar um quadro do meu pai para eles e outra vez quando levei uma das minhas telas para ela.

— Você tem uma foto desses quadros? — perguntou a policial, sem saber exatamente por que, apenas deixando a curiosidade falar mais alto. Theo hesitou com a pergunta e, então, imprimiu duas fotos arquivadas no computador. Athena pareceu assustada quando viu o retrato de Natasha, pois a reconheceu imediatamente. — Ela posou para você ou isso foi feito a partir de uma fotografia? — Tinha alguma coisa ali, mas Athena não sabia bem o quê.

— Nenhum dos dois. Fiz de cabeça, depois que a vi no restaurante. Ela tem um rosto bem marcante. — Athena assentiu. Tinha de concordar com ele; a russa tinha um corpo incrível também. Mas algo na mulher a irritava. A policial não conseguia se conformar por ela ter sumido no iate depois de um comando de Vladimir.

Athena fez mais algumas perguntas a Theo e, logo depois, ela e Steve, que não estava tão atento, foram embora.

— Descobriu alguma coisa? — perguntou Steve enquanto acendia um cigarro

Athena fez uma careta.

— É nojento trabalhar com você, sabia? — Ela apontou para o cigarro. — Acho que aqui o enredo se complica.

— Como assim?

— Não sei como aconteceu, ou como ele conseguiu, nem se ela sequer sabe disso... Mas Theo está apaixonado por aquela mulher.

— Que mulher? — Steve parecia confuso.

— A que estava no barco. A amante do Stanislas.

Steve assobiou.

— Bem, isso é interessante. Será que Stanislas sabe disso?
— Meu palpite é que ele sabe.
— E como você descobriu isso?
— Luca pintou um retrato dela, e esse quadro está com ela. Homens como Stanislas sempre sabem de tudo e não deixam nada barato. Ela pode estar na merda. Pessoas como esse russo nunca lidam bem com o que consideram "traições" e têm regras muito rígidas.
— Eu diria que dormir com outro homem poderia ser chamado de traição.
— Eu não disse que ela dormiu com ele. Falei que Theo Luca está apaixonado por ela. É diferente. Mas isso poderia ser ruim para ela.
— Ele contou para você que está apaixonado por ela?
— Claro que não.
— Jesus! Que povo complicado. Você deve ser tão doida quanto eles para ter deduzido isso.
— É para isso que somos pagos — disse Athena, sorrindo para o parceiro.

Gabriel e Maylis voltaram de Florença uma semana após o crime, e as coisas começaram a ficar mais calmas. Havia várias equipes especializadas em roubos de obras de arte trabalhando em inúmeras cidades para desvendar o sumiço, mas nenhuma pista tinha aparecido. Não havia nenhum sinal dos quadros. Então, a conselho de Gabriel, Theo reabriu o restaurante. Mas agora eles tinham seguranças na casa dia e noite.

Maylis instalou Gabriel no estúdio com ela, e Theo ficou aliviado por vê-lo tão bem. Resolveu compartilhou com a mãe e com o marchand suas suspeitas sobre o envolvimento de Vladimir no roubo dos quadros. Gabriel achava que seria muito difícil ligar o russo ao crime, talvez até mesmo impossível. Mas Theo estava convencido de que tinha dedo de Vladimir naquilo. Ele se perguntou se as pinturas não estariam no barco. Seria o lugar perfeito para escondê-las. Mas a polícia havia dito a ele que não tinha nenhum indício forte o bastante que justificasse um mandado de busca ao iate de Stanislas, e até Athena achou improvável que o russo fosse realmente o responsável pelo roubo. Só um louco faria isso. Ou um grande criminoso. Theo achava que ele era as duas coisas e havia, inclusive, dito isso à polícia.

A única coisa que consolava Maylis da tragédia de perder 12 pinturas de Lorenzo era o fato de Gabriel estar se recuperando muito bem. Theo ainda estava gerenciando o restaurante, pois a mãe tinha receios de deixar o namorado sozinho à noite. Maylis se sentia profundamente feliz por Gabriel ter sobrevivido e o estava enchendo de carinho. O relacionamento deles havia florescido. No fim das contas, o ataque cardíaco do marchand foi um ponto de virada para todos eles.

Theo estava colaborando com a seguradora e seus investigadores todos os dias, mas, até então, eles não haviam descoberto nada além do que a polícia já sabia. Nem Athena e Steve encontraram qualquer pista. Enquanto trabalhavam com as poucas informações que tinham e continuavam interrogando os funcionários, o *Princess Marina* navegava para longe. Isso deixava Athena incomodada, mas, por outro lado, não havia nada que ligasse Vladimir ao crime.

O milionário sugeriu a Natasha que eles fizessem uma viagem à Croácia. Ela gostou da ideia. Os dois ficariam alguns dias em Veneza na volta. Planejavam ficar fora pelo resto do mês de junho. Não tinham motivo para permanecer em Antibes. Além disso, Vladimir ficava inquieto ancorado por muito tempo.

O cruzeiro para a Croácia foi pacífico e relaxante, mas, uma vez lá, seus passeios em terra firme foram chatos e bem menos interessantes do que Natasha esperava. Ela achou as pessoas pouco amigáveis também. Havia algo de triste naquele lugar, as cicatrizes da guerra ainda eram visíveis, e Natasha estava ansiosa para chegar a Veneza. Ela e Vladimir decidiram voltar mais cedo do que o planejado e pediram ao comandante que o iate navegasse um pouco mais rápido. Certo dia, passaram por um pequeno cargueiro maltratado que os saudou, mostrando sinais de dificuldade. A embarcação navegava sob a bandeira turca. A tripulação do iate estava prestes a colocar um pequeno barco no mar para ajudá-los quando alguns seguranças disseram a Vladimir que tinham certeza de que o cargueiro estava ocupado por piratas. Os homens do magnata estavam monitorando atentamente a embarcação com binóculos e tinham visto que os integrantes da tripulação no convés estavam armados. Quando os seguranças advertiram Vladimir, Natasha, que estava perto dele, ouviu. A jovem pareceu assustada quando o russo se virou para ela com uma expressão severa, pois aquilo nunca havia acontecido antes.

— Desça imediatamente para a sala segura — ordenou ele.

Vladimir pediu aos guarda-costas que distribuíssem as armas que tinham a bordo. Os homens rapidamente recolheram o barco. Natasha desceu as escadas correndo. Assim que viu os seguranças distribuindo armas automáticas para a tripulação, ouviu tiros.

A porta da sala de armas estava aberta, então ela viu toda a movimentação e reparou em uma dúzia de pinturas embrulhadas no canto da sala. Não teve tempo de prestar muita atenção, mas, na mesma hora, suspeitou do que se tratava. Principalmente porque havia contado 12 telas. Natasha tinha certeza de que eram as pinturas de Lorenzo Luca. Vladimir havia roubado os quadros, ou mandado alguém fazer isso. Então, de repente, os olhos de Natasha se arregalaram quando percebeu o que aquilo significava. Ela correu para a sala segura, como Vladimir havia mandado, e se trancou lá. Havia comida, água, uma pequena geladeira, sistema de comunicação, um vaso sanitário e uma pia em um cômodo separado. A porta da sala segura era blindada e à prova de balas, e não havia vidros ou janelas. O local tinha sido projetado para mantê-los em segurança em uma tentativa de sequestro ou em casos de ataque, como o que suspeitavam que estava prestes a ocorrer.

Havia uma cama estreita na qual ela se deitou. Ao pensar nas 12 pinturas cuidadosamente embrulhadas na sala de armas, sentiu o coração acelerar. Vladimir a chamou pelo sistema de rádio do quarto seguro instantes depois e disse que estava tudo bem. O incidente fora evitado. O cargueiro já havia ficado para trás, e o *Princess Marina* se movia a toda a velocidade. Os piratas não haviam conseguido invadir o iate, mas Vladimir queria que ela ficasse no quarto seguro por mais um tempo. Ele não parecia preocupado e disse que logo desceria. Mas ela só conseguia pensar nos embrulhos que viu na sala de armas. Tinha certeza de que eram as pinturas roubadas. Era muita coincidência haver 12 quadros escondidos em uma sala trancada. Nunca imaginou que Vladimir fosse capaz de roubar, mas via agora que era. Só que Natasha não tinha ideia do porquê. Será que ele fizera aquilo simplesmente pelo prazer de ter aquelas obras? Para vendê-las? Para punir os Lucas de alguma forma? Para ficar quite com Theo por ter feito o retrato dela? Nada daquilo fazia sentido. De repente, ela se perguntou se havia motivado o roubo de algum modo. Será que não deveria ter aceitado o quadro de Theo? Teria Vladimir ficado irritado e planejado uma vingança? Mas isso não era justificativa para que ele roubasse 12 pinturas de tão alto valor. Vladimir havia lhe contado que tentara comprar um dos quadros expostos no restaurante na noite que foi jantar lá sem ela e até confessou que ficou com raiva de Theo por insistir que a tela não estava à venda. Mas roubar só para se vingar era loucura. Natasha começou a se perguntar do que Vladimir era capaz. Sentiu pena de Theo e da mãe dele, mas não havia nada que pudesse fazer a respeito. Não podia contar a ninguém, senão Vladimir corria o risco de ser preso. E, abrisse a boca, o magnata saberia que ela o havia entregado. Seria traição da parte dela, e não havia como imaginar o que ele faria com ela se isso acontecesse. Por outro lado, a bela jovem não queria que os Lucas ficassem sem suas pinturas. Quando Natasha se viu naquele dilema, sentiu que sua vida estava em jogo. Não estava disposta a arriscar tudo o que tinha por 12 quadros, mas, se não procurasse a polícia, seria tão culpada quanto Vladimir pelo roubo. Sua mente estava girando quando o russo apareceu, duas horas depois. Ela parecia pálida e abalada.

— O que houve? — perguntou, parecendo preocupada.

— Eram piratas. Estão sempre por aí. Felizmente, nossos homens perceberam o perigo logo, antes que eles tivessem chance de embarcar no iate. E fomos rápidos demais para eles. Estão muito atrás de nós agora. Vamos relatar isso às autoridades. A polícia vai ficar de olho neles. Não eram turcos, pareciam romenos, na verdade. Foi ousadia da parte deles ter tentado nos dar um golpe.

Natasha assentiu, assustada com o incidente — e com o que tinha visto na sala de armas. Será que sua vida estava tomando outro rumo? Ela tinha consciência de que poderia ter sido assassinada.

— Ouvi tiros — comentou ela.

— Foram apenas tiros de aviso, em seguida aceleramos os motores. Ninguém ficou ferido — ele a tranquilizou. Vladimir parecia calmo, embora tivesse agido muito rápido assim que foi avisado do que estava prestes a acontecer.

— Atiramos em alguém? — perguntou Natasha em um sussurro enquanto o seguia para o andar de cima.

— Não. — Ele riu. — Quer que eu volte e atire neles? — perguntou o russo enquanto a abraçava, tentando acalmá-la.

Vladimir estava pensando no que o chefe da segurança havia acabado de lhe dizer. O homem relatou que viu Natasha olhar para dentro da sala de armas quando desceu correndo e tinha certeza de que ela vira os quadros embrulhados no canto. O segurança achou que Vladimir deveria saber disso. Mas o empresário não estava convencido de que ela saberia o que de fato estava escondido no cômodo, no calor daquele momento de perigo. E, se Natasha tivesse mesmo reparado nas pinturas, uma hora ela iria lhe perguntar o que eram aqueles embrulhos. Ela não havia dito uma palavra sobre o assunto. O russo confiava nela, mas, por outro lado, sabia que ela também era inteligente e podia, em algum momento, se perguntar sobre aquilo. Tudo mudou quando ela viu os quadros, e agora Natasha representava um grande risco. Mas Vladimir não tinha como ter certeza se ela sabia de fato o que vira.

Eles estavam navegando mais perto da costa àquela altura, em contato com a guarda costeira local, indo em direção a Veneza a uma boa velocidade. E, quando ele a viu dormindo na cama naquela noite, convenceu a si mesmo de que ela nunca suspeitaria dele, nem mesmo desconfiaria de que naqueles embrulhos estariam os quadros de Lorenzo. Ela jamais suspeitaria de que Vladimir seria capaz de roubar obras de arte. Ele tinha certeza de que Natasha nunca descobriu que ele fez aquilo para punir Luca por se recusar a lhe vender a pintura que queria. Já era hora de aquela família aprender uma lição. Ele ainda não havia decidido o que faria com os quadros. Mas gostava de saber que agora eram dele. Aquilo lhe dava um sentimento extraordinário de poder, de tomar o que queria. Ninguém poderia determinar o que ele não poderia ter. O russo não permitia que ninguém ditasse regras para ele, nem que o controlasse. Pagava o que fosse pelo que queria. Ou tomava à força se lhe fosse negado.

Chegaram a Veneza dois dias depois, após uma viagem vigilante. Dobraram a quantidade de seguranças e ficaram em alerta o tempo todo. Todos os oficiais, seguranças e marinheiros permaneceram armados para o caso de o cargueiro estar em conluio com outro barco que cruzaria o caminho do *Princess Marina*, mas nenhuma embarcação apareceu. Aqueles que estavam armados permaneceram em plena vista no convés. A tripulação só guardou as armas quando o barco estava chegando a Veneza, trancando-as novamente na sala. Natasha estava no convés com Vladimir, admirando Veneza ao longe, e não passou perto da sala de armas outra vez.

A jovem ficou aliviada por estar novamente em um lugar civilizado. Seu quase encontro com os piratas a deixara nervosa. Para acalmá-la, Vladimir foi fazer compras com ela em Veneza. Eles visitaram várias igrejas e as atrações locais, jantaram no Harry's

Bar, e o milionário a levou a um passeio de gôndola e a beijou sob a Ponte dos Suspiros. Depois voltaram para o barco e seguiram para a França.

Durante a viagem, Natasha pensou bastante, tentando decidir o que fazer. Não tinha dúvidas do que vira na sala de armas. A única coisa que não sabia era como os quadros foram parar lá. Também não tinha ideia de quem procurar, ou se deveria contar a alguém suas suspeitas. Não havia questionado Vladimir sobre o que tinha visto. Não se atreveria. Para piorar a situação, ele estava sendo mais amoroso com ela do que nunca, o que tornou sua decisão ainda mais difícil.

Natasha ainda tinha o número de Theo em um pedaço de papel guardado em sua carteira, mas sabia que, se ligasse para ele, poderia ter seu telefone ou qualquer número que usasse rastreado, e Vladimir poderia descobrir que foi ela quem o denunciou. A jovem não queria que nada de ruim acontecesse com ele, mas gostaria muito que Theo e a mãe recuperassem as pinturas. Eles não mereciam aquilo. O que Vladimir tinha feito era errado. A jovem estava certa de que ele roubara os quadros e odiava saber disso. Aquilo havia se transformado em um fardo enorme para ela. Não havia como negar o que tinha visto. Precisava pensar direitinho. Natasha não notou que Vladimir a observava.

— Você está bem? — perguntou ele quando chegaram ao Mediterrâneo novamente. Ela parecia preocupada, e Vladimir não sabia por quê.

— Não gostei nada do que aconteceu. — Ela estava se referindo aos piratas e parecia preocupada. — E se eles tivessem conseguido embarcar? Provavelmente teriam nos matado.

Ela deixou claro que havia ficado assustada. Vladimir também fora pego de surpresa. Ficou chateado com o fato de a sala de armas ter sido deixada aberta e que Natasha tivesse passado em frente à porta na hora errada, com as pinturas totalmente à vista. Estavam embrulhadas, mas eram claramente suspeitas. Só que ela não tinha comentado nada sobre o assunto com ele. Natasha só pensava nos piratas. Vladimir se perguntou novamente se, tomada pelo pânico, ela realmente viu as pinturas. O chefe da segurança estava certo de que sim e contou a Vladimir que ela, inclusive, parou por um instante tão logo as viu. Mesmo assim, o russo não estava convencido. Não era do feitio de Natasha guardar segredo dele.

— É por isso que temos armas a bordo — explicou Vladimir, em um tom de voz calmo. — Para o caso de situações como essa. — Mas podia ver que ela ainda estava angustiada.

Natasha só relaxou novamente quando ancoraram em Antibes. O casal havia ficado fora por três semanas. Nem saber que o russo arrematou o Monet no leilão deixou Natasha animada.

Maylis estava se revezando com Theo no restaurante para que ele tivesse um tempinho de folga, e Gabriel já se sentia bem melhor e fazia longas caminhadas todos os dias. Havia sido um período muito estressante para ele, e agora precisava de um descanso.

Um dos colegas de Athena na polícia contou a ela que o iate estava de volta à cidade. Ela abordou o assunto com Steve no dia seguinte.

— Não temos nenhum motivo para ir até lá de novo — disse o policial. — Nenhuma evidência aponta para Vladimir.

Até aquele momento, não havia nenhum suspeito, na verdade, nem sinal dos 12 quadros roubados. Nenhum de seus informantes tinham notícias das obras, o que Athena achava estranho. E cada funcionário do restaurante foi meticulosamente investigado. Ninguém da força-tarefa, nem mesmo da seguradora, achava que se tratava de um trabalho interno. Mas, claramente, o crime era obra de profissional.

— Eu não me importaria de trocar uma ideia com a amiguinha dele — disse Athena, pensativa. — Se ele permitir. — A policial tinha a sensação de que Vladimir não permitiria o encontro, o que explicava o motivo pelo qual mandou Natasha sair quando ela e Steve foram falar com ele.

— Não sei aonde você quer chegar com isso. Ela não roubou os quadros. Por que roubaria? — questionou Steve, pensando que, pela primeira vez, Athena estava olhando na direção errada.

— Talvez ela saiba de alguma coisa.

Mas mesmo Athena podia ver que estava forçando a barra. Ao seguir dirigindo para Antibes, no dia seguinte, ela avistou o barco no momento que um helicóptero decolava do heliponto do iate e se perguntou se Vladimir estaria a bordo. Seria ótimo se o russo tivesse saído no helicóptero. Se ela pudesse ficar sozinha com a jovem, talvez as duas se conectassem. Ela olhou para Steve e ganhou um novo fôlego.

— Arranje um barco. Vamos fazer uma visita ao iate.

— Agora? — Ele estava cansado, ambos haviam tido um longo dia e estavam dando um tiro no escuro.

— Sim, agora!

Meia hora depois, estavam em um barco da polícia, seguindo novamente para o deque de carga e descarga do *Princess Marina*. Athena novamente lançou mão de seu sorriso mais vitorioso e pediu à tripulação que chamasse Vladimir, exatamente como na primeira vez. Um dos marinheiros disse que o russo havia acabado de sair. Athena parecia decepcionada, e então perguntou se Natasha estava no iate — Theo havia mencionado o nome dela. O tripulante disse que não tinha certeza se a jovem estava a bordo mas iria verificar. Um instante depois, Steve e Athena estavam subindo no *Princess Marina* outra vez. Natasha parecia nervosa quando os viu, pois não sabia se Vladimir gostaria que ela falasse com a polícia. Mas ela também não podia se recusar a receber com os detetives. Bom, ela pensava que não tinha esse direito. Estava assustada com a visita e com os possíveis futuros desdobramentos da conversa. E se eles soubessem de algo e a acusassem de ser cúmplice, já que as pinturas estavam no barco e ela também? E se a detivessem e ela fosse para a prisão? Só de pensar naquilo já sentia calafrios. Natasha ainda não havia decidido o que fazer sobre o que vira na sala de armas, a quem deveria contar aquilo ou se devia a Vladimir seu silêncio. Muito menos o que significaria para ela não contar a ninguém o que tinha visto. Ela não se atreveu a entrar em contato com Theo, mas podia imaginar sua angústia.

Natasha recebeu Athena no convés superior. A policial começou a conversa perguntando sobre o retrato que Theo tinha feito dela e se a jovem havia gostado.

— É muito bonito — respondeu a russa, sorrindo. — Ele é muito bom. — Athena concordou com a cabeça, esperando que Natasha relaxasse. Podia ver que a jovem estava nervosa mas não tinha certeza do porquê. Talvez não tivesse permissão para conversar com ninguém sem a presença de Vladimir. Ele parecia mantê-la reclusa. Athena perguntou se ela conhecia Theo havia muito tempo. — Nada — respondeu ela rapidamente. — Só o vi algumas vezes. Eu nem sabia que ele era filho de Lorenzo Luca até ver o meu retrato e ler uma breve biografia dele em uma exposição que visitei em Paris. — Ela não podia mencionar o almoço, pois não queria que Vladimir descobrisse.

— Então vocês não são amigos?

Natasha balançou a cabeça, negando, e pareceu preocupada.

— Ele disse que somos? — Ela estava surpresa.

— Não, não disse — respondeu Athena, sendo honesta. Ela não queria mentir para a jovem e deitá-la assustada. Não conseguia entender o porquê, mas tinha a sensação de que Natasha sabia de alguma coisa. Ela seria capaz de dar um mês de salário para poder ler a mente da russa. — Mas ele parece ser um cara legal. Está muito chateado com o sumiço das pinturas do pai, como você deve imaginar. É muito chocante perder 12 obras de arte valiosas de uma só vez. — Especialmente quando as obras valem 100 milhões de dólares, pensou Athena, mas não verbalizou.

— Deve ser horrível — concordou Natasha, parecendo chateada também. E então olhou para Athena. — Você acha que vão encontrá-las? — Ela esperava que sim, só não queria que Vladimir fosse preso por isso. De repente, sentiu-se dividida.

— Não sei — respondeu Athena em voz baixa. — Ladrões de obras de arte são bem imprevisíveis. Às vezes, as pessoas as escondem pelo simples prazer de saber que as obras são delas. Ou ficam com medo de serem descobertas e as destroem. Às vezes até fogem para outros países. Tudo depende do motivo do roubo. Seria o ladrão um amante da arte frustrado por não poder comprá-las ou o crime foi motivado por vingança? Ou para fazer dinheiro? Não sabemos por que os quadros foram roubados, o que torna tudo mais difícil. — O roubo estava prestes a completar um mês, e não havia nenhuma pista dos ladrões. Natasha assentiu, pensativa, enquanto escutava. — Você tem alguma ideia do que possa ter acontecido? — perguntou a policial de forma inocente, e Natasha balançou a cabeça com um olhar triste, como se não quisesse discutir o assunto.

— Não, não tenho. — Ela desejou que Athena parasse de olhar para ela como se soubesse de algo. Os olhos da policial pareciam penetrar diretamente no cérebro de Natasha e dilacerar sua consciência. A jovem não parava de pensar no que tinha visto. Queria muito, na verdade, não ter visto nada, pois sabia que o que Vladimir fizera fora errado. Mas não queria traí-lo. Ele sempre fora bom com ela. Por outro lado, Vladimir havia roubado 100 milhões de dólares em obras de arte e, se alguém descobrisse, ela poderia ser acusada de ser cúmplice no crime. Por que eles estavam ali agora? Talvez suspeitassem dela. — Quase fomos atacados por piratas na Croácia — contou ela, tentando mudar de assunto, e Athena pareceu chocada.

— Que horror. Deve ter sido assustador.

— Foi mesmo. Mas conseguimos escapar, e ninguém foi ferido. — Natasha ainda parecia aterrorizada e se lembrou novamente da sala de armas. Athena podia perceber que algo a perturbava.

— Poderia ter sido muito perigoso se eles tivessem embarcado — comentou Athena, espantada com o fato de a bela russa parecer ser tão jovem. A policial tinha a sensação de que a amante de Vladimir nunca falava com estranhos e levava uma vida totalmente isolada.

— Eu sei — Natasha quase sussurrou, lembrando-se dos piratas e das pinturas. E então, sentindo-se tomada por uma onda de compaixão por Theo, soube o que tinha de falar. Aquilo não estava certo, e ela não queria ser conivente com o crime. Desejava que Theo recuperasse as pinturas do pai. E, para piorar, Vladimir não havia roubado uma, e sim 12 telas. — A tripulação precisou pegar em armas. Nós mantemos tudo em uma sala trancada, para emergências — contou Natasha, olhando diretamente para Athena.

Então a jovem se levantou, como se tivesse de ir a algum lugar, e Athena entendeu que a visita havia acabado.

Tinham voltado à estaca zero. O que quer que a jovem soubesse — e Athena tinha certeza de que ela sabia de alguma coisa — obviamente não ia contar. Natasha a conduziu para o andar superior e, no meio do caminho entre dois níveis, virou-se para a policial e falou baixinho.

— Acho que elas estão na sala de armas. Eu as vi.

E então continuou descendo a escada, sem expressar nenhuma reação, como se não tivesse dito nada. Athena inicialmente ficou chocada, mas não reagiu, e pareceu descontraída e animada enquanto seguiam até a área de carga e descarga. Agradeceu a Natasha por tê-la deixado subir a bordo. Athena sabia que a jovem havia acabado de se colocar em risco dando-lhe a informação e não queria complicar as coisas para ela. Tinha sido uma atitude incrivelmente corajosa. Ambas foram formais ao se despedirem, e Athena pareceu até distraída quando ela e Steve entraram no barco da polícia. Steve havia ficado lá embaixo para conversar com a tripulação e tentar descobrir alguma pista. Athena queria ficar sozinha com Natasha, pois não sabia se a jovem era tímida. E a conversa tinha sido ótima sem um homem presente. Ainda estava impactada com a aparente inocência da russa e ficou muito eufórica com o que ela havia lhe contado, mas não demonstrou.

Eles estavam a meio caminho da costa quando Steve lhe fez a pergunta cuja resposta já sabia. Estava estampada no rosto de Athena.

— Nada de novo, não é? — Ela esperou até que os dois saíssem da lancha para responder em voz baixa.

— Estão no barco. Agora, só o que precisamos fazer é conseguir um mandado. Não vou dizer quem me contou, só que eu sei. Não quero colocar Natasha em perigo. Vladimir pode machucá-la, ou coisa pior.

Athena estava profundamente preocupada com a jovem, pois entendia a posição em que a moça se encontrava. Sentia-se na obrigação de protegê-la e, de alguma forma, Natasha entendeu que podia confiar nela, por isso contou.

Steve ficou chocado.

— Espere aí! Ela disse que os quadros estão no barco? — Athena apenas assentiu. — Você *tem* que contar como descobriu isso. Não vão liberar um mandado para você revistar o iate de um milionário sem justificativa. Ele nunca foi acusado de nada na vida. Você vai ter que revelar sua fonte — argumentou Steve com um olhar determinado, ainda sem acreditar que Athena havia conseguido tirar alguma informação de Natasha.

— Ele nunca foi pego antes, essa é que é a verdade. Provavelmente ficaríamos horrorizados se soubéssemos o que já fez na Rússia. Se eu revelar minha fonte, ele a mata. Não vou arriscar. Não me importo com o valor dessas porcarias de pinturas. Não vou trocar a vida dela por um bando de quadros. Só Deus sabe do que esse homem é capaz. Ele não vai levar na boa se descobrir que ela o entregou. — A policial estava muito séria quando falou, e Steve sabia que ela tinha razão.

— Ele vai ser preso. Ela vai estar segura.

— Talvez não. Talvez ele mande alguém matá-la. Ou a gente faz do meu jeito ou não faz, e isso também serve para você. Ela é minha fonte! Se você colocar a vida dela em risco, eu mato você.

— Está bem, está bem. Relaxe. Você só não vai conseguir um mandado sem revelar de onde tirou essa informação. E ele vai fugir com tudo se você não conseguir permissão para revistar o iate.

— Espere só para ver — disse ela, com um olhar determinado.

Naquela tarde, Athena foi direto ao inspetor-chefe, mas ele lhe disse que seria impossível conseguir um mandado com base em um informante não identificado. Ele não acreditava nela e tinha medo de que estivesse apenas dando um tiro no escuro, uma vez que se recusava a revelar sua fonte. — Você vai ter que me dar mais do que isso — insistiu ele.

— Não dá. É o máximo que posso revelar. Mas procede, eu juro. Você vai querer que ele fuja? Por que ninguém tem coragem de me dar um mandado?

— As coisas são assim. Traga algo mais sólido. Nenhum juiz vai expedir um mandado com o que você tem.

Durante três dias, Athena insistiu com o inspetor-chefe, mas de nada adiantou. Nesse meio-tempo, Vladimir voltou de Londres e o comissário-chefe lhe contou sobre a visita da policial. O empresário questionou Natasha durante o jantar na noite em que voltou. Havia contado a ela que vira seu novo Monet em Londres e que era espetacular.

— O que aquela policial queria saber?

— Queria saber sobre o quadro do Lorenzo que você comprou, se conhecíamos os Lucas. Eu disse que não. Que só vimos mãe e filho no restaurante. Contei sobre os piratas na Croácia, e ela disse que podia ter sido muito perigoso para nós. A policial comentou também que ainda não tem pistas sobre o roubo dos quadros. Você sabia que algumas pinturas nunca mais aparecem?

O magnata assentiu, satisfeito com a resposta. Natasha parecia inocente como sempre e muito mais preocupada com os piratas do que com os quadros.

— Ela perguntou mais alguma coisa?

— Na verdade, não. Ela parece ser bem esperta. Acho que vai acabar recuperando os quadros e descobrindo quem os roubou.

— Ela é inteligente. — Vladimir concordou com Natasha, mas não gostou do fato de Athena ter ido falar com ela quando ele estava fora. — Você não precisa recebê-la se ela aparecer por aqui de novo. — Natasha assentiu de forma obediente.

— Ela queria falar com você. Só me chamou porque você não estava aqui. Então achei que deveria recebê-la. Afinal de contas, ela é da polícia. — A russa parecia uma criança falando aquilo.

— Mas você não precisa recebê-la se ela voltar. Não temos nada a ver com esse assunto. Essa mulher já esteve aqui duas vezes. Chega! Não temos nada para contar. Essa moça só está sondando e quer contar para os outros que esteve no barco. Você sabe como as pessoas são.

Natasha assentiu e olhou para o próprio prato, empurrando a comida de um lado para o outro. Não estava com fome.

Três dias se passaram desde a visita de Athena, e nada aconteceu. Natasha se perguntou o que a polícia faria agora. Ela estava uma pilha de nervos desde então. Naquela noite, disse que estava com dor de cabeça e foi para a cama, mas não conseguiu dormir. Vladimir trabalhava em seu escritório, e ela ouviu um dos barcos sair logo depois da meia-noite, o que não era comum. Perguntou-se quem estaria a bordo. Provavelmente uma parte da tripulação, embora fosse tarde para eles também, ou talvez tivessem ido buscar alguém na costa, mas não ouviu o barco voltar. Quando Vladimir foi se deitar, ela já estava dormindo. Ele não a acordou para transar, apenas a beijou. Ela sorriu enquanto dormia.

Capítulo 12

Theo estava dormindo quando a polícia ligou, às sete da manhã. Estava acostumado a ser acordado agora. Sempre acontecia alguma coisa. Ele não tinha uma boa noite de sono fazia um mês e não havia pisado no estúdio durante todo esse tempo. Gerenciava um restaurante agora, não tinha mais tempo de pintar.

Era o inspetor-chefe ao telefone. Queria que Theo fosse para o restaurante imediatamente e não disse mais nada. O jovem entrou em pânico, com medo de que tivesse ocorrido outro roubo. Praticamente voou para o Da Lorenzo em seu carro.

O inspetor-chefe estava esperando por ele na frente do restaurante e foi direto ao assunto. Contou a Theo que os dois seguranças haviam sido atingidos por armas tranquilizantes na noite anterior e que ficaram inconscientes durante algumas horas, mas estavam bem agora. Chamaram a polícia quando acordaram. Naquele exato momento, estavam sendo atendidos por paramédicos em uma ambulância estacionada perto do restaurante. Theo estava se preparando para ouvir que as outras pinturas haviam desaparecido. Ele entrou no restaurante logo atrás do inspetor e olhou para as paredes. Não conseguia acreditar no que estava vendo. Os quadros que haviam sido roubados estavam ali, aparafusados à parede. Como se nada tivesse acontecido. Theo examinou todas as telas. Nenhuma delas estava danificada. Era como se nunca tivessem sido tiradas dali.

— Acha que são cópias ou são mesmo as originais? — perguntou o inspetor.

Theo tinha certeza de que os quadros eram os originais.

— São do meu pai — disse em voz baixa. — O que isso significa?

— Tecnicamente, faz com que todo esse roubo seja uma brincadeira. A investigação foi encerrada. O que realmente aconteceu e por que, nunca saberemos. Ninguém vai falar. Um dos nossos inspetores recebeu uma denúncia de que Stanislas estava com elas, mas nós não conseguimos um mandado para revistar o barco porque a fonte não foi revelada. Acho que foi uma pista falsa. Quem roubou essas pinturas pode ter ficado com medo e então resolveu devolver. Acho que você teve sorte, Sr. Luca.

— Eu também acho — concordou Theo, com um enorme sorriso. Ele apertou a mão do inspetor para lhe agradecer.

Um exército de pessoas estava trabalhando no caso. As pinturas haviam sido devolvidas. Parecia um milagre. Na mesma hora, Theo ligou para a mãe e lhe contou a boa notícia.

Na delegacia, Athena também recebeu uma ligação.

— Você não precisa mais de um mandado — disse o inspetor.

— Como não? Os quadros estão no barco.

— Se estavam, agora não estão mais. As 12 pinturas foram devolvidas. Alguém atingiu os dois seguranças com dardos tranquilizantes e entrou no restaurante para colocar tudo de volta no lugar ontem à noite. Mesmo *modus operandi*: desativaram o alarme e as câmeras. Mas tudo fica bem quando acaba bem. Chegamos ao fim. Bom trabalho.

A policial não sabia dizer se ele estava sendo sincero ou zombando dela. Athena não conseguia raciocinar. O que aquilo significava? Ela se perguntou se Stanislas desconfiara de Natasha. Será que percebeu que não valia a pena correr o risco de ser preso se fosse pego? Ela esperava que Natasha não tivesse confessado que contou a ela que tinha visto os quadros. Athena não tinha como falar com ela sem que Vladimir soubesse, nem achava prudente.

Os noticiários daquela tarde só falaram no assunto. Natasha soube da notícia pela TV e achou tudo muito estranho. Ela se perguntou se o barco que ouviu saindo na noite passada teria sido para isso. Bom, o que importa é que os Lucas haviam recuperado suas pinturas. Ela estava feliz pela família e se perguntou por que Vladimir resolveu devolvê-las. Não imaginava o que o fizera mudar de ideia. Será que a intenção inicial dele era mesmo devolvê-las?

Vladimir e Natasha fizeram amor naquela tarde. Logo depois, ele disse a ela que jantariam às oito horas. Não revelou onde iriam, só que havia preparado uma surpresa. Natasha colocou um vestido novo que Vladimir havia comprado para ela na Dior. A jovem ficou muito elegante. O magnata sorriu para ela e disse que nunca a tinha vista tão bonita. Havia adorado o vestido.

Vladimir saiu do barco primeiro e ficou olhando Natasha desembarcar, auxiliada por um dos tripulantes. Os dois caminharam até o Rolls-Royce. O empresário olhava para a jovem com uma expressão que ela nunca tinha visto antes. Seus olhos eram como gelo, mas seu rosto era uma máscara de pesar.

— Acabou, Natasha. Sei que você viu. Não sei se você contou para aquela mulher, mas não posso correr esse risco. Não vou para a prisão por você, nem por ninguém. Ele deveria ter me vendido a pintura. Teria sido mais fácil para todo mundo. Não posso mais confiar em você. Tenho a sensação de que você disse alguma coisa, mas é só um palpite. Nunca vou saber com certeza. Você pode ficar no apartamento de Paris por um mês. Vou mandar suas roupas que estão no barco para lá. — Natasha olhava para Vladimir sem acreditar no que estava ouvindo. Depois de oito anos, os dois estavam se separando. — Pode ficar com todas as roupas e joias. Você vai conseguir um bom dinheiro com elas se resolver vendê-las. E pode ficar com o que tiver na sua conta bancária. Só peço que não esteja mais no apartamento no final de julho. Vou vendê-lo. Você é uma mulher linda. Ficará bem. Vou sentir sua falta. O avião está esperando por você no aeroporto.

Então, com isso, Vladimir voltou para o barco com a cabeça baixa enquanto a jovem o via partir. Queria correr atrás dele, detê-lo e gritar que o amava, mas não sabia se realmente sentia aquilo. Não conseguia mais admirá-lo depois do que havia descoberto.

Ele a salvou uma vez, mas agora a estava jogando fora. Natasha teria de sobreviver sozinha. Ele não tinha nem mesmo certeza de que ela o havia traído e já estava cortando todos os laços para se proteger. O russo não gostava de correr riscos e achava que não valia a pena se colocar em perigo pela bela mulher. Ela observou a lancha se afastar do cais e voltar para o barco. Vladimir não olhou para trás. A jovem simplesmente entrou no Rolls-Royce com lágrimas escorrendo pelo rosto. Estava sozinha no mundo agora, sem ninguém para protegê-la ou cuidar dela pela primeira vez em anos. Mas, apesar de a ideia ser aterrorizante, ela sabia que o magnata estava certo. Ela ficaria bem.

Vladimir cruzou o convés pensando na jovem, mas não estava arrependido. Não podia arriscar tudo o que havia construído por uma mulher nem por qualquer outra pessoa. Ele ainda se perguntava se Natasha tinha algum tipo de envolvimento com Theo Luca ou se havia contado alguma coisa para a polícia. Nunca saberia. Mas não importava. O problema foi resolvido. Ele havia ensinado uma lição a Luca. Sentiria falta de Natasha, mas não por muito tempo. Então, quando entrou na cabine, não havia mais nenhum pertence da bela mulher lá. Nenhuma lembrança dela.

Capítulo 13

Enquanto o avião de Vladimir a levava para Paris, Natasha se perguntou se a tripulação a bordo sabia que a estavam atendendo pela última vez. Será que tinham sido avisados? Sabiam por que ela estava ali? A russa ainda estava usando seu elegante Dior e parecia que ia a uma festa quando aterrissaram no aeroporto Le Bourget, perto de Paris. Ela se mostrou muito grata a toda a tripulação, embora não tivesse dito uma palavra durante o voo. Ficara encarando a janela, perguntando-se o que aconteceria com ela, o que faria e para onde iria. Não sabia quanto tinha em sua conta no banco ou por quanto tempo o dinheiro duraria. Precisaria verificar tudo o quanto antes. E arrumar um emprego. Seu último emprego fora na fábrica e ela tinha certeza de apenas uma coisa: não voltaria para a Rússia. Quem sabe pudesse conseguir uma colocação em alguma galeria de Paris? Seu coração parou por um minuto quando entrou no apartamento na Avenida Montaigne. Amara decorá-lo, nove meses antes. Cada peça havia sido cuidadosamente escolhida para fazer com que parecesse um lar para ela e Vladimir. Mas, agora, não era mais o lar dos dois. Não podia levar nada dali, apenas seus pertences pessoais. Vladimir tinha sido bem claro em relação àquilo. Apenas as roupas e joias, nada de obras de arte. Mas o retrato que Theo Luca fizera era apenas dela. Vladimir nunca tinha lhe dado obras de arte, pois considerava isso um investimento. E ela não se atreveria a levar qualquer coisa do apartamento sem a permissão dele. Sabia que já era uma baita sorte ele ter deixado que ela ficasse com suas roupas, as joias e os sapatos.

Não conseguiu dormir naquela noite. Ficou perambulando pelo apartamento, tentando entender o que havia acontecido. Vladimir dissera que não podia mais confiar nela depois da traição. Mas ele não sabia de fato se ela o havia traído. Por outro lado, a jovem também nunca mais poderia confiar nele de novo. O magnata havia roubado 100 milhões de dólares em obras de arte. Ela se perguntou o que Vladimir planejava fazer quando roubou os quadros. Mas nunca saberia. A única coisa de que tinha certeza era que ele havia cometido um crime. Ficou chocada quando descobriu quem ele realmente era.

Natasha passou a noite inteira revirando armários e closets pelo apartamento e percebeu que a sugestão dele era boa. Poderia vender muito do que tinha. Não havia nenhum motivo para guardar todas aquelas fabulosas roupas de alta-costura, os casacos de pele, os vestidos de gala e as bolsas Birkins de couro de jacaré com fechos de diamante. Ela não tinha mais onde usar nada daquilo e não se imaginava levando aquela vida com outro homem. Aquela vida, na verdade, era a única que conhecia. Porém, agora, estava disposta a ter uma vida simples, a não depender de ninguém além de si mesma. Poderia usar o dinheiro das vendas de suas roupas e joias para se sustentar, depois que o que tivesse em sua conta bancária acabasse. Teria de ligar para o banco e consultar seu saldo na manhã seguinte.

Ainda estava acordada quando a empregada chegou, às oito. Natasha pediu a ela que conseguisse algumas caixas quando as lojas abrissem. A moça não fez perguntas, então Natasha entendeu que ela sabia o que estava acontecendo. Ludmilla estava muito quieta quando entrou no quarto de Natasha com uma xícara de chá. A jovem estava arrumando as gavetas e pediu à empregada que montasse araras no corredor para que ela pudesse separar as roupas que ia vender. Sabia que acabaria vendendo a maioria das peças. Parecia que estava sendo deportada da vida que conhecia. Havia se tornado praticamente uma refugiada da noite para o dia. Ludmilla não disse nada quando Natasha começou a tirar as roupas dos armários e pendurá-las nas araras. A jovem tentou pensar de maneira organizada, mas tinha de parar de tempos em tempos para recuperar o fôlego e se sentar para descansar. Estava tentando não entrar em pânico e não pensar na expressão e nas palavras do empresário quando ele a mandou embora.

A vida de ouro havia acabado para sempre, e Natasha não sabia se sentiria falta dela ou não. Estava prestes a ter a liberdade que vez ou outra se pegou desejando para fazer o que quisesse. Estava ganhando de volta a vida da qual havia desistido quando aceitou ser amante de Vladimir. Agora podia sair e conhecer pessoas como alguém normal. Não seria mais uma mulher que vivia de acordo com a agenda de um homem, aguardando seus comandos. Mas, em muitos aspectos, achava que havia tido uma vida boa e segura ao lado de Vladimir. Ou talvez estivesse errada? Pensou nas duas mulheres assassinadas no ano anterior, na Sardenha. Elas também haviam sido amantes, eram mulheres cujo único crime fora viver para servir homens que as sustentavam. Apenas estar com homens poderosos já era um risco. Natasha conseguia ver isso naquele momento. Mas não podia pensar naquilo agora. Tinha muito o que pôr em ordem.

Começou a pendurar todos os vestidos em uma arara e os dividiu por designer. Eram todos de alta-costura, e ela viu logo que havia muito para uma arara só. Encheu seis delas com as roupas, todas com etiquetas numeradas para identificá-las. Colocou junto de cada peça os desenhos de apresentação, que havia guardado como lembranças, e fotografias das modelos nos desfiles em que ela e Vladimir foram. Ao meio-dia, havia terminado de separar os vestidos de gala, então fez uma pausa para se deitar por alguns minutos. Logo depois, estava distraída com o que encontrara nas gavetas do quarto: papéis, joias e algumas camisolas, todas de cetim e muito sexy, do jeito que Vladimir gostava. Ao olhar para elas, percebeu, pela primeira vez, o que de fato eram: figurinos de um objeto sexual, usados para despertar o desejo do homem que a sustentava. No fim das contas, ela não tinha sido tão diferente da mãe, apenas mais sortuda e bem-vestida. Mas isso estava prestes a mudar. Não negociaria mais sexo por proteção e estilo de vida. Agora podia entender por que Theo Luca havia lhe feito determinadas perguntas e percebeu o que ele provavelmente pensava dela. Porém, isso não o impediu de pintá-la e de querer conhecê-la melhor. Ele parecia ser um homem digno, e Natasha iria gostar se eles pudessem ser amigos. Pensou em ligar para Theo, no restaurante, para dizer que estava contente pelas pinturas terem sido devolvidas, mas aquilo não pareceu certo. Ela não tinha nada a ver com o roubo. Havia informado à polícia, mas Vladimir as tinha devolvido com a ajuda das mesmas pessoas que as haviam roubado. Fora uma jogada de mestre, sem erros. Uma espécie de vingança por ele não ter conseguido comprar um dos quadros. O russo havia provado que podia fazer o que quisesse.

Ela voltou, então, para sua arrumação. Separou macacões e roupas de inverno, calças e vestidos, e peças que costumava usar nos jantares em Londres e em Paris. Havia um arco-íris de cores nas araras, nos mais variados tecidos. Todas as peças eram extraordinárias e maravilhosamente costuradas. Levou o dia inteiro para tirar todas as roupas das araras e só se lembrou de ligar para o banco no final da tarde. Precisava saber quanto tinha na conta. Parecia uma grande quantia para Natasha, até perceber que um único vestido de alta-costura dela valia bem mais do que tudo que tinha no banco. Porém, se fosse cuidadosa, conseguiria sobreviver com aquele dinheiro por um tempo. Ela nunca havia pagado aluguel em Paris, nem em qualquer outro lugar. Não costumava nem pagar os hotéis nos quais se hospedava. Vladimir sempre cuidou de tudo. A jovem não fazia nem ideia de quanto custaria alugar um apartamento pequeno, talvez na Rive Gauche, em uma rua tranquila. Esperava que o dinheiro que tinha durasse alguns meses, e, uma vez que vendesse as roupas e joias, conseguiria mais, provavelmente bem mais. Mas teria de se empenhar em vender seus pertences. Ela continuou organizando as peças e pendurando uma a uma até tarde da noite. Finalmente deixou-se cair na cama, ainda usando jeans e camisa, e adormeceu.

Quando se levantou de manhã, ligou para a corretora de imóveis de que mais gostava e disse a ela que uma prima chegaria da Rússia e que precisaria de um apartamento pequeno e barato em um bairro seguro, de preferência no sexto ou sétimo *arrondissement* — onde ficavam várias galerias de arte — ou em um bairro mais barato, se necessário. Ela perguntou para quem deveria ligar, e a mulher se ofereceu para ajudá-la — Natasha e Vladimir eram clientes excelentes, e o russo havia pagado um preço exorbitante pelo apartamento. Natasha esperava que ele não perdesse dinheiro com a venda. A corretora contou que ficou triste ao saber que eles já estavam vendendo o apartamento e que tinha ouvido falar que Natasha havia feito um belo trabalho de decoração. Foi assim que a russa soube que Vladimir já havia falado com ela e colocado o apartamento à venda. Vladimir pensava em tudo, era um homem que não perdia tempo. A mulher disse que o apartamento seria aberto para visitação assim que Natasha se mudasse. Vladimir estava vendendo o apartamento com os móveis. Ele também não queria lembranças de sua vida com ela, o que a deixava triste, mas ela se esforçou para não pensar nisso, pois sabia que desmoronaria se o fizesse. Não podia se permitir ficar sentimental ou assustada agora. Só precisava continuar até que terminasse e tivesse encontrado um paraíso seguro em algum lugar. Pediu a Ludmilla que empilhasse as caixas que havia deixado na sala de estar. Natasha não pediu mais a ajuda da empregada, que também não perguntou se ela precisava de mais alguma coisa. Ludmilla ficou na cozinha o tempo todo, pois sabia que estava prestes a perder o emprego. Alguém do escritório de Vladimir lhe avisara que ela poderia ficar no apartamento até que ele fosse vendido, e eles lhe dariam um mês a mais de salário quando ela fosse embora. Era o certo a fazer, mas não tão generoso assim. Vladimir era um homem de negócios acima de tudo.

A corretora prometeu ligar quando tivesse uma relação de imóveis para alugar. Já não era mais necessário dizer que o apartamento era para a prima, pois a mulher sabia de tudo. Natasha lembrou a ela que queria um apartamento pequeno e não muito caro, pois não precisava de tanto espaço e tinha um orçamento limitado. A mulher garantiu a Natasha que entendia a situação, o que era vergonhoso. Ela percebeu que passaria por incontáveis humilhações ao ter de vender seus pertences, mudar-se e procurar emprego sem ter experiência profissional. A jovem se perguntou se alguém um dia a contrataria. Talvez tivesse de trabalhar como camareira em um hotel, pensou consigo mesma. Caso precisasse, ela iria. Ou poderia arranjar um emprego como empregada quando o dinheiro acabasse, pois precisaria de um lugar para morar. Percebeu que tudo era possível agora e decidiu que faria o que fosse necessário. Nunca lhe ocorreu tentar encontrar outro homem como Vladimir, ou que outra pessoa aparecesse para salvá-la, para pagar por sua beleza, seu corpo e sua companhia. Essa era a última coisa que queria. Morreria de fome, mas não se sujeitaria a isso de novo. Estava prestes a conquistar sua liberdade, e nada a faria voltar atrás. Várias portas se fecharam, mas outras se abririam. Ela não as encontrara ainda, mas esperava que estivessem bem perto.

Natasha levou quatro dias para esvaziar seus armários e decidir com o que ficaria e o que iria vender. Resolveu ficar com dois vestidos de noite mais simples e, depois de pensar mais um pouco, escolheu ficar com quatro, para o caso de ser convidada para algum evento de gala. Três deles eram pretos e muito simples, embora lindos, e o quarto era vermelho. Ela o havia adorado quando comprou. Era uma das poucas peças que ela mesma tinha escolhido. Havia dezenas de outros vestidos, e Natasha se sentiu culpada quando viu o tanto que tinha, mas fora Vladimir quem encomendara todos. Ela percebia agora que tinha sido apenas um acessório, e não uma pessoa de fato aos olhos dele.

Decidiu ficar com algumas poucas roupas de lã e uma série de saias e calças, e todos os suéteres e blusas de frio; ainda que fossem de alta-costura, talvez precisasse das peças caso arranjasse um emprego em uma galeria. Ficou com meia dúzia de casacos de lã pesados e alguns mais leves, mas separou três araras de casacos de peles para vender. Todos eram magníficos. Ela pensou melhor e decidiu ficar com um casaco de pele de raposa negra, dois esportivos e o casaco de zibelina que Vladimir comprara na Dior no inverno anterior. Era tão lindo que não queria desfazer-se dele. Separou seus sapatos também e só ficou com os que achou que realmente ia usar. Não ficou com nenhum dos modelos elegantes. Decidiu manter os que davam para trabalhar e alguns mais discretos, além das botas. Separou todos os chapéus de pele, exceto o que combinava com o casaco de zibelina. Ela venderia todas as Birkins, a maioria delas de couro de jacaré — e todas com fechos de diamante —, de que nunca gostou, mas Vladimir insistia que as usasse. Ele havia pagado mais de 200 mil dólares por cada uma delas, e o preço na grife havia subido desde então. Natasha se perguntou quanto poderia conseguir por elas com a revenda ou em leilão. Venderia cerca de 12 bolsas e sempre ouviu que eram arrematadas a preços elevados por clientes da Hermès desesperadas, assim não precisavam esperar três anos para encomendar novas cores dos modelos que desejavam, já que a grife demorava para entregar. Isso funcionaria a seu favor agora.

Todas as suas joias estavam cuidadosamente guardadas nas caixas que haviam chegado. Vladimir costumava comprar mais peças de design de grande estilo do que joias com grandes pedras, mas Natasha tinha certeza de que haveria mercado para elas. Só não sabia ainda onde oferecê-las. Era difícil se desfazer uma vida inteira, mas a jovem estava se organizando bem.

Dias depois, a corretora ligou dizendo que havia encontrado três apartamentos para alugar. Eram muito pequenos mas não tão caros. Ela perguntou se Natasha tinha móveis, pois os apartamentos não eram mobiliados. Foi só então que a jovem se deu conta de que não tinha pensado nisso. A corretora sugeriu que ela fosse à IKEA, onde encontraria tudo para sua nova casa a um preço bem barato. A loja vendia inclusive pela internet. Natasha estava entrando em uma vida real, não era mais a amante de um milionário. Fora banida de uma vida de luxo e glamour, mas não se deixaria abater. Poderia ser muito pior. Pelo menos não precisava, por ora, trabalhar numa fábrica novamente nem voltar para Moscou. E, uma vez que vendesse tudo o que tinha, arrecadaria o suficiente para viver por um bom tempo. Não tinha mais a proteção de Vladimir, mas viveria bem sozinha. Tinha certeza disso. Havia reconquistado sua liberdade e sua independência, ainda mais valiosas para ela agora. Estava assustada com a mudança, mas sentia que estava no caminho certo.

A corretora descreveu os três apartamentos para Natasha, mas não tinha visto nenhum deles e sugeriu que ambas fizessem uma visita a dois imóveis naquela tarde, pois já estava com as chaves de ambos. Elas poderiam até ver o terceiro, se a jovem estivesse livre. Natasha estava focada em sua organização, trabalhando intensamente havia cinco dias, e achou que seria bom sair para dar uma volta. Além disso, precisava começar a pesquisar onde vender suas roupas. Não tinha ideia do que fazer com as joias inicialmente, a não ser colocá-las em leilão na Sotheby's ou na Christie's, mas achou que poderia precisar do dinheiro antes e talvez eles não tivessem agenda para o leilão nos próximos meses. Ela concordou em ver os apartamentos naquela tarde. Os preços pareciam razoáveis, apesar de os imóveis serem muito pequenos e bastante diferentes do que ela estava acostumada. Mas a jovem não se importava, estava feliz.

Natasha foi de táxi até o primeiro endereço na Rue du Cherche-Midi e encontrou a corretora na frente do prédio. Estava vestida de forma simples, de calça jeans, mas dessa vez havia calçado um sapato de salto alto. Tinha escolhido uma blusa bonita e estava usando uma das Birkins com a qual resolvera ficar, do modelo "So Black", com metais pretos que tinha tirado da pilha de itens para vender antes de encaixotar tudo. Também pegou uma de couro preto do modelo "Kelly". Poderia vendê-las, no futuro, se precisasse de mais dinheiro.

O apartamento ficava no terceiro andar, de um prédio sem elevador, com vista para um pátio aos fundos. Era escuro e muito depressivo. As duas o acharam horrível, mesmo a um preço decente. Mal cabia uma cama no quarto, a sala também era pequena e a cozinha e o banheiro eram sombrios.

— Acho melhor não — disse Natasha de maneira educada. A corretora concordou com ela.

As duas seguiram para o segundo imóvel, na Rue St. Dominique. Havia inúmeros restaurantes naquela rua, e ambas acharam que o apartamento seria barulhento, além de ser mais caro que os outros. Era até bom, embora o elevador do prédio fosse muito estreito, quase do tamanho de uma cabine telefônica. Ficava no quinto andar e era mais claro que o anterior, mas Natasha preferiria algo mais barato. Então foram visitar o último, na Rue du Bac, na esquina de uma galeria com um pequeno bistrô. Também havia uma farmácia e um mercadinho nas proximidades, o que parecia prático. Era a mais barata das três opções, de modo que não esperavam muito. Quando entrou no apartamento, Natasha ficou chocada ao ver como era pequeno. Mas ficava no segundo andar de um prédio bonito, sem elevador, que parecia bem conservado e limpo.

— A proprietária do apartamento é a dona do prédio. Era a filha dela quem morava aqui, mas ela se casou e acabou de ter um bebê, então ela e o marido resolveram se mudar para um apartamento maior. E acho que a proprietária mora aqui no edifício também.

Natasha não conseguia imaginar um casal dividindo aquele espaço, muito menos com um bebê. Apesar de pequeno, o apartamento era impecável e ensolarado. Tinha um quartinho minúsculo, assim como o último que vira, mas havia vasos de plantas nas janelas, o que dava uma aparência alegre. Também tinha o pé-direito alto, pois se tratava de um prédio antigo. Havia uma lareira na sala de estar, que era até de um tamanho decente. Não tinha tanto espaço assim nos armários, mas ela não ficaria com muitas roupas. O apartamento estava equipado com móveis de cozinha novos, que haviam sido instalados quando a filha da proprietária se casou, e o banheiro era meio fora de moda. Era bem diferente do apartamento da Avenida Montaigne, mas Natasha conseguia imaginar-se morando ali. O bairro era seguro, e o prédio, bem conservado. Havia interfone e senha para a portaria. Ninguém entrava no prédio sem autorização. E o preço cabia no seu orçamento. Estava sendo muito cautelosa para que seu dinheiro durasse o máximo possível. Mesmo com o pouco que restava em sua conta bancária, tinha o suficiente para pagar o aluguel agora. Não precisaria de muitos móveis, apenas do básico: um sofá, cadeiras, mesa, uma cama e uma cômoda.

— Vou ficar com ele — anunciou Natasha.

O apartamento estaria disponível no último dia de julho. Parecia que era para ser dela. A jovem ficou muito feliz por ter um apartamento e dinheiro suficiente para se manter até encontrar um emprego. O dinheiro das roupas e das joias seria seu pé-de-meia, e ela o usaria conforme precisasse.

— Espero que você seja feliz aqui — desejou a corretora de imóveis, que, no fundo, sentia pena dela. Era óbvio que Natasha estava deixando um grande estilo de vida para trás e sendo obrigada a viver de maneira simples agora. A corretora não sabia o que havia acontecido entre a jovem e Vladimir, mas gostava da russa e queria ajudar. Geralmente não trabalhava com aluguel de imóveis, mas havia ficado preocupada com Natasha. Anotou o nome da IKEA em um pedaço de papel e entregou a ela.

— Lá você vai encontrar tudo de que precisa: móveis, roupas de cama, pratos, tapetes, lâmpadas.

Natasha não havia pensado nos itens menores que precisaria comprar. Ela só levaria suas roupas e não queria pedir a Vladimir nada do apartamento. Tinha certeza de que ele diria não a ela. Tinha a sorte de ter ficado com as roupas. Afinal de contas, o magnata achava que ela havia traído sua confiança. A russa se perguntou como ele soube que ela havia contado à polícia sobre os quadros. Sabia que ele poderia tê-la jogado na rua com uma mão na frente e outra atrás, então não queria pedir mais nada. Era grata pelo que já estava levando. O que a deixara chocada foi a forma como ele a largou, tão repentinamente, como se ela fosse algo que Vladimir não queria mais. Ainda não tinha conseguido entender o que de fato aconteceu. Queria acreditar que houve amor entre eles, mas, a cada dia que passava, acreditava menos nisso. Apesar de tudo, não estava com o coração partido, apenas assustada e triste.

— Alguém terá que ajudar você a montar a mobília — continuou a corretora, e Natasha ficou confusa. — Se comprar na IKEA, tudo virá desmontado, mas tenho certeza de que você consegue alguém para montar tudo. Meu filho e eu compramos muitas coisas para o apartamento dele, e ele é ótimo com a montagem. É meio chato montar móveis, mas não é nada difícil. Conheço um ótimo faz-tudo russo, se quiser uma indicação.

O rosto de Natasha se iluminou quando ouviu isso.

— Seria maravilhoso. Não sou muito boa em montar móveis — admitiu, então as duas riram.

— Eu também não, mas aprendi.

Natasha sabia, pelas conversas que haviam tido, que a mulher era divorciada e tinha dois filhos adultos.

A corretora prometeu mandar o contrato de aluguel nos próximos dias. Era um contrato francês padrão, de três anos, com duas renovações de mais três anos com um aumento mínimo. E ela poderia sair a qualquer momento com aviso prévio de sessenta dias. A mulher explicou que o mercado imobiliário na França favorecia mais o inquilino que o proprietário. Se Natasha quisesse, poderia ficar no pequeno apartamento por nove anos. Ela teria 36 até lá — havia acabado de completar 27 —, então, se sua situação nunca melhorasse, teria uma casa por bastante tempo. Era reconfortante saber disso, e tinha certeza de que poderia pagar o aluguel se conseguisse um emprego decente em uma galeria. Não queria que ninguém mais a ajudasse com suas contas. Precisava de um apartamento que conseguisse pagar sozinha.

Voltar para o apartamento da Avenida Montaigne, com toda sua grandeza, as *boiseries*, o pé-direito alto e as antiguidades que ela havia comprado, foi um choque. Seu novo lar era infinitamente menor. Mas era só dela, então não fazia sentido olhar para trás. Ainda havia muito a fazer. Natasha começou a pesquisar casas de leilões na lista telefônica naquela noite. Encontrou algumas que reconheceu e anotou os números de telefone. Era hora de abrir mão de seus bens e de sua vida antiga de uma vez por todas. E agora que sabia qual era seu novo caminho, tinha perfeita noção do que deveria manter com ela ou não. Tirou mais itens do seu guarda-roupa e os colocou nas araras para vender, dizendo a si mesma que não precisava de tudo aquilo. Mas, como também por ora não podia comprar roupas novas, ficou com as peças práticas e algumas coisas nas quais se sentia bonita. Gostou da seleção que separou. O restante havia sido para agradar Vladimir, e ela não precisava mais fazer isso. Havia certo conforto naquela constatação.

Natasha ligou para as duas casas de leilões mais importantes de que se lembrou nos dias seguintes; eles lhe perguntaram se era uma herança, e ela disse que não. Quiseram saber quanto tempo as roupas tinham, e ela falou que todas eram bem recentes. Algumas peças de coleções atuais ainda não tinham nem sido usadas. Explicaram a ela que os itens seriam vendidos por, aproximadamente, metade do preço pelo qual ela havia comprado — Vladimir, no caso — ou até menos, com uma reserva se ela quisesse. E Natasha ainda teria de pagar à casa de leilões uma comissão de vinte por cento do lance final de tudo o que fosse vendido. Então, ela receberia menos da metade do valor que Vladimir havia pagado pelas peças, o que parecia aceitável. A menos que, é claro, as pessoas ficassem loucas pelos itens e fizessem altos lances. Nesse caso, ela conseguiria mais, porém algumas peças poderiam nem ser vendidas. E as duas casas fariam leilões em setembro, quando o Hôtel Drouot abria para o outono. Uma das casas teria um grande leilão Hermès, e os organizadores estavam ansiosos para ver suas Birkins e fotografá-las para o catálogo, se ela concordasse em vender por eles. Natasha marcou uma reunião com o especialista na semana seguinte, no apartamento. Ela explicou que tinha muita coisa e que não seria possível levar tudo ao escritório deles. Naquela noite, ela se sentou com um bloco e uma caneta nas mãos para descobrir o custo original de suas peças e quanto poderia lucrar com cada venda. Era uma soma impressionante, que poderia sustentá-la por um bom tempo. Sentiu-se aliviada quando viu os números, e, às dez horas, decidiu caminhar até o L'Avenue, o restaurante onde havia almoçado com Theo, para comprar algo para levar para casa. Ludmilla estava de folga durante todo o fim de semana e não havia nada para comer em casa.

Pediu uma salada para viagem, salmão defumado e mix de frutas cristalizadas, e se sentou a uma mesa no terraço enquanto aguardava seu pedido ficar pronto. Era sábado à noite e havia bastante movimento no restaurante quando ela ouviu alguém chamar seu nome. Olhou ao redor e viu um homem mais velho, alto e bem-arrumado, de calça jeans preta e camisa branca, correntes de ouro ao redor do pescoço e um Rolex pesado de ouro e diamante no punho. Ele era cerca de vinte anos mais velho que Vladimir, mas ainda era atraente. O homem conhecia Vladimir de Moscou. O magnata o havia recebido no barco para jantar inúmeras vezes. Ele sempre aparecia com meninas russas bem jovens que riam o tempo todo. Gostava de mulheres mais novas. Seu nome era Yuri, e seu rosto se iluminou no momento que ele avistou Natasha.

— Estou muito feliz em ver você! — disse ele, parecendo realmente contente. — Janta comigo?

Não havia nada que ela quisesse menos naquele momento. Ele falava demais e era muito jovial. Natasha não tinha o menor ânimo para isso. Não estava pronta para ver ninguém ainda, muito menos aquele homem.

— Não, obrigada. — Ela sorriu para ele, tentando não parecer tão abatida quanto se sentia.

Havia sido uma semana bem agitada e estressante para ela. Tivera de tomar várias decisões importantes e estava tentando não pensar em Vladimir. Ele não havia nem ligado para ela, inclusive.

— Acabei de pedir o jantar para viagem.

— Você *tem* que comer comigo — insistiu ele, enquanto se sentava na frente dela na mesinha, sem ser convidado. — Champanhe? — ofereceu, e a russa balançou a cabeça, mas ele pediu uma garrafa mesmo assim. A garçonete lhe serviu uma taça, e Natasha não teve energia para resistir, então aceitou. — Encontrei com o Vladimir em um cassino em Monte Carlo, há dois dias com... amigos...

Ele hesitou por um momento e, pelo modo como o homem mais velho olhou para ela, Natasha soube que Vladimir já estava com outra mulher e tentara impressioná-la no cassino. Yuri já sabia que Natasha era carta fora do baralho. Vladimir não perdia tempo mesmo. Ela sabia que ele não jogava. Só ia ao cassino em Monte Carlo quando queria se exibir para seus convidados.

— O que você vai fazer até o fim do verão? — perguntou Yuri com um largo sorriso. Natasha tinha certeza de que ele era um cara legal, mas a irritava mesmo assim. Era um pouco bronco, um diamante bruto mais especificamente, e estava sempre competindo com Vladimir. Yuri sempre teve uma queda por Natasha e vivia dizendo que queria encontrar uma mulher como ela. Vladimir gostava de provocá-lo dizendo que ele tinha de procurar uma pobre com pneumonia nas ruas de Moscou nos últimos dias de inverno. Os dois achavam graça da piada, embora ela ficasse constrangida.

A jovem se segurou para não rir da pergunta. Estava se mudando para um apartamento minúsculo, indo comprar móveis baratos, vendendo suas roupas e pensando em procurar um emprego no outono. Passaria a limpar o próprio apartamento sozinha. Se lhe dissesse a verdade, ele ficaria horrorizado e sentiria pena dela. Ela definitivamente não iria a nenhum cassino em Monte Carlo nem faria qualquer coisa que pudesse interessar Yuri.

— Ainda não decidi. Estou ocupada esse mês. Talvez eu viaje em agosto — respondeu de maneira vaga, desejando que seu jantar viesse rápido, só que o restaurante estava lotado, e o serviço, mais lento que o habitual.

— Por que você não fica no meu barco? — perguntou ele. Seu rosto se iluminou novamente. Ele tinha um iate de 200 pés. Era menor que o de Vladimir, porém adorável. — Vou para Ibiza. Nós iríamos nos divertir muito juntos.

Ela não sabia se ele estava convidando-a para um passeio ou para um encontro, mas, de qualquer maneira, não desejava ir a lugar nenhum com ele. Muito menos tinha tempo para tirar férias. A jovem lhe agradeceu e disse que, provavelmente, ficaria com alguns amigos na Normandia — o que não era verdade. Seria maravilhoso passar o restante do verão em um barco, mas não no dele.

Ela havia ficado chocada ao saber que Vladimir já estava exibindo uma nova mulher por aí. Ele precisava mostrar a todos que não a tinha "perdido", e sim a substituído por outra. O magnata tinha um ego enorme. Certamente ele não queria que ninguém pensasse que Natasha o havia deixado, o que nem era verdade. Era provável que Vladimir já tivesse contado a versão dele a Yuri, o que era humilhante para Natasha, mas não havia nada que ela pudesse fazer sobre isso. Se ele achasse que ela ainda estava com Vladimir, certamente não a convidaria para viajar, não iria querer se indispor com o amigo. Mas, agora que não estavam mais juntos, Yuri sabia que o milionário não se importaria se ele convidasse Natasha para sair. E isso dificilmente sustentava a teoria de que eles se amavam. Aparentemente, Vladimir não sentia nada por ela. Nem esperou para ter certeza de que ela havia mesmo traído sua confiança. Como sempre, confiou em a seus instintos e estava certo.

— A Normandia é chata. Vamos para Ibiza — decidiu Yuri, colocando uma das mãos sobre a dela na mesa. Natasha discretamente recolheu a mão. — Tenho pensado em você desde que vi Vladimir.

Quis te ligar. Ele disse que você estava aqui. Estou muito feliz por ter te encontrado. — Mas ela não estava, então apenas sorriu e assentiu. Estava presa ali com aquele homem esperando seu jantar.

Para piorar a situação, a garçonete serviu o jantar dela em vez de trazer a refeição embrulhada para viagem, como Natasha havia pedido, pois disse que achou que ela iria gostar de jantar com o amigo. O jantar dele estava sendo servido também. Não havia como ir embora agora sem parecer rude, então a jovem sorriu e assentiu para ele quando começaram a comer. Yuri ficou encantado com aquele aparente engano.

— Quero falar com você — anunciou Yuri. Natasha jantava o mais rápido possível. Ela só queria ir para casa. Estava deprimida por estar ali sentada com ele. — Vladimir me contou o que aconteceu — continuou ele, baixando a voz enquanto ela o olhava com curiosidade.

— E o que ele disse que aconteceu? — Natasha estava interessada em saber a versão de Vladimir. Com certeza não havia contado a Yuri que suspeitava que ela tinha dito à polícia que ele era um ladrão de obras de arte.

— Ele disse que você o pressionou para que tivessem filhos no último ano. Ele não quer, então achou justo abrir mão da sua companhia e deixar você livre para encontrar um homem que lhe dê o que quer. Achei muito honrado da parte dele, na verdade. Ele disse que foi uma decisão muito difícil, mas quer que você seja feliz. Falou também que te deu o apartamento daqui.

— Sério? — Suas sobrancelhas se ergueram ao ouvir isso. — Na verdade, ele não deu. — Não que isso importasse. Era tudo mentira mesmo, para acalmar seu ego e fazê-lo parecer um herói, em vez de um cretino.

Yuri pareceu sério de repente. Natasha encarava aqueles dentes perfeitos implantados, o colar de ouro e o impecável transplante de cabelo, mas o homem ainda aparentava a idade que tinha. Ele era bonito, mas de um modo artificial.

— Natasha, preciso falar francamente com você. Sempre gostei de você. Tenho dois filhos que são mais velhos do que você e adoraria ter um bebê contigo. Podemos nos casar se você fizer questão, mas eu realmente não me importo. Estou disposto a pagar uma grande quantidade de dinheiro a você para começarmos o arranjo. Posso depositar tudo em uma conta na Suíça, no seu nome. Talvez 20 milhões para começar, ou 30, se você achar necessário, e outra remessa quando a criança nascer. Todas as suas contas pagas, casas onde você quiser. Acho que teríamos ótimos momentos juntos — concluiu ele, com brilho nos olhos, confiante de que a havia convencido. Com outra mulher, talvez tivesse conseguido. Era uma oferta considerável e, na verdade, mais do que Vladimir já lhe dera na vida. Vinte ou 30 milhões de dólares em uma conta na Suíça era uma quantia bem generosa, e ela receberia outra remessa quando o bebê nascesse. Era o tipo de oferta que qualquer amante rezava para receber. Tudo estava acontecendo muito rápido. Fazia apenas uma semana que ela e Vladimir haviam se separado. — Posso comprar o apartamento do Vladimir, se você quiser, e se ele não for passá-lo para o seu nome. Assim você não precisaria se mudar. Fico hospedado no George V. — Ela sabia que ele também tinha um apartamento em Londres. O homem não possuía uma frota de iates enormes como Vladimir, nem mesmo tantas casas, não era dono de indústrias na Rússia nem amigo íntimo do presidente, mas era muito, muito rico, valia vários bilhões de dólares, segundo Vladimir, que sabia de tudo. E não tinha problemas em se cercar de mulheres bonitas.

— Não sei o que dizer — respondeu ela, percebendo o que ele estava lhe oferecendo: segurança para a vida toda, um filho, se ela quisesse, e casamento.

Dessa forma, ela seria supostamente respeitável, embora não aos seus próprios olhos. Também ficaria com o apartamento que amava, assim não teria de se mudar. Não precisaria vender roupas nem joias. Ela já tinha visto que Yuri era um homem muito generoso com as mulheres com quem saía. Ele estava oferecendo o tipo de segurança com a qual ela estava acostumada. A proposta dele era, inclusive, melhor do que o que Vladimir havia lhe proporcionado. Yuri aguardou anos para fazer aquela oferta, esperando que, em algum momento, ela e Vladimir se separassem.

— É uma oferta extremamente generosa, Yuri. Mas não quero ficar com ninguém agora. É cedo demais.

Ela tentou parecer contida. O que poderia dizer? Que ele lhe dava nojo e lhe causava arrepios? Que queria morar em um pequeno apartamento, menor do que o closet dele, provavelmente, e arranjar um emprego que mal lhe sustentaria? Que estava vendendo tudo o que tinha e que, quando ficasse sem dinheiro, não fazia ideia do que ia acontecer? Que a única coisa que queria agora era sua liberdade e não trocar sua vida e seu corpo pela segurança que um homem rico poderia lhe proporcionar? Talvez as mulheres que fizessem isso fossem mais espertas que ela, disse a si mesma. Mas não queria se vender como escrava de novo, a preço nenhum. Não estava à venda, mas Yuri nunca entenderia se dissesse isso a ele, assim como Vladimir. Na cabeça deles, Natasha era uma mercadoria que podiam comprar. A única questão era o preço. Yuri estava lhe oferecendo um excelente acordo, e ela se perguntou se outros homens também fariam isso. A competição entre magnatas como ele e Vladimir era feroz, e todos queriam adquirir o que ele possuía. Até mesmo as mulheres desprezadas por Vladmir eram procuradas por outros, que queriam ser parecidos com ele. Mas havia apenas um Vladimir, e Natasha o teve. Não queria nenhum outro. Ela preferia tentar seguir sozinha agora, mesmo que não desse certo. Não tinha percebido isso, mas era exatamente o que queria havia anos, e Vladimir lhe entregou sua independência em uma bandeja de prata. Natasha não desistiria dela de novo.

— Não estou pronta para isso — respondeu, tentando ser gentil.

Yuri pareceu decepcionado, mas disse que entendia.

— Bem, estarei esperando. Saiba que a proposta continuará de pé se você mudar de ideia. Se achar que precisa de mais, podemos conversar. — Ele estava acostumado a negociar com mulheres linha-dura. Natasha nunca fez isso. Não pedia nada a Vladimir, pois achava que já ganhava muito.

Quando terminou de jantar, Natasha tentou pagar sua conta, mas Yuri não deixou. Ele a beijou de leve nos lábios quando ela estava indo embora e pediu-lhe que mantivesse o contato. A jovem correu para o apartamento e tomou banho assim que chegou. Havia recusado um grande negócio, e a ideia a fez se sentir mal. Natasha percebeu o que tinha feito nos últimos oito anos. Havia vendido seu corpo e sua alma para um dos homens mais ricos do mundo. E não importava o que acontecesse agora, tinha certeza de que nunca mais venderia seu corpo e sua liberdade por dinheiro nenhum. Ela finalmente estava livre.

Capítulo 14

As roupas de Natasha que estavam no barco chegaram na semana seguinte à sua partida, e ela também as separou. Ficou com poucas peças: alguns jeans brancos, trajes de banho e uma Birkin branca que poderia usar no verão. Não conseguia se imaginar vivendo em um barco novamente e sentia calafrios toda vez que pensava na proposta de Yuri. Talvez ele tivesse boas intenções, mas ela ficava tonta só de imaginar vender seu corpo de novo. Outra mulher, muitas das que viu com os homens que Vladimir conhecia, não se importaria com o fato de Yuri ser bem mais velho ou com sua aparência. Elas só levavam em conta o que os homens possuíam e o que elas podiam ganhar. Eram prostitutas de luxo, de certa forma. Natasha se perguntava se também tinha feito o papel de uma. Ela engrandeceu seu relacionamento com Vladimir, acreditava que o amava e que ele precisava dela. Mas ficou claro, depois, que ele não sentia nada por ela. O que a russa sentia por ele não era amor, e sim gratidão e respeito. E agora nem respeito ela sentia mais por ele.

Suas últimas reuniões com as casas de leilão foram boas e deprimentes ao mesmo tempo. Ela se deu conta de que eles tinham razão em lhe perguntar se aquilo era herança. A pessoa que era quando usava aquelas roupas já não existia mais, estava morta. Ela ganharia um bom dinheiro com as peças, mas para viver, não para se mostrar. Só ganharia muito dinheiro se estivesse disposta a se vender de novo e aceitar uma oferta como a de Yuri. Mas não precisava de muito dinheiro, nem queria aquela vida de luxo e glamour de novo.

Natasha esperava ganhar mais com as Birkins com fechos de diamante, que geralmente eram vendidas em leilão por um valor maior do que custavam na Hermès. E ainda tinha as joias. Ela as levou a um joalheiro e as vendeu por uma fração do que Vladimir havia pagado por elas. O dinheiro da venda já estava no banco.

Assinou o contrato com a maior das duas casas de leilão com as quais negociou. Suas roupas de alta-costura seriam leiloadas em setembro, no início da temporada. Além disso, consignou suas bolsas para um leilão Hermès no final do mês. Eles buscariam tudo um dia antes de sua mudança. A jovem se sentiu estranhamente livre depois que assinou os papéis. As marcas de sua escravidão desapareciam lentamente, como se fossem correntes caindo. Ela queria se livrar das armadilhas de sua vida antiga e de tudo aquilo de que não precisava mais. Não queria ter nenhuma lembrança de um passado do qual se envergonhava.

Assinou o contrato do apartamento, alugou uma van e foi para a IKEA. Havia medido todos os cômodos, assim saberia o que caberia no apartamento. Comprou todas as coisas básicas de que precisava, incluindo pratos e panelas, e foi para uma loja um pouco melhor em busca de lençóis e toalhas. Eram bem diferentes do que estava acostumada a comprar, mas Natasha mostrou-se disposta a deixar isso de lado também. Não haveria lençóis chiques de Porthault com rendas em sua nova vida.

Ligou para o faz-tudo que a corretora havia lhe indicado, e ele prometeu montar todos os móveis no dia da mudança. Natasha estava muito ansiosa, mal podia esperar para sair do apartamento na Avenida Montaigne. Durante algum tempo, ela se sentiu em casa ali, mas agora percebia que o apartamento nunca tinha sido um lar. Seu novo apartamentinho representava tudo o que ela queria agora: uma vida de verdade, só dela.

Quando estava organizando alguns papéis, encontrou o número de Theo na carteira e se lembrou de que ele havia dito que ela poderia ligar se precisasse de ajuda um dia ou estivesse em perigo. Mas ela não corria nenhum risco. Surpreendentemente, estava indo muito bem. Ficou feliz por ele ter recuperado os quadros e por ela ter ajudado, de certa maneira. Não precisava falar com Theo de novo. Não queria sua piedade, muito menos ter de explicar o que havia acontecido, e o que o resgate dos quadros havia lhe custado. O pintor não lhe devia nada. Ela amava o retrato que ele tinha feito e o levaria com ela. Era a única obra de arte que possuía. Mas ela e Theo tinham vidas completamente diferentes. Ele era artista, e ela teria de trilhar o próprio caminho agora, sem a ajuda de ninguém. Precisava fazer isso sozinha. Duvidava que voltasse a ver Theo Luca novamente.

Em meados de julho, Maylis voltou a gerenciar o restaurante. Gabriel estava cada vez melhor e fazia longas caminhadas todos os dias. Theo foi liberado de seus deveres e estava de volta ao estúdio. Eles reforçaram a segurança no restaurante, pois Maylis ainda estava bastante abalada pelo que havia acontecido. Os quadros terem sido devolvidos parecia um milagre.

Maylis quis saber se Vladimir e Natasha tinham voltado ao restaurante. Theo disse que não, e estava convencido de que o empresário tinha algum tipo de envolvimento no roubo dos quadros. Ninguém tirava de sua cabeça que ele havia sido vítima de uma vingança doentia por não ter vendido a tela que o milionário queria. Mas as obras foram devolvidas, e isso era tudo o que importava.

Maylis comentou com o filho que ficou sabendo, por clientes do restaurante, que Vladimir tinha ido para a Grécia de barco. Theo ficou aliviado, não queria nem tocar nesse assunto, embora às vezes pensasse em Natasha. Certo dia, passara alguns minutos olhando fixamente para o retrato inacabado, e foi então que soube o que tinha de fazer. Colocou a tela no cavalete e pintou tudo com uma tinta branca, apagando a obra. Ele já havia pintado um retrato de Natasha, e isso era o suficiente. Sua obsessão por ela havia chegado ao fim. Theo, finalmente, estava livre. Ela escolheu a vida que lhe convinha, e ele não fazia parte daquele mundo. Precisava seguir com sua vida. Estava pensando em ligar novamente para Inez, embora não tivesse certeza de que era o certo a fazer, já que os dois queriam coisas bem diferentes da vida. Ela queria se casar e ter outros filhos, e Theo não conseguia se ver nesse papel num futuro próximo, isso se um dia fosse querer. Por enquanto, estava focado no trabalho, por isso resolveu não ligar para ela, o que pareceu a atitude correta. E, com a história do roubo dos quadros, não pôde ir à feira em Londres, então não reencontrou Emma. O artista ainda achava graça quando pensava nela e nos bons momentos que tiveram juntos, embora achasse que os dois não funcionariam como namorados. Por ora, não havia mais ninguém na vida de Theo Luca, e ele não se importava.

Marc apareceu no dia que Theo resolveu apagar o retrato de Natasha. Ficou impressionado com aquela atitude e ouvia em silêncio o amigo explicar que aquilo fora uma espécie de libertação. O pintor então abriu uma garrafa de vinho, e os dois amigos passaram a tarde bebendo e conversando sobre amores passados. Marc ficou aliviado ao saber que Theo estava curado de sua obsessão, embora nenhum dos dois tivesse alguém no momento. O pintor disse que estava mais feliz sozinho e focado em seu trabalho. Estava animado por não ter de gerenciar mais o restaurante.

— E a moça que trabalha na galeria em Cannes? Ela é bonita, embora meio careta — comentou Marc.

— Meio? Ela não é para mim. Não sou o tipo de homem que ela procura.

— Talvez nosso destino seja a solidão eterna — disse Marc, melancólico. Ele havia acabado de romper com outra namorada que lhe arrancara o pouco do dinheiro que tinha. As mulheres sempre faziam isso com ele. — Talvez seja impossível ter uma vida amorosa sendo um artista sério — concluiu, fazendo Theo rir.

— Meu pai teve quatro amantes, duas esposas e oito filhos. Eu diria que é possível ter mulheres *e* arte. Você só precisa da mulher certa.

— Esse é o problema. É muito difícil encontrar a mulher certa — disse Marc com tristeza.

Theo concordava com o amigo. Os dois continuaram bebendo até terminarem o vinho. Era o primeiro dia de folga que Theo tirava em semanas, e estava sendo muito bom passar um tempo com seu grande amigo. Ao fim da tarde, admitiram estar bêbados e decidiram ir à praia em Antibes, para nadar em vez de trabalhar. Pegaram o ônibus porque não era prudente dirigir alcoolizado. Quando estavam saindo da praia, Marc conheceu uma garota e foi embora com ela. Theo voltou para casa sozinho pensando em Natasha. Esperava que ela estivesse bem, então foi para a cama e, depois daquele vinho todo, caiu no sono. Estava feliz por ter ficado livre dela nos sonhos também. Esperava que não voltasse a sonhar com ela. Precisava deixá-la nos recantos mais afastados de sua memória, onde era seu lugar.

Assim que os quadros foram devolvidos, Athena e Steve foram imediatamente designados para outro caso, um grande roubo em St. Jean Cap-Ferrat, numa residência onde todos os empregados foram amarrados e mantidos reféns. A família estava fora. Todos saíram ilesos, mas os ladrões haviam levado 10 milhões de dólares em joias e um milhão em dinheiro vivo. Athena tinha certeza de que o criminoso era um dos empregados e estava certa. O caso foi resolvido rapidamente, e o mordomo e o cozinheiro foram levados sob custódia e acusados do crime. Era outra vitória em seu longo histórico de prisões bem-sucedidas.

Três semanas haviam se passado desde que as pinturas de Lorenzo Luca foram devolvidas. Certa tarde, Athena avisou a Steve que estava indo para St. Paul de Vence para ver Theo. Ela queria ter uma última conversa com ele, mas teve de sair correndo para investigar o caso em Cap-Ferrat.

— Vai sozinha? — perguntou Steve, e Athena assentiu. — Sei do que se trata. Diversão e jogos com um artista local?

— Não seja idiota. Isso é trabalho.

— Diga isso a outra pessoa. — Ele a conhecia muito bem.

— O que você acha que vou fazer? Estupro à mão armada? — brincou ela, fazendo-o rir.

— Provavelmente. E não deixe nenhuma marca.

— Você é nojento.

— Vindo de você, vou entender como um elogio.

Ela foi dirigindo até St. Paul de Vence, e Steve cuidou da papelada em sua mesa pelo resto da tarde. Eles tinham uma montanha de trabalho para dar conta. Athena ligou para Theo e perguntou se poderia dar uma passada em sua casa.

Ele ficou feliz em vê-la. Athena estava usando uma saia branca lisa e uma blusa nada sexy ou atraente. Na verdade, estava ali a trabalho, para amarrar as pontas soltas no caso do roubo dos quadros. Havia algumas coisas que ela gostaria que Theo soubesse.

Ele lhe ofereceu vinho, mas a policial recusou. Ao contrário do que seu parceiro achava, ela não estava ali para dar em cima do jovem artista, embora não se importasse se ele a convidasse para sair. Agora que o caso estava encerrado, não havia nenhum problema. Mas Athena não tinha detectado nenhum interesse romântico por parte de Theo. Ele era um cara direto, e sua conversa era estritamente profissional. Algo dizia a Athena que ele ainda estava apaixonado por Natasha. Aquele retrato denunciava isso.

Eles se sentaram à mesa da cozinha, e ela olhou bem séria para ele por um minuto.

— Não faz diferença agora, mas tivemos um informante. — Ele ficou surpreso com a revelação e esperou para ouvir o restante da história. — Fui conversar com a acompanhante de Stanislas, Natasha, com o pretexto de falar com ele. Queria tentar descobrir se ela sabia de alguma coisa. Meu sexto sentido dizia que sim. Conversamos por um tempo, e ela pareceu bem desconfortável e um pouco distante. Aparentemente, por pouco, eles não foram atacados por piratas na Croácia. Stanislas ordenou que a tripulação se armasse. Eles mantêm fuzis AK-47 no barco, e todo mundo sabe usá-los. Esse russo tem um barquinho muito autossuficiente — comentou ela, com ironia. — Natasha me contou tudo, mas não chegamos a lugar nenhum, então eu me levantei para ir embora e a acompanhei até o andar de baixo. Não pegamos o elevador, e notei que havia câmeras de vigilância nele. Só depois entendi que ela não queria que ninguém visse o que ia fazer. Ela se virou para mim, no meio da escada, e sussurrou que os quadros estavam na sala de armas, que ela os tinha visto. Só falou isso. Tentei de todas as maneiras conseguir um mandado de busca para investigar o barco, mas meus superiores disseram que eu não tinha informação suficiente para isso. Eu não podia revelar a minha fonte, o que tornou tudo mais difícil. Fiquei com medo do que o Stanislas pudesse fazer com ela se descobrisse. Não confio naquele cara, e, se ele fosse para a prisão por causa dela, só Deus sabe o que ele seria capaz de fazer. Não estava disposta a arriscar a vida dela. Já cometi muito esse erro no início da minha carreira. Agora, sempre protejo minhas fontes.

— Ela viu os quadros? — Theo parecia chocado.

— Pelo que entendi, sim. De qualquer maneira, não consegui um mandado, e eles me mandaram esquecer isso. Logo depois, os quadros foram misteriosamente devolvidos. Não sei se ele ficou sabendo que ela me contou ter visto as pinturas no barco, se alguém descobriu que Natasha tinha visto ou se ele suspeitou que ela tivesse falado alguma coisa depois que estive lá. Ele pode ter decidido devolver os quadros ao descobrir que Natasha tinha visto as telas no barco. Nunca saberemos o que aconteceu, e não podemos acusá-lo do roubo. Enfim, o que importa é que os quadros foram devolvidos, e provavelmente porque Natasha me contou onde eles estavam. Achei que você deveria saber disso. Foi uma atitude muito corajosa da parte dela.

— Ela está bem? — Theo parecia preocupado. — Alguém a viu desde então? — E se ele a tivesse matado ou estivesse mantendo-a como prisioneira no barco ou a torturando? A imaginação de Theo foi longe.

— Não sei. O barco não está mais aqui. Há rumores de que ele ficaria ancorado na Grécia pelo resto do verão. Posso verificar se você quiser, mas não acho que isso importe. Meu parceiro tomou um drinque com alguns marinheiros do *Princess Marina* antes de zarparem, e eles comentaram que Stanislas terminou com ela um dia depois que as pinturas foram devolvidas. No mesmo dia, na verdade. Elas foram colocadas de volta entre duas e quatro da manhã, e Vladimir deixou Natasha na doca na hora do jantar. Supostamente, ele a levaria para sair, mas terminou com ela e a mandou de volta a Paris. Se ele suspeitava de algo, ela teve muita sorte de não ter sido punida. O barco zarpou dias depois. Bom, eles não estão mais juntos. Não sei onde ela está agora nem para onde iria. Talvez voltasse para a Rússia, quem sabe?

— Duvido — disse Theo, parecendo pensativo ao lembrar-se do que Natasha havia lhe contado sobre sua vida na Rússia. A cabeça dele estava a um milhão de quilômetros de distância, pensando nela. Sabia o endereço do apartamento em Paris, mas não tinha o número do telefone dela. Natasha nunca lhe deu, nem nunca o contatou.

— Você realmente acha que ele a deixou?

— Foi o que disseram. A tripulação ficou bastante chocada com a notícia. Eles estavam juntos fazia oito anos e parece que todo mundo gostava dela. Vladimir disse apenas que tinha acabado, deixou-a na doca, entrou no barco e voltou para o iate. Dizem que ele não olhou para trás. Esses caras são muito frios. São capazes de matar você com apenas um olhar. Não gosto desse tipo de gente.

— Nem eu. Obrigado por me contar isso.

— Talvez ele suspeitasse que ela deu com a língua nos dentes e tenha ficado com medo de ser descoberto. Vladimir não ia querer correr o risco de ser preso, certamente. E, se achou que ela contou algo para mim, sabia que não poderia mais confiar nela. É impossível que ela não veja o que acontece na vida dele.

Theo concordava com Athena. Depois de terminar a história, a policial se levantou, desejou sorte ao pintor e foi embora. Ela passou no escritório a caminho de casa e encontrou Steve lá. Ele pareceu surpreso ao vê-la.

— Foi rápido. Não rolou nada?

— Nada. Me sacrifiquei pelo amor.

Era por esse motivo que tinha ido falar com Theo. Se ele estivesse apaixonado por Natasha, como ela suspeitava, tinha o direito de saber o que ela havia feito por ele e o preço que poderia ter pagado por isso. Athena lhe contou tudo o que sabia; o resto era com ele. A informação que ela compartilhou foi um presente.

Theo ficou sentado pensando em Natasha durante um bom tempo naquela noite, perguntando-se o que deveria fazer agora que a russa havia denunciado Vladimir, que ela não estava mais no barco e que, possivelmente, havia ido para Paris, e que Vladimir tinha terminado o relacionamento com ela. Theo esperava que ela estivesse bem.

Ele estava agitado, virava-se de um lado para o outro na cama o tempo todo, perguntando-se se deveria ir a Paris para tentar falar com ela ou não. Mas, se ela quisesse entrar em contato com ele, teria ligado, o que não aconteceu. Ou talvez estivesse muito envergonhada ou passando necessidade. Ele mal dormiu a noite toda e estava quase decidido a ir para Paris quando sua mãe ligou. Ela havia escorregado na escada do estúdio e torcido o tornozelo. Tinha acabado de sair da emergência e perguntou se ele poderia substituí-la no restaurante por uma semana. Ela realmente lamentava o ocorrido e pediu desculpas por importuná-lo mais uma vez.

Maylis não conseguia andar e estava com dor. O médico havia lhe dado até muletas.

— Claro, *Maman*. — Ele poderia ir a Paris na semana seguinte.

— Precisa de alguma coisa?

— Não, Gabriel vai me ajudar.

Então Theo tomou uma decisão. Assim que sua mãe voltasse ao restaurante, ele iria para Paris procurar Natasha e agradecer-lhe pelo que ela havia feito. Theo não tinha nenhuma fantasia de que os dois teriam alguma chance agora que ela e Vladimir não estavam mais juntos. Ele entendia Natasha agora e sabia que ela nunca se interessaria por pessoas "comuns". Estava acostumada a um mundo de luxo e glamour, e Theo tinha certeza de que ela encontraria outro homem como o magnata russo, ou talvez já até tivesse encontrado. Mas esperava que fosse alguém mais gentil dessa vez e menos perigoso. Ele só queria uma chance de lhe agradecer pela coragem de ter falado com a polícia. Foi a coisa mais generosa que alguém já fez por ele. Bom, não havia como saber se foi ela mesmo quem fez Vladimir devolver os quadros, mas, de toda forma, Theo queria pelo menos lhe agradecer.

Capítulo 15

A última semana de Natasha no apartamento da Avenida Montaigne foi bastante agitada. Ela empacotou o que separou para levar para sua nova casa. Ludmilla lavou os lençóis novos que ela havia comprado, então a jovem não teria de fazer isso na lavanderia do novo prédio, já que ainda não tinha máquina de lavar no apartamento.

Comprou todos os móveis dos quais precisava na IKEA, e iria montá-los com a ajuda de Dimitri, o faz-tudo que havia contratado. As casas de leilão pegaram tudo o que ela havia separado para vender, um dia antes de sua partida, conforme prometido. Natasha tinha tanta coisa que eles encheram um caminhão inteiro. A jovem não lamentava ver quase todo o seu guarda-roupa ir embora. As Birkins ainda estavam nas caixas originais da Hermès, e havia pilhas delas no caminhão, além de incontáveis caixas de sapatos de grife que nem haviam sido usados.

No dia da mudança, ela alugou novamente uma van para levar as malas, algumas caixas e seu retrato. Dimitri foi ajudá-la. Ela agradeceu a Ludmilla e lhe deu uma bela gorjeta pela assistência nas últimas semanas. A empregada ficou muito feliz com o agrado. Natasha também se despediu da zeladora do prédio e foi embora sem deixar seu novo endereço. Não estava esperando nenhuma correspondência. Nunca recebia nada. Não tinha parentes nem amigos, e a pouca correspondência que recebia chegava por e-mail. Ela sabia que seu cartão de crédito vinculado à conta de Vladimir havia sido cancelado. Solicitou um novo ao banco com um pequeno limite, bem diferente do que estava acostumada.

Assim que chegou ao novo apartamento, Dimitri começou a montar os móveis que haviam chegado: a cama, uma cômoda, alguns armários e uma mesa. O mobiliário novo era lustroso, alegre e moderno, e o apartamento estava uma graça com seu retrato pendurado sobre a lareira.

Ela e Dimitri só conversavam em russo e trabalharam até tarde da noite, mas deixaram tudo arrumado. Ele havia cobrado um valor simbólico para montar os móveis e, quando foi embora, Natasha lhe deu uma boa gorjeta. Assim que se viu sozinha no apartamento, a jovem deu uma olhada ao redor e achou tudo incrível. Havia comprado tapetes novos, luminárias, duas grandes cadeiras confortáveis, um sofá de couro muito bonito e colocado vasos de flores sobre a mesa de centro. O apartamento ficara com um ar acolhedor e convidativo.

Natasha levou um mês para, de fato, organizar tudo, mas finalmente conseguiu deixar o apartamento do jeito que queria e sentiu que tinha cortado de vez todos os laços com o passado. Nunca mais teve notícias de Vladimir, nem esperava ter. Não entrou em contato com Yuri e não tinha a menor intenção de fazê-lo. Agora tinha uma casa e dispunha de dinheiro o suficiente para viver por um bom tempo. E, quando suas roupas fossem vendidas, no outono, teria mais. Sabia que precisava procurar um emprego, mas ia esperar até o outono pois a maioria das galerias estava fechada por causa das férias. Ela cogitou se inscrever em um curso de história da arte na École du Louvre. Sentia-se como se tivesse renascido como uma nova pessoa. Todos os vestígios de sua vida passada haviam desaparecido, exceto algumas roupas.

Na primeira noite em seu novo apartamento, Natasha sentiu que estava em casa. Não precisava morar na Avenida Montaigne, nem em um iate de 500 pés, muito menos em uma mansão lendária em St. Jean Cap-Ferrat ou em uma casa em Londres. Tinha tudo de que precisava no pequeno apartamento, e tudo ali era dela. De vez em quando, sentia medo por estar sozinha no mundo, mas então se lembrava de que era plenamente capaz de cuidar de si. Decidiu que, se houvesse algo que não soubesse fazer, iria aprender.

Maylis levou uma semana a mais do que esperava para se recuperar do tornozelo torcido. Assim que melhorou, voltou ao restaurante, então Theo reservou um voo para Paris. Embarcaria no dia seguinte. A história do sumiço dos quadros estava quase resolvida para ele, só precisava agradecer a Natasha. E queria fazer isso pessoalmente. Ainda era a primeira semana de agosto, e Paris estava morta. Várias lojas e restaurantes estavam fechados, quase não havia ninguém nas ruas, não tinha nem muito trânsito na cidade. O clima estava quente e parecia que Theo caminhava por uma cidade fantasma. Quando chegou à Avenida Montaigne, foi andando até o número 15. Não dissera à mãe para onde estava indo, não contara nada a ela sobre Natasha ter denunciado Vladimir. Achava que, quanto menos pessoas soubessem, melhor seria para ela. Não queria fazer nada que pudesse colocar a bela russa em perigo.

O prédio parecia deserto. Ele tocou o interfone, mas ninguém atendeu. Então, apertou o número da zeladora. Ela apareceu na porta e olhou desconfiada para o pintor quando ele perguntou por Natasha.

— Por que quer saber?

— Sou amigo dela — respondeu, sabendo que aquilo não era exatamente verdade.

— Ela não mora mais aqui. Faz uma semana que ela se mudou.

— Você tem o novo endereço dela? — perguntou ele, parecendo bem decepcionado. Não conseguia acreditar que a havia perdido.

— Não, não tenho. E, se você fosse mesmo amigo dela, saberia para onde ela foi. Não sei onde ela está morando agora. Ela não deixou nenhum endereço nem recebe correspondência aqui. Tudo que chega é para ele. Ela se desfez de tudo um dia antes de ir embora. Só levou algumas malas no dia da mudança. Tinha um russo com ela.

— O Sr. Stanislas? — perguntou Theo, preocupado, e a zeladora balançou a cabeça.

— Não. Outro.

Theo não ficou surpreso com aquela informação. Maylis já havia alertado o filho sobre aquela possibilidade. Mulheres feito Natasha estavam sempre em busca de homens que pudessem arcar com seu estilo de vida. Era assim que sobreviviam. Ela não havia perdido tempo mesmo. O artista não a condenava por isso. Só esperava que seu novo companheiro fosse mais gentil que Vladimir.

— O russo acabou de vender o apartamento — continuou a zeladora. — A empregada dele foi embora ontem e disse que não ia voltar.

Theo assentiu, chateado por não ter nada que pudesse fazer. Ele gostaria de ter dito adeus, de ter lhe desejado tudo de melhor, mas não tinha ideia de onde encontrar a jovem. Ele agradeceu à zeladora, que fechou a porta com força na cara dele.

O jovem pintor caminhou lentamente em direção ao restaurante onde havia almoçado com Natasha. Parecia que tinha uma vida que os dois estiveram juntos. Muita coisa havia acontecido desde então. Ele passou pelo restaurante e sorriu ao se lembrar dela, perguntando-se onde estaria a bela mulher agora e com quem.

Pegou um voo de volta para Nice naquela mesma noite, junto com várias famílias que viajavam de férias. Os passageiros estavam até de roupas de praia, felizes. Quando o avião aterrissou em Nice, Theo pegou o carro no estacionamento e voltou para casa.

*

Theo passou o resto do verão pintando furiosamente e, sempre que a mãe perguntava como estava, dizia que ia bem. Maylis voltou a gerenciar o restaurante. Foi o melhor verão deles, e Gabriel passou muitas noites lá com ela. Em meados de agosto, ela decidiu fechar Da Lorenzo até outubro, talvez até por mais tempo. Maylis e Gabriel queriam viajar, mas primeiro ela passaria uns dias com ele em Paris, em seu apartamento. Seria a primeira vez em mais de trinta anos que Maylis voltaria a Paris. Gabriel estava emocionado. Desde que voltaram de Florença, pareciam recém-casados. Theo estava extremamente feliz por eles. Prometeu verificar o restaurante e a casa todos os dias, e os dois seguranças ainda tomavam conta do restaurante todas as noites. Antes de partir, Maylis compartilhou um novo plano com o filho sobre o qual ela e Gabriel discutiam fazia um tempo. Ela estava pensando em fechar o restaurante até o final do ano e transformá-lo num pequeno museu onde iria expor as obras de Lorenzo. E Gabriel ia ajudá-la a organizar tudo.

— Vamos precisar de alguém para gerenciar o novo empreendimento. Não quero ficar presa aqui. Queremos passar um tempo em Paris e ficar livres para viajar.

Ela parecia uma nova mulher, muito mais feliz do que a antiga, que lamentara a perda de Lorenzo por 14 anos. E, embora ela ainda o honrasse, Gabriel era seu principal foco agora. Maylis não desgrudava mais dele. Marie-Claude ficou animada por saber que os dois passariam um tempo juntos em Paris em setembro.

Eles deixaram St. Paul de Vence no final de agosto, com Maylis estava bastante animada com todas as coisas que ela e Gabriel teriam para fazer em Paris, as exposições que queria ver, os museus que não visitava fazia anos e os restaurantes nos quais Gabriel prometeu levá-la. Então, um dia depois de chegarem e se acomodarem em seu apartamento — que de repente parecia pequeno para os dois mas muito acolhedor —, jantaram com Marie-Claude, o marido e os filhos, no domingo à noite, no apartamento dela. Todos se divertiram muito. Uma das crianças convidou até um amigo para jantar. Maylis fez *hachis parmentier* para eles, e todos disseram que estava delicioso. Ela tinha aprendido a receita com o chef de seu restaurante. Pareciam uma família de verdade.

Era exatamente o que Marie-Claude havia esperado do casal durante todos aqueles anos. Maylis costumava exaltar Lorenzo, esquecendo-se de quem realmente estava ao seu lado. Mas agora ela parecia plenamente consciente de quanto Gabriel era — e sempre havia sido — importante em sua vida, e quanto os dois se amavam.

— Obrigada — sussurrou Marie-Claude quando as duas se despediram com um beijo, e Maylis lhe agradeceu pelo jantar.

— Pelo quê? Sou uma mulher muito sortuda — disse, olhando para Gabriel, que estava conversando com o genro e um dos netos. — Obrigada por me aguentar todos esses anos. Eu estava cega.

— Todos nós ficamos cegos às vezes — comentou Marie-Claude, abraçando-a novamente antes de ir embora.

O mês de setembro foi bem cheio para eles. Foram a exposições, festas e feiras de antiguidades. Além disso, iam com frequência à galeria dele na Avenida Matignon. A saúde de Gabriel nunca fora tão boa, e os dois estavam felizes. Eles tinham planos de ir a Veneza em outubro. Maylis confessou ao namorado que não queria ir embora de Paris, e ele riu dela.

— Bem, isso é novidade para você.

Maylis estava tão relaxada e feliz durante aqueles dias que Gabriel quase não a reconhecia. Durante anos, ela carregou uma tristeza profunda, vivia chorando por Lorenzo. Porém, agora, finalmente tinha deixado o falecido marido descansar. Estava cem por cento presente na vida de Gabriel, permitindo que ele entrasse por completo na dela.

— Pensei em uma coisa que você pode achar divertida — anunciou Gabriel certa manhã, em meados de setembro. Ele abriu a caixa de correio e entregou um catálogo de bolsas da Hermès a ela. Quando Maylis foi passando as páginas, viu que havia bolsas Birkins e Kelly em todas as cores, em couro de jacaré e liso. A venda ocorreria no Hôtel Drouot, a casa de leilões mais ilustre da cidade, onde havia 15 salas de leilões. Eram 45 leilões por semana. Gabriel adorava ir até lá para conferir as exposições onde as pessoas podiam ver os itens que seriam leiloados depois. — Por que não paramos lá e damos uma olhada?

— Os preços são absurdos — disse ela, melancólica, vendo as estimativas. — São tão caras quanto os modelos novos da Hermès.

— A maioria das bolsas em leilão também são novas — comentou Gabriel, que estava familiarizado com as vendas no Drouot. — A única diferença é que você não precisa esperar três anos para ter uma.

Maylis ficou tentada a dar uma olhada. Deixou o catálogo em cima da mesa e, na sexta-feira da semana seguinte, o namorado a lembrou que era o dia da exposição e perguntou se ela gostaria de ir até lá para conhecer a casa.

— Estou constrangida de dizer que sim.

— Não se sinta tão culpada — provocou ele. — Você pode pagar. Se gostar de alguma, compre.

Ela havia ficado interessada em uma bolsa preta Birkin de couro de jacaré, na de couro vermelho da capa e em uma azul-escura. Eram do tamanho que ela gostava e incrivelmente chiques para sua nova vida parisiense. Não comprava roupas novas havia muitos anos, pois não precisava se arrumar tanto em St. Paul de Vence.

Os dois foram ao Hôtel Drouot naquela tarde. Os negociantes entravam e saíam das exposições, tomando notas e avaliando o que ofereceriam nos leilões do dia seguinte. E não havia só antiguidades. Tinha de tudo, desde roupas vintage até equipamentos de jardinagem, uniformes militares e insígnias, móveis contemporâneos, tapetes persas, vinhos, livros antigos, taxidermia e tudo o que se podia imaginar. Os leilões também eram empolgantes. Às vezes, Gabriel fazia lances por telefone, especialmente nos leilões de arte, mas gostava da emoção da caça ao tesouro e tentava introduzir Maylis naquele jogo, enquanto iam de sala em sala vendo as exposições para os 15 leilões. Então, finalmente chegarem à sala na qual estavam as bolsas Hermès. Elas eram um colírio para os olhos. As bolsas eram incríveis. Maylis examinou vários modelos atentamente e disse que não havia gostado muito das que tinham fechos de diamante. De qualquer forma, elas eram absurdamente caras.

— Bem, que sorte — ele a provocou —, já que são cinco vezes o preço das outras.

— Isso é um absurdo — disse ela com desdém, mas depois ficou interessada em três bolsas, e eles combinaram de voltar no dia seguinte para participar do leilão. A sala de exposições seria desmontada para dar lugar a cadeiras, um púlpito para o leiloeiro e uma mesa longa com vários telefones para quem estivesse ligando para dar lances. No dia seguinte, as mesmas 15 salas estariam repletas de novos tesouros expostos, e em todos os outros dias haveria 15 leilões. Era um dos passatempos favoritos de Gabriel. Ele avisou a Maylis que aquilo se tornaria um vício, e ela podia imaginar que sim e estava animada para tentar arrematar as três bolsas no dia seguinte. Havia planejado comprar apenas uma, que já não era barata, porém as três estavam em perfeitas condições, pareciam que não haviam sido usadas e vinham nas caixas originais da Hermès. Só a de couro de jacaré preto seria realmente muito cara.

No dia seguinte, eles chegaram alguns minutos após o leilão ter começado. Os itens nos quais Maylis tinha interesse deveriam entrar no leilão um pouco mais tarde, então o casal se acomodou em seus lugares para assistir aos lances, o que se mostrou bastante animado. Começaram com alguns itens menores e mais antigos, bolsas menos cobiçadas. As Birkins de couro de jacaré eram as *pièces de résistance* do leilão, então ficariam para o fim, para manter as pessoas na sala.

A bolsa de couro azul-marinho foi apresentada primeiro, meia hora depois. Era muito chique, e os lances foram maiores do que Maylis esperava. Ela ergueu a mão com timidez no início e, então, ficou mais corajosa quando viu Gabriel sorrindo para ela, mas seu lance não foi suficiente para que ela a conseguisse. Maylis sussurrou no ouvido dele que estava economizando para a de couro vermelho ou para a preta de couro de jacaré, pois achava que usaria mais aqueles dois modelos. Enquanto falava com ele, notou um rosto familiar do outro lado do corredor. Era uma jovem usando um casaco Caban, com o cabelo preso em uma trança. Estava vestida de maneira simples mas parecia chique, e Maylis não a reconheceu de imediato. Ela não deu nenhum lance enquanto Maylis a observava mas registrava atentamente tudo o que estava acontecendo. E então, alguns minutos depois, Maylis se deu conta de quem era a jovem e sussurrou para Gabriel novamente, acenando com a cabeça na direção da moça.

— Olhe a amante do Stanislas. Estou surpresa que ela compre suas bolsas aqui. Ele pode comprar o que ela quiser.

— Todo mundo adora uma pechincha — comentou ele, embora os preços do leilão ao qual estavam assistindo não fossem nada baixos.

Maylis reparou que, todas as vezes que os preços ficavam ainda mais altos, particularmente os das bolsas com fechos de diamante, Natasha abria um leve sorriso. Mas a jovem não deu nenhum lance e anotava o preço final de cada item no catálogo que estava segurando. Maylis comentou sobre isso com Gabriel, e ele também começou a prestar atenção nela. Natasha não notou o casal, pois estava muito concentrada.

— Ela não está comprando — disse Gabriel, baixinho. — Acho que está vendendo.

— Sério? — Maylis pareceu surpresa.

— Você ficaria surpresa com a quantidade de pessoas que você conhece que vem fazer negócio aqui.

— Ela certamente não precisa vender nada.

— Talvez Stanislas não lhe dê dinheiro suficiente. Ouvi dizer que muitas mulheres russas vendem os presentes que ganham e fazem uma fortuna com isso. Ganham muitas bolsas de couro de jacaré Birkin de homens que mal conhecem e, quando o romance termina, elas vendem tudo. É uma mina de ouro para elas.

— Mas aquela mulher não é uma prostituta, pelo amor de Deus, é a amante dele. E, pelas roupas dela, dá para notar que ele deve ser muito generoso. Ela usa alta-costura da cabeça aos pés. — Gabriel olhou para a moça. Naquele dia, Natasha parecia uma simples colegial de jeans. — Bom, talvez não hoje — comentou Maylis —, mas, quando foi jantar no restaurante, estava extremamente bem-vestida. Ela deve querer passar despercebida hoje.

O item seguinte do leilão foi um dos mais esperados: outra Birkin de couro de jacaré com fecho de diamante. Os lances foram bem mais altos do que os da bolsa anterior. Duas mulheres brigavam por ela e, quando o leiloeiro bateu o martelo a um preço chocante, Natasha sorriu de orelha a orelha. Aquilo confirmava o palpite de Gabriel. Definitivamente, a jovem era a dona das peças. E então a bolsa vermelha que Maylis tanto queria finalmente foi a leilão, e ela a conseguiu. Olhou para Gabriel, encantada. Foi um bom negócio.

— Não falei que você ia ficar viciada?

E, quando foi a vez de a bolsa de couro de jacaré preto ser leiloada, ela fez uma oferta pequena e desistiu logo. O martelo estava prestes a bater a um preço absurdamente alto quando Gabriel a surpreendeu e levantou a mão. A bolsa de jacaré preto foi arrematada por ele. Maylis o encarava, boquiaberta. Aquilo custaria ao namorado uma fortuna.

— O que você acabou de fazer?

— Vai ficar ótima em você quando estiver aqui comigo.

Quando o leilão acabou, os dois entraram na fila para pagar o que haviam conseguido arrematar e pegaram as duas bolsas em suas caixas originais. Enquanto esperavam, Maylis avistou Natasha outra vez. Ela parecia diferente. Não estava usando maquiagem e se misturava à multidão. Maylis olhou ao redor em busca de Vladimir, mas não o viu, e se perguntou se ele sabia que Natasha estava ali vendendo suas Birkins. A jovem não parecia interessada em comprar nada. Em vez disso, colocou seu catálogo na bolsa Birkin de couro preta que estava carregando, com discretos fechos também pretos, puxou a gola de seu casaco e foi embora parecendo satisfeita.

— O que será que aconteceu? — perguntou Maylis a Gabriel e em seguida agradeceu ao namorado novamente por sua extravagância. — Acho que não devemos contar ao Theo que a vimos aqui. Ele ficou se torturando por ela por tanto tempo. Acho que agora ele a superou, mas não quero fazê-lo voltar a ficar obcecado por essa mulher.

— Não direi nada. Prometo. Mas ela é uma bela garota.

— Claro que sim. Mas é amante de um bilionário. Não serve para um menino como Theo. — Ele não era mais um menino, era um homem de 31 anos. — E obsessões são coisas estranhas. Ele pintou um belo retrato dela, e acho que o deu a ela.

— Eu me lembro. Fui eu que sugeri a ele que incluísse o retrato na exposição. Era uma de suas melhores peças. A obsessão pode ser uma coisa boa para um artista.

— Mas não na vida pessoal.

Maylis queria que o filho fosse feliz, e não alguém atormentado por uma mulher que nunca poderia ter.

Ela deixou o Hôtel Drouot parecendo muito satisfeita. A bolsa que Gabriel tinha comprado era linda e nunca havia sido usada.

— Gostei do Drouot — comentou toda feliz com ele no táxi.

E ele prometeu que voltariam. Paris estava se tornando uma cidade muito divertida, no fim das contas.

E, no metrô, a caminho do sétimo *arrondissement*, Natasha olhava para o catálogo e sorria. Ela poderia viver por um bom tempo com o que havia acabado de ganhar no leilão. Pouco a pouco, sentia-se mais segura. Sua nova vida estava começando bem.

Capítulo 16

Exatamente como fez no apartamento na Avenida Montaigne, Natasha continuou comprando coisas para o seu pequeno imóvel na Rue du Bac, só que em uma escala menor. Encontrou alguns itens curiosos no Drouot, algumas pedras de jade para colocar em sua estante, por um preço bem pequeno, uma mesa ótima e cadeiras italianas para a cozinha. Comprou até alguns quadros. Nada foi caro, e todas as peças eram de bom gosto. Natasha tinha estilo.

A venda de suas roupas de alta-costura no Drouot foi ótima, excedeu todas as suas expectativas e, junto com as Hermès, Natasha conseguiu dinheiro suficiente para não precisa se preocupar por um bom tempo. Ainda assim, pretendia arrumar um emprego. Procuraria com afinco após a virada do ano.

Estava amando o curso de modernismo no século XX. Havia começado naquela semana e era exatamente o que imaginava. Tudo estava dando certo para ela. A cada dia, Natasha se sentia mais ela mesma. Ainda se envergonhava do que fizera de sua vida nos últimos anos. Nada tirava de sua cabeça que ela fora, na verdade, uma prostituta de luxo, embora não se sentisse assim na época. Teve de aprender a se perdoar e a seguir em frente. Pelo menos agora estava orgulhosa de sua nova vida. A verdade é que nunca teria conseguido sair de Moscou sem Vladimir, e poderia até ter morrido nas ruas.

Não sentia falta das roupas ou das joias que havia vendido, nem mesmo de sua vida com Vladimir. Ele nunca entrou em contato. A jovem também ficou aliviada por nunca mais ter esbarrado com Yuri. Ela comprou um novo celular com um número não listado. Nunca o usava, já que não tinha para quem ligar, mas um dia poderia precisar. Mesmo sem Vladimir, ainda achava que vivia em um mundo completamente isolado. Não tinha feito nenhum amigo até o momento, mas estivera ocupada construindo seu ninho nos últimos quatro meses. O resto viria no tempo certo.

Theo pintou freneticamente no outono, exatamente como havia feito durante o verão, e Jean Pasquier pediu a ele que fosse a Paris em outubro para que pudessem conversar sobre uma nova exposição. Ele perguntou se Theo achava que tinha material suficiente, e o artista respondeu que sim. Jean estava pensando em fazer a exposição em fevereiro. A última havia corrido bem, e ele não queria perder o embalo, além de estar ansioso para exibir novos trabalhos do artista.

Eles passaram o dia juntos, jantaram e marcaram a data para a exposição. Ver a galeria novamente fez Theo se lembrar do retrato de Natasha. Ele se perguntou como ela estaria e se estava feliz com seu novo companheiro. Parecia uma vida triste para ele. Natasha sempre seria um pássaro em uma gaiola dourada, mas era a única vida que conhecia. Estava a anos-luz do mundo do artista que, nos dias de hoje, era apenas seu trabalho. Ele percebeu que demorou muito para tirá-la da cabeça. Durante um tempo, não conseguiu parar de pensar nela. Sentia-se mal cada vez que a via com Vladimir e ficava completamente desorientado sempre que a encontrava. Agora ele via que tinha sido um tolo. Natasha era a mulher dos seus sonhos, que aparecia na tela de uma pintura, mas não em sua vida real. Sua mãe estava certa: aquilo quase lhe custou sua sanidade e seu coração. Mas, felizmente, Theo havia aberto os olhos e agora se sentia forte e concentrado em seu trabalho. Não havia saído com ninguém desde Inez, fazia nove meses. Ele a encontrou em um evento de arte em Cannes, em setembro, e ela disse que estava namorando um cara que tinha dois filhos. A moça parecia feliz.

Theo passou o dia seguinte em Paris, depois do encontro com Jean Pasquier na noite de sexta-feira. No sábado chovia, e ele não tinha nada para fazer antes do voo para Nice. Sua mãe e Gabriel estavam em Veneza e depois voltariam a Paris, onde ficariam por mais um mês antes de retornarem a St. Paul de Vence. O restaurante ainda permanecia fechado, e Maylis planejava abri-lo por uns dias, perto do Natal, e depois fechá-lo para transformá-lo em um museu. O feriado seria sua despedida do Da Lorenzo e de todos os clientes devotados que lhe haviam sido fiéis. Seria um capítulo final agridoce de uma aventura maravilhosa para ela. Maylis e Gabriel agora queriam liberdade para passarem um tempo juntos enquanto ainda podiam aproveitar.

Maylis ligou de Veneza para o filho e lhe contou que ela e Gabriel haviam se divertido muito no Drouot. Então, como ele não tinha mais nada para fazer, decidiu passar lá para dar uma olhada antes de voltar para casa. A mãe tinha despertado sua curiosidade.

Theo passou por uma sala de pinturas góticas sombrias e outra de arte pop, depois parou em uma de pinturas horríveis e, por último, viu uma sala cheia do que parecia ter sido encontrado no sótão de sua avó. Havia toalhinhas de renda, casacos de pele cafonas e sapatos minúsculos e antiquados. Viu também uma sala cheia de louça chinesa elegante, incluindo um jogo de mesa de 48 peças de cristal, outra de fotografias, que ele achou mais interessante, e uma de estátuas e animais empalhados; viu também algumas pinturas bem bonitas. Os lances eram baixos, e ele estava seguindo o fluxo confuso de pessoas quando virou em um corredor e quase esbarrou em uma jovem. Já ia pedir desculpas quando viu quem era.

— Meu Deus... Natasha... você está bem? — Os dois fizeram a mesma pergunta, ao mesmo tempo, e ela riu.

— Eu não estava olhando para onde estava indo — confessou ela, atordoada por vê-lo ali.

— Nem eu.

Ela estava linda, parecia revigorada e feliz. Sua nova vida deveria estar indo muito bem. Não usava maquiagem, e seus cabelos estavam úmidos da chuva.

— O que está fazendo aqui? — perguntou ela, curiosa.

— Matando o tempo antes do meu voo. Vim encontrar meu marchand. Vamos fazer outra exposição em fevereiro. Mas, dessa vez, não terá nenhum retrato seu.

— O quadro ficou incrível no meu apartamento novo. Está em cima da lareira da sala de estar. — Ela não lhe disse que o quadro quase cobria o apartamento todo, e Theo a imaginou em algum hotel particular palaciano que o novo namorado tinha comprado para ela, como o apartamento da Avenida Montaigne.

— Onde você está morando? — Ele também estava curioso.

— No sétimo *arrondissement*.

E então ele ficou sério.

— Procurei você no verão para te agradecer. Bom, fiquei ajudando a minha mãe no restaurante e acabei vindo para cá tarde demais. Você já tinha se mudado. Athena, a detetive que estava investigando o roubo dos quadros, me contou o que você fez. Foi muito corajoso da sua parte. Estou feliz por nada de ruim ter acontecido com você.

Natasha sorriu ao ouvir aquilo. Algumas coisas aparentemente ruins acabam sendo boas. "*Un mal pour un bien*", como diziam os franceses.

— Você não está mais com Vladimir? — Era mais uma afirmação do que uma pergunta, já que ele sabia a resposta.

Ela balançou a cabeça.

— Não, não estou.

Theo não queria dizer a ela que a zeladora do prédio antigo havia lhe contado sobre seu novo companheiro. Não queria dar a entender que a mulher tinha feito fofoca. Natasha parecia diferente, mais bonita e feliz. Mais leve também, de certa forma. Ele não questionou sobre seu novo companheiro porque, na verdade, não queria saber. Ver que ela estava bem já era o bastante. E ele havia lhe agradecido, o que queria ter feito há três meses e não tinha conseguido.

— Tem viajado muito? — perguntou Theo, tentando esticar o assunto para que ela não fosse embora. Desta vez, ele não estava se sentindo tonto nem mal na presença dela. Não sofreria mais a perda do que nunca poderia ter. Ele aceitava isso agora.

— Não mais.

— Você ainda vai para o Sul?

— Não — respondeu Natasha.

— Sem barco dessa vez?

Ela ficou intrigada com a entonação dele.

— Como assim "dessa vez"?

— Quero dizer... você sabe... bem... se existe alguém novo desde Vladimir.

— Não existe. Por que existiria?

— Achei... — Theo tentou disfarçar, mas já estava bem enrolado. — A zeladora do prédio na Avenida Montaigne disse que *você* foi embora com um russo quando fui até lá.

Natasha começou a rir.

— Acho que ela estava se referindo ao meu faz-tudo, Dimitri. Ele me ajudou na mudança. Moro sozinha em um apartamento do tamanho de uma caixa de fósforos. O quadro que você me deu é o maior item da casa. — Ela parecia orgulhosa enquanto falava.

— Não tem mais iate? — Ele ficou atordoado.

— Não.

— Me perdoe pelo mal-entendido. Pensei que...

— Você pensou que eu havia partido para o próximo, assim como Vladimir. Até recebi uma proposta de outro homem, mas decidi que não quero mais vender minha alma por um estilo de vida. Não foi assim com Vladimir. Com ele as coisas foram acontecendo. Mas agora não quero mais isso. Além do mais, o iate do outro cara era muito pequeno. Só 200 pés — brincou ela. — Mas ele me fez uma proposta e tanto. Trinta milhões em uma conta bancária na Suíça e mais 30 se eu tivesse um bebê com ele. Eu poderia voltar para o apartamento onde morava com Vladimir antes de ele me dar um chute, em Antibes. Mas não vou mais fazer isso.

— Ele chutou você? — Theo parecia horrorizado.

— Não literalmente. Ele me escoltou para fora do barco e foi embora. Mas estou bem. De verdade. Acabei me virando bem sozinha. E ninguém mais me diz o que fazer, escolhe minhas roupas, decide quando devo ir ou vir, com quem posso conversar ou a hora de me recolher.

Quando Natasha finalmente se deu conta de quanto Vladimir a controlava, ficou chocada. Ela sabia que nunca mais poderia deixar que isso acontecesse.

— Por que você não me ligou? Ele fez isso por minha causa?

— Talvez. Não sei. Ele achou que eu o traí, e estava certo. Traí mesmo. Precisei fazer isso. O que ele fez foi errado, eu não podia ficar calada. E, mais cedo ou mais tarde, ele teria terminado comigo mesmo. Ele é assim. — Theo sabia do que o russo era capaz. Vira a fúria nos olhos dele na noite que se recusou a vender a pintura para ele. E roubar os quadros foi sua vingança.

— Não liguei para você porque eu precisava descobrir tudo por conta própria: o que eu queria fazer, quem eu queria ser, como eu queria viver e o que na verdade estive fazendo nos últimos oito anos. Eu tinha muito no que pensar e não queria que ninguém me ajudasse, nem mesmo você. Exceto o meu faz-tudo, Dimitri. — Ela sorriu para Theo. — Ele é fantástico. Montou todos os meus móveis da IKEA.

— Você tem móveis da IKEA? Isso eu quero ver. — Theo parecia estar se divertindo.

— Venha jantar comigo na próxima vez que vier a Paris. Depois que eu aprender a cozinhar, é claro.

Theo estava sorrindo para ela. Sua mãe estava errada a respeito de Natasha, e ele também. Ela não estava com outro bilionário russo. Estava com ela mesma.

— Quer tomar um café comigo antes de eu ir para o aeroporto?

Ela hesitou, mas depois assentiu, e eles saíram do Drouot juntos. Estava chovendo, então entraram em um táxi a uma quadra dali. Theo então deu ao motorista o endereço do bistrô onde costumava ir com Gabriel. Quando chegaram ao local, correram para se proteger da chuva, sentaram-se a uma mesa nos fundos e pediram café. Ele escolheu um sanduíche e perguntou se ela queria algo para comer, mas Natasha disse que não. Conversaram durante duas horas sobre o trabalho de Theo, os planos de sua mãe de fechar o restaurante e transformá-lo em um museu permanente e sobre ela estar em Paris com Gabriel. Os dois estavam perdidamente apaixonados. Theo disse que era legal de se ver.

— Algumas pessoas demoram a acordar. Pelo menos ela conseguiu — comentou ele, e Natasha assentiu.

— Ele parece ser um cara legal.

— É, sim, E sempre foi bom para ela. Muito melhor do que o meu pai. Ele era um gênio, mas uma pessoa impossível de se lidar às vezes. Gabriel, por outro lado, é incrível. É uma pessoa gentil e faz minha mãe muito feliz. Mas e você? O que vai fazer agora?

— Ainda estou pensando. Encontrei um apartamento, estou tendo aulas no Louvre e tenho vendido tudo o que Vladimir me deu para ter dinheiro para me manter por um tempo. Meu próximo desafio é arrumar um emprego. Mas quero terminar o curso no Louvre primeiro. Esses são meus planos por enquanto.

— Você quer ficar em Paris?

— Talvez... provavelmente... sim... acho que sim.

— Minha mãe vai precisar de alguém para tomar conta do museu. Ela não quer ficar amarrada como era com o restaurante. Foi divertido por um tempo, mas agora ela quer estar livre para ficar com o Gabriel.

— Eu também. Livre, quero dizer. Fui um robô por oito anos, uma escrava. Uma boneca que Vladimir vestia e exibia por aí. Às vezes é assustador não saber o que estou fazendo ou para onde estou indo, entende? Mas então eu penso que vai dar tudo certo. Acho que consigo me virar sozinha. Não é tão ruim quanto teria sido aos 19, quando Vladimir me encontrou na rua. Naquela época, eu não tinha nada. Mas tenho 27 anos agora. Posso dar um jeito.

— Eu tenho 31 — disse o pintor, sorrindo para ela — e me faço a mesma pergunta às vezes. Todo mundo sempre parece estar melhorando. Talvez ninguém saiba o que está fazendo.

— Estou tentando entender o que quero da vida. Não quero mais fazer o que alguém simplesmente me diz para fazer. — Tomar decisões por conta própria era uma grande mudança. Era tudo novo para ela.

— Você vai me ligar se precisar de ajuda, Natasha? — perguntou Theo, sério. Ele sabia que ela estava sozinha no mundo, que não tinha família nem amigos.

— Talvez. Não sei. Guardei seu número só por segurança, mas não quis ligar. — Ele só podia imaginar como os últimos quatro meses devem ter sido assustadores para ela. Mas Natasha parecia estar se virando bem, e ele estava orgulhoso dela por isso. — No começo, eu não queria falar com ninguém. Nem queria que ninguém me ajudasse. Tinha que fazer isso sozinha. E acho que consegui. Só não arrumei um emprego ainda, mas uma hora isso vai acontecer.

— Pense sobre a possibilidade de trabalhar no museu. Pode ser interessante, se você quiser morar no Sul. — Então Theo se lembrou de outra coisa. — A casa está vazia agora. Tem seis quartos no andar de cima. Minha mãe costumava alugá-los de vez em quando. Se você quiser um lugar para ficar, ou se só quiser ficar lá por um tempo para pensar, a casa é sua. Não vamos mais usar os quartos de lá nesse inverno, exceto para guardar os quadros ou talvez para fazer um escritório. É só aparecer quando quiser, nem precisa avisar. Tenho minha própria casa. Não vou incomodá-la, e a minha mãe mora no antigo estúdio do meu pai. Na verdade, como ela está sempre aqui em Paris agora, a casa seria só sua, com dois guarda-costas para protegê-la.

— É muito gentil da sua parte me convidar.

Pela maneira como Natasha falou, Theo sentiu que ela não ia aceitar. Ela queria ser independente.

— Você tem um número para o qual eu possa ligar? — perguntou ele, tentando não ser muito indiscreto. — Só por precaução.

Ela não tinha oferecido, mas ele não queria ir embora sem saber onde ela morava ou como encontrá-la novamente. A jovem anotou o número em um pedaço de papel e entregou a ele.

— Você é a única pessoa que tem esse número.

— Vou te mandar uma mensagem quando eu vier a Paris. Espero que você vá à minha exposição. — Faltavam quatro meses, e ele esperava vê-la antes disso, mas não tinha certeza se isso ia acontecer. — E lembre-se: pode ficar na casa quando quiser. Ela pode ser seu refúgio.

— Obrigada.

Theo pagou a conta e chamou um táxi para levá-lo até o aeroporto, e Natasha correu em direção ao metrô. O rapaz acenou para ela enquanto ia embora. Ele recostou a cabeça no encosto do táxi, sua mente um turbilhão novamente com a visão e o som da voz dela. Theo não conseguia acreditar. Ainda estava apaixonado pela bela mulher. Só que desta vez era pior. Ela agora era real. E tão inalcançável quanto antes, mas de uma maneira diferente, pois Natasha havia prometido a si mesma nunca mais deixar ninguém cortar suas asas. Ela estava sempre fora de seu alcance. Não era mais prisioneira nem propriedade de alguém. Agora ela estava livre e, ainda assim, não era dele.

Capítulo 17

Theo se entregou ao trabalho com energia renovada depois de ter ido a Paris. Estava animado com sua próxima exposição e queria terminar um novo trabalho que gostaria muito de exibir. Ver Natasha também lhe deu um novo gás. Ela ainda era a mesma, tão mágica, sublime e encantadora, mas agora tinha uma vida real, ou estava tentando ter. Ele não telefonou para ela. Disse a si mesmo que, se ela quisesse falar com ele, ligaria. Mas a russa não ligou. Ele não teve notícias dela durante todo o mês de novembro.

Marc aparecia de vez em quando para fazer uma pausa no trabalho. Tinha recebido uma grande encomenda de um museu local e estava indo bem. Desta vez, prometeu ir a Paris para a exposição de Theo.

Maylis continuava em Paris. Ela e Gabriel estavam se divertindo e curtindo a cidade. Vivia dizendo que iria para casa em breve e que os dois estavam compensando o tempo perdido. Tinham planos de se casar na primavera, o que seus filhos achavam fofo.

No final de novembro, houve uma terrível frente fria no Sul, e geava todas as manhãs. Theo até teria achado aquilo bonito, mas não havia aquecimento no estúdio e suas mãos viviam congeladas, o que dificultava pintar.

Ele estava voltando do restaurante, de bicicleta, depois de verificar o local logo após o anoitecer, quando se virou para a entrada de sua casa e a viu de pé, parada, com neve grudada nos cabelos, congelando no frio. Theo sabia que ela não poderia estar esperando há muito tempo, já que tinha saído fazia apenas meia hora. Havia um carro na entrada, mas ela estava parada sob a neve que caía, e sorriu quando o viu. Ele desceu da bicicleta e caminhou até a porta, onde ela estava parada. Não queria perguntar por que ela estava ali, mas a jovem viu a pergunta em seus olhos. Estava usando botas pesadas e um casaco quente.

— Vim até aqui perguntar se você estava falando sério.

— Sobre o quê? — Ele quase não conseguia respirar, com medo de assustá-la, como se ela fosse um pássaro prestes a fugir, empoleirado em seu dedo.

— Que eu poderia ficar no restaurante por um tempo.

— Claro. — Ele não podia acreditar em sua sorte. Fazia seis semanas desde que a vira em Paris e não teve notícias dela desde então. Agora Natasha estava aqui.

— Terminei minhas aulas no Louvre. Quero procurar um emprego. — Ela só estava se sentindo insegura, mas não queria confessar isso. Sentia que não tinha nada para oferecer e nenhuma experiência. Quem a contrataria naquela idade, sem nunca ter trabalhado em lugar nenhum, exceto em uma fábrica, há oito anos? E o que ela diria para seu empregador? — Deveria ter ligado antes de vir — disse ela, parecendo constrangida. — Posso ficar em um hotel.

— Temos seis quartos vazios. — Theo queria dizer a ela que poderia ficar em sua casa também, mas não se atreveu. Natasha tinha de decidir isso sozinha. — Levo você até lá agora, se quiser. Não tem comida lá, mas podemos arrumar algo para comer depois que deixarmos a sua mala. Posso ir no seu carro? — Ela sorriu, e eles entraram no carro que ela havia alugado.

Natasha tinha dirigido de Paris até St. Paul de Vence para esfriar a cabeça. Levou dez horas, mas ela gostou da viagem. Minutos depois, os dois estavam no restaurante vazio. Theo abriu a porta desativando o alarme, depois ligou o aquecedor. A casa estava fria, e os dois seguranças ficaram lá fora. Eles cumprimentaram Theo de forma educada quando o jovem entrou e lhes disse que Natasha seria sua hóspede.

Ele acendeu as luzes na sala de estar, e ela vagou pelas pinturas que já tinha visto antes. Eram mais bonitas do que se lembrava. Parecia estranho estar ali com ele. E então ela riu quando parou na frente de uma das pinturas.

— Será que eu deveria estar usando uma dessas placas de "não está à venda" também?

— Alguém poderia roubá-la. E eu não ia gostar que isso acontecesse.

— Eu também não. — Seus olhos pareciam enormes.

Theo levou a mala dela para o andar de cima, deixou-a escolher o quarto de que mais gostou e ligou o aquecedor para que o cômodo estivesse quente quando voltassem. Natasha sorriu enquanto acompanhava Theo até o carro dela. Em seguida, eles foram para um local que servia *socca*, algo que ela nunca havia comido antes. Conversaram durante o jantar, relembrando o passado e saboreando o presente.

— Ainda me lembro de todas as perguntas que você me fez quando almoçamos juntos — confessou Natasha em voz baixa. Parecia que aquilo havia acontecido fazia mil anos.

— Eu estava tentando entender suas escolhas. Mas você não deve explicações a ninguém.

— Eu disse a você que amava Vladimir pois pensava que ele também me amava. Mas nenhum de nós dois sabíamos o que, de fato, sentíamos um pelo outro.

Um capítulo da vida de Natasha havia se fechado. Foi bom no começo, só o final foi ruim. Sem Vladimir, ela nunca teria sobrevivido na Rússia. Ela arriscou tudo, talvez até sua vida, para ajudar Theo. Ele não parava de pensar nisso enquanto olhava para ela, e sabia que nunca se esqueceria disso. E o artista podia ver, por ela ter passado todos aqueles meses sozinha, que Natasha havia feito as pazes com sua história. Theo respeitava todas as escolhas que a russa havia feito na vida. Elas faziam sentido na época, assim como as decisões que estava tomando agora. Ninguém podia realmente saber o que ela havia sofrido em Moscou, quanto aquilo foi terrível e como influenciou o caminho que ela escolheu seguir. Theo não a julgava. Como poderia? Mas agora tudo era diferente. Ela não era mais amante de ninguém. Era livre para fazer as próprias escolhas. Os erros que cometesse seriam só dela. Ao olhar para Theo, Natasha percebia que o passado já não era mais um fardo pesado. Gostava da ideia de assumir a responsabilidade por sua vida, desejara isso. Abrira mão da própria vida por Vladimir e agora tinha o restante de seus dias pela frente para fazer o que quisesse, estava livre para escolher, conhecer pessoas e se apaixonar pelo homem certo.

Theo já não estava mais obcecado por uma mulher que pertencia a outra pessoa e que nunca poderia ter. Tudo era real agora, o bom e o mau. Natasha não precisava de tudo o que Vladimir lhe dera, nem queria. Pagou um preço muito alto por isso. Não estava mais disposta a vender sua alma ou a negar quem era.

Theo estava sorrindo para ela quando os dois terminaram de jantar.

— O que você está olhando? — perguntou Natasha.

— Você não é mais um retrato. Você é real. — Ela havia morado em seu estúdio e em sua cabeça por meses, mas agora ele podia estender a mão e tocá-la.

Os dois fizeram uma caminhada depois do jantar. Era uma noite fria de novembro, mas o ar era fresco em seus rostos. Eles estavam livres para fazer tudo o que quisessem agora, e ninguém poderia detê-los. Theo parou, abraçou Natasha e a beijou. Ela sorriu para ele, e os dois voltaram para o carro, de mãos dadas. O passado era história, e o futuro estava cheio de promessas e esperanças. Os dois haviam percorrido um longo caminho para se encontrar. E a mulher que assombrara Theo desde que ele a conheceu estava, finalmente, ao seu alcance, enquanto a beijava de novo.

Este livro foi composto na tipografia Adobe
Garamond Pro, em corpo 13/16, e impresso
em papel off-white no Sistema Cameron da
Divisão Gráfica da Distribuidora Record.